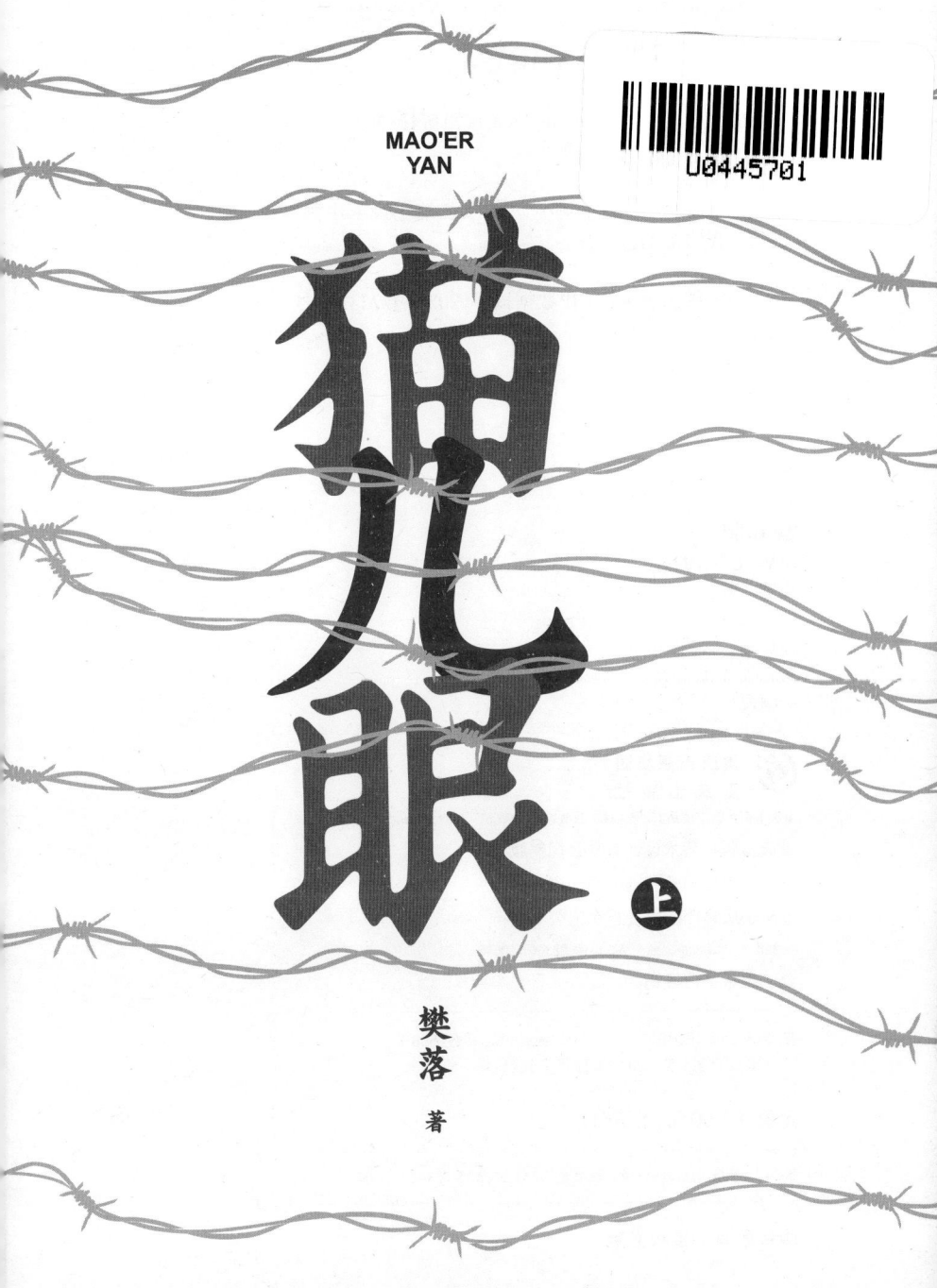

MAO'ER YAN

猫儿眼

上

樊落 著

重庆出版集团 重庆出版社

图书在版编目(CIP)数据

猫儿眼 / 樊落著. —重庆:重庆出版社,2023.12
ISBN 978-7-229-18201-4

Ⅰ.①猫… Ⅱ.①樊… Ⅲ.①长篇小说—中国—当代 Ⅳ.①I247.5

中国国家版本馆CIP数据核字(2023)第223377号

猫儿眼
MAO'ER YAN
樊落 著

责任编辑:钟丽娟
责任校对:何建云
装帧设计:八牛

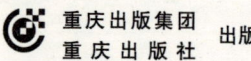
重庆出版集团
重庆出版社 出版

重庆市南岸区南滨路162号1幢 邮政编码:400061 http://www.cqph.com
重庆出版社艺术设计有限公司制版
重庆市鹏程印务有限公司印刷
重庆出版集团图书发行有限公司发行
E-MAIL:fxchu@cqph.com 邮购电话:023-61520646
全国新华书店经销

开本:890mm×1240mm 1/32 印张:16.5 字数:508千
2023年12月第1版 2023年12月第1次印刷
ISBN 978-7-229-18201-4
定价:62.00元(上下册)

如有印装质量问题,请向本集团图书发行有限公司调换:023-61520678

版权所有 侵权必究

楔子 / 001

第一章 / 诡异的车祸 / 008

第二章 / 跟踪追击 / 034

第三章 / 秘密与讹诈 / 066

第四章 / 消失的记忆 / 101

第五章 / 恶作剧 / 127

第六章 / 讹诈者 / 162

第七章 / 紫色 / 197

第八章 / 孤岛综艺 / 222

第九章 / 又见雨衣人 / 245

楔子

他走进林江川的屋子。

男人正在喝酒，好像在他的记忆中，这个人身上永远都带着酒气。

林江川喜欢喝酒，更喜欢耍酒疯，老婆就是这么被打跑的，他还死不悔改，大哥活着的时候他还收敛点，现在大哥过世了，林江川就像是解开了紧箍的猴子，没有一刻安生的。

"你来干吗？"

听到脚步声，林江川转过头，看到他，眼神中透出揶揄，伸出手指点着他的鼻尖，嘿嘿发笑。

"我懂了，是怕我去告你，跑来哭鼻子的吧？你那个包里是什么？钱吗？没钱少来烦我。"

林江川看到了他的背包，伸手去拽，他一把推开，林江川被推了个趔趄，登时火了，也伸手推过来。他撞到了柜子上，柜子玻璃发出哗啦响声。

"我才不稀罕你那点小钱，回去等传票吧，你那个死鬼老爸欠了我三十万，把房子抵押给我了，你那房子早晚是我的。"

林江川信口开河，来人气得全身发抖，反驳道："明明是你借我家的钱，别以为我不知道，你那个借据是假的！"

"假的？哈！"

林江川推开他，从柜子抽屉里抽出借据，展开，在他眼前一晃。

"好好看看这是谁的字，再说我还有人证呢，都是亲戚，谁会坑你？"

"当然会，你们就是想找借口霸占我家房产，你们为了那点钱连脸都不要了。我今天来就是要告诉你，做梦去吧，你们想要那房子，除非我死！"

"那你就去死吧！"

不知道是哪句话刺激到了林江川，他突然双目怒瞪，冲上前掐住那人的脖子。

他就知道林江川会这么做，仗着临时学的几招应急的招式，一拳头砸在林江川的脸上，趁着林江川捂脸叫痛，又一把扯过借据撕了个粉碎。

林江川先是吃惊，往后退了两步，接着嘿嘿笑起来，嗑巴嗑巴嘴，说："蠢货，这种东西要搞到很简单的，我可有不少道上的朋友，你老实点把房子让给我，我看在你爸面子上不跟你计较，不过你记住，那房子我一定要搞到手。"

男人说着，抓起那人的头发就往后撞，那人拎起背包砸过去。

背包在两人的撕扯中摔到了一边，一个东西咕噜咕噜滚了出来。那人弯腰去捡，太阳穴上挨了一拳，向前扑去，脑袋刚好撞在墙上，顿时头晕目眩。身后传来响声，他转过头，就看到林江川举起个东西砸向他。

原本阴暗的房间骤然一亮，刺眼的光忽闪而过，仿佛是车前照灯的光芒，一瞬间，他下意识地眯起了眼睛。

凌晨，一辆黑色大奔在路上疾驰。

这一片接近山麓，两边都是茂密的树林，大奔的四面窗户全开，随着车辆驶过，留下一连串肆无忌惮的叫喊。

车里四个人中三个都喝高了，坐在后座上的年轻男女抱在一起激吻，赵青婷透过后视镜瞄了一眼，当看到卢苇的手探进了庄静的迷你裙下，她急忙移开视线。

坐在副驾驶座上的男友楚陵也看到了，他不甘寂寞，伸手来摸赵青婷的脸，被她一巴掌拍开。

"别闹，我在开车呢。"

"你这开的是碰碰车吧？"

庄静也把卢苇推开了，无视他的不满，趴到车前座靠背上冲赵青婷叫:"再快点,要比你老公快才行啊。"

卢苇大笑,楚陵也笑了,探身去抓方向盘,说:"来,老公帮你开。"

他的手按在方向盘上乱转,赵青婷吓得去推他。

"这条路我不熟,你们别起哄!"

"又没车,你怕什么?"

庄静在后面喊,又随手拿起一瓶酒,瓶口朝下倒向车外,看着酒洒了一路,她兴奋地嗷嗷叫,卢苇坐在旁边,托托眼镜框,笑着看她耍酒疯。

楚陵不甘示弱,也跟着一起叫,赵青婷被他们吵得头都疼了。

山路没有路灯,赵青婷又有点近视,七十迈的车速对她来说已经是极限了,她让他们安静,楚陵不仅不听,还把庄静的尖叫当成是助兴,继续抢夺方向盘。

前方隐约闪过灯光,赵青婷用力推他,喊道:"对面来车了,别闹。"

"你眼神不好,哪儿有车啊,静静、卢苇你们看到了吗?"

"呵呵,看到了,鬼车鬼车!"

两个神经病在后面一个赛着一个地嚎,赵青婷忙着争方向盘,忽然一道阴影冲着挡风玻璃扑过来,依稀可辨是只小动物,她一慌张,下意识地往右猛打方向盘,同时踩刹车。

尖锐的刹车声过后是砰的一声重响,赵青婷吓傻了,僵在座位上一动不动,其他三人则猛向前晃,楚陵撞到了额头,张嘴就想骂人,一转头,看到了斜停在对面车道上的车,他闭了嘴。

那辆车为了躲避他们的车,冲去了车道外,车头撞在一棵树上,貌似安全气囊都被震出来了,司机坐在里面一动不动,只有车灯灯光朝前幽幽散开。

庄静和卢苇也都缓过神了,卢苇惊魂未定,问:"刚才是个什么玩意儿?"

"好像是野猫。"

庄静说着,又看看那辆车,卢苇再问:"那人不会是死了吧?"

"你个乌鸦嘴！你可闭嘴吧！"

"你才乌鸦嘴，要不是你喝高了嗷嗷叫……"

"那也是楚陵不好，他还去抢方向盘，是有毛病吧。"

"你们都他×的给我闭嘴！"

楚陵一声大吼，后面两人都闭了嘴，赵青婷第一个跳下车，跑到了那辆车前。

安全气囊果然弹出来了，驾驶座旁边的车窗是打开的，借着车灯，可以看到车主满脸是血，靠在椅背上一动不动。

其他三人也紧跟着跑过来，看到这一幕，庄静一个没忍住，摇摇晃晃跑去道边，哇地吐了出来。

卢苇的脸也白了，托托眼镜想再靠近看看，又不敢，赵青婷掏出手机要打电话，被楚陵一把按住。

"你干什么？"

"打120啊。"

"你傻了吧，警察来了怎么办？我们都喝酒了。"

"可是不叫急救，他很可能会死……"

车主脸上都是血，不过可以看出很年轻，赵青婷无法坐视不理，她要拨号，手机被楚陵抢过去塞进了口袋。

赵青婷气急了："你怎么这样？"

"那不然怎样？警察要真来了，醉驾、嗑药、超速，一样都跑不掉，是你开的车，你想把我们都搭进去吗？"

"可是……我没喝多少……"

赵青婷酒量很差，晚上就喝了半杯葡萄酒，又过去了几个小时，她最多算是个酒驾。

她还想劝楚陵把手机还给自己，卢苇却说："如果这个人开慢点，就可以躲过去了。"

四个人中卢苇的岁数最大，也最冷静，他不是那种喜欢高谈阔论发表见解的人，不过每次说话都是一语中的，言下之意对方也有过错，出车祸与他们没有直接关系。

赵青婷没有反驳，不过还是觉得他有点强词夺理，如果不是楚陵抢方向盘，导致她没留意前方，说不定就不会把车开过中间线了。

庄静吐完回来了，大家的话她都听到了，说："不能报警，我后天要走台，要是让公司知道了，肯定换人。"

"可是……"

赵青婷还想坚持，楚陵冷笑道："你爸那个正教授熬得也不容易，你不能帮忙就算了，还要拖他的后腿吗？"

赵青婷的父亲是燕通大学的教授，工作看着很体面，实际上学府内部教授之间的竞争非常激烈，有时候没事都能折腾点事出来，更别说酒驾车祸了。

被他这么一说，赵青婷没底气坚持了。

夜风吹来，四个人脸上都凉凉的，庄静看看天，好像要下雨了，她催促道："快走快走，要是有人经过看到，就麻烦了。"

她转身回车上，卢苇跟在她后面，赵青婷还在犹豫，被楚陵拉着就走，就在这时，车主忽然动了动，发出一声呻吟。

"他还活着！"

赵青婷想反身去查看，被楚陵一把拉开，说："我去看看。"

他脸色阴鸷，赵青婷很害怕，总觉得他不单纯只是看一看，便紧跟在他身后。

他们返回车前，车主还没恢复意识，只是喘息声比刚才重了，楚陵想凑近了细看，车头突然砰的一声，他没防备，脚下一滑坐到了地上。

赵青婷吓得快哭出来了，战战兢兢看向车头，一只猫正蹲在那儿，猫眼盯着他们，瞳孔泛出阴恻恻的光。

庄静和卢苇也看到了，庄静连声叫道："就是这只死猫，刚才就是它突然跳出来，我们才差点撞到人的！"

仿佛听懂了她的话，猫的喉咙里发出咕噜咕噜的声音，像一种威吓。

庄静不敢再说话了，掉头跑上了车，卢苇紧跟其后，又催促他们赶紧离开，楚陵慌忙爬起来，拉着赵青婷跑回车上。

大奔重新启动，朝前跑去，这时雨点终于落了下来，噼里啪啦打在车窗上。

下雨了,四人心中都松了口气,赵青婷关上车窗,楚陵说:"这种山路没监控,下了雨,就算地面有痕迹也会被冲没了,这事大家都当不知道,明天该干什么干什么。"

他的话得到了庄静和卢苇的附和,赵青婷很不情愿,却没办法,只得跟着点头。

出了意外,车里陷入长久的寂静,大奔朝着前方一路狂奔,像是希望尽快离开这个恐怖的地方。

雨点击打在车窗上,谁也没留意到道边树后停了辆摩托,一个男人靠在车上,默默盯着大奔,直到车辆跑远了,男人这才从车座下掏出雨披。他套上雨披,雨披帽子特意压得很低,闷头走到被撞的那辆车前。

像是感觉到了来自男人身上的危险气息,车头上的猫后腿一蹬,跳进了草丛。那是只习惯了野外生存的猫,跳动时没发出一点声音,男人没注意到猫的存在,目光落在受伤的车主身上。在确定车主没苏醒之后,他抽出胶皮手套戴上,先是拍拍车主的脸。

车主像是有感应,发出一声长长的叹息,但也仅是如此,男人便绕去副驾驶座位上。他拉拉车门,车门没变形,被顺利拉开了。

副驾驶座上放了个皮包,皮包拉链没拉紧,一些东西在撞击下滑了出来,男人看到手机,拿起来,又把包上的拉链完全拉开,在里面翻了翻,找到了另一部手机,便一起放进口袋。

包里还有个钱包,钱包里没多少钱,放的都是些证件,男人把钱拿出来,钱包丢回包里。

车主就在这时醒了,微微睁开眼睛看过来,男人眼眸里闪过冷光,手伸向车主的脸,做出要捂住口鼻的动作,车外突然传来一声猫叫。

深夜突然响起这么一声,实在太瘆人了,男人下意识地抬头去看,不远处闪过光亮,有车开过来了。

男人没敢再耽搁,掉头跑回摩托车上,转了下车头,朝着大奔跑走的方向离开了。

随着他的离开，小猫重新从草丛里跳出来，先是跳上车头，大概是觉得那个白色的安全气囊很有趣，又越过开着的车窗跳进车里。

小猫的前爪按在了车主的头上，他闷哼一声，神志逐渐清醒起来。他动动眼皮，紧接着就感到头顶又是一痛，被个东西重重踩了一脚，他想看清那是什么，鼻子被某个毛茸茸的物体拂到，痒痒的，他张嘴打了个喷嚏。

车祸重伤还有力气打喷嚏的，古往今来大概就他一个了吧——男人自嘲地想。

小猫像是被喷嚏声吓到了，跳去了气囊上，歪着脑袋，眼对眼看着伤员。

对面闪过光亮，一辆甲壳虫开过来，小猫的眼睛被车灯晃到，喵地叫了一声。

司机很快就看到了撞在树上的车，急忙停下，一对年轻男女跳下车，也不顾得下雨，直接跑了过来。

看到满脸是血、生死未卜的车主，女人立刻掏出手机叫救护车，男人则上前查看车主的情况，却先看到了蹲在气囊上的猫，他吓了一跳。

"怎么还有只猫？"女人打完电话，看到猫，奇怪地说。

小猫纵身一跳，钻进了皮包，男人说："应该是他的宠物吧。"

雨势渐大，男人去车上取了伞，又看看前后的道路。

"这么宽的路都能撞树上，不知是不是酒驾？"

"幸好遇到我们，算他命大。"

"喵。"

软绵绵的叫声从包里传出来，仿佛在附和他们的话。

第一章
诡异的车祸

陈一霖刚迈进《杏花枝头》的片场,迎面便被一波水雾喷了个正着,他新买的白衬衣未能幸免,半边身子都淋湿了。

"没事吧?"

一个中年男人跑过来,怀里抱了个特制的水龙头。看着水管朝向自己,陈一霖跳去旁边避开了。

男人及时关上了阀门。

"这是刚才用的道具,出了点小问题,抱歉。"

他的道歉毫无诚意,男人上下打量着陈一霖。

陈一霖一米八五的个头,双腿修长,头发颇短,透着英气,上身被水打湿了,胸肌恰到好处地显现出来,他抹了把脸,中年男人觉得他这个随便做的小动作也挺帅气的。

他啧啧称道:"现在的群演质量都这么高了啊。"

"啊?"

陈一霖没听懂,男人问:"你不是今天的群演?"

"不是,我是陈恕的助理,刘先生……就是他的经纪人让我到这儿来接他。"

"哦,听说了,你就是新来的那个对吧,刚才刘先生来电话交代过……你叫陈……"

"陈一霖。"

"对,陈一霖,和恕恕五百年前是一家的那个,他还有两场戏,你进去等吧。小鱼,这是恕恕家的助理,你带他进去。"

随着叫声,一个戴眼镜的女孩子经过,冲陈一霖摆摆手。

她个头不高,却抱着两个看似不轻的大箱子,只能看到半张脸。

陈一霖想帮忙,她说:"不用,都习惯了。女人当男人用,男人当牲口用,这就是剧务。"

她貌似真的很习惯,陈一霖跟在后面,有好几次担心她被地上一些拉线绊倒,她都熟练地迈过去了,还不耽误聊天。

"你总算是来了,恕哥的助理突然辞职,这两天都是我在帮忙照顾杠杠,现在轮到你了,对了,你喜欢小动物吗?"

"不讨厌,"顿了顿,陈一霖说,"我很喜欢狗,可惜没时间养。"

"喔……"

小鱼的声音中带了丝惋惜,陈一霖有点奇怪,想再细问,拍摄现场到了。

《杏花枝头》的背景是清末民初,正在拍的这场戏在屋里,所以陈一霖只能看到外围的一大群人,里面是什么状况他完全不知道,扫了一圈,没找到陈恕,他想应该是在里面拍戏。

小鱼大步流星进了旁边的平房,陈一霖收回眼神,跟了进去。

屋子不大,却放满了东西,都是各类道具和日用品,陈一霖的目光扫了一圈,最后落在脚下一堆猫罐头上。

"剧组有人养猫?"他问。

"就是杠杠啊,恕恕家的宝贝,不舍得放它在家里,就带过来了,平时他照顾,他拍戏时就我来照顾。"

墙角传来哗哗声,配合着小鱼的讲述,放在那里的装饰道具被顶开了,一只小猫冒出了头,眼睛滴溜溜地转,像是在确认安全系数,然后一弓腰跳了出来。

"喏,就是它。"

小鱼放下箱子,翻翻口袋,陈一霖看到她手腕上戴了根几个颜色串在一起的手绳,当中连了个形状很奇怪的银饰,估计是辟邪之类的东西。

好像混这行的人都挺迷信的。

小鱼掏出一包零食递给陈一霖,陈一霖拒绝了。

"谢谢,我不吃零食。"

"不是给你的,是给杠杠的。"

"……"

"杠杠以前是流浪猫，警惕性很高的，你用这个跟它联络下感情。"

"你让我当铲屎官？"

"因为是恕恕的猫啊，也就等于说今后杠杠就是你的猫主子了。"

陈一霖脸上的笑容僵住了。

他当陈恕的助理是因为有任务在身，不是来养猫的，尤其是他对猫这种任性的生物没太多好感。

如果可以，他宁可照顾狗。

叮铃铃的铃铛声中，小猫走到了他面前，仰起头来看他。

猫的毛色稍微偏橘，脸圆圆的，既讨喜又精神，乍看像金渐层或美短，不过从模样和花纹来看应该是狸花。

陈一霖对猫的种类不太了解，总觉得作为明星，哪怕是个十八线的，也会为了面子选纯正血统的猫，而不是这种普通的中华田园猫，看来这个陈恕不太按常理出牌啊。

不过他知道这猫为什么叫杠杠了，因为小猫左前腿当中有两圈白毛，就像小学中队长左臂上戴的两道杠。

像是催促似的，小猫抬起前爪拍拍陈一霖的腿，陈一霖这才撕开小零食包，拿出一块冻干，蹲下来递到它面前。

小猫探过鼻子嗅了嗅，不知道是不是不喜欢，竟然扭头走掉了。

陈一霖目瞪口呆，小鱼哈哈哈笑起来。

"看来它不是很爱你啊。"

"谢了，我不需要一只猫来爱。"

陈一霖看看零食包，是牛肉味的冻干，估计这猫不爱吃牛肉，他把冻干丢进嘴里，还别说，嚼起来还挺香。

小鱼摇摇头，跟猫争零食的助理……希望他不会那么快被辞掉。

不过这家伙的体形还真不错，估计是不忌口，什么都吃。

她拿出箱子里的道具，打趣说："你平时常撸铁吧，刚才那箱东西真该让你拿了。"

陈一霖笑了，露出整齐的八颗牙。

"撸铁？没那时间。"

"骗谁呢，就你手臂这肌肉一看就是健身狂魔，欸，你是第一次做这行？"

"是啊，完全没经验，今后还请小鱼姐多多指教。"

"哎哟，我就一小剧务，能指教你啥啊，你把你家老板哄开心就行了。"

屋里没人，陈一霖小声说："听起来陈恕不太好相处？"

"没有，他人挺好的，就是助理换得勤了点。"

"为什么？"

小鱼冲他耸耸肩，一脸"我哪知道"的表情。

她拿起道具要出去，又转头对陈一霖说："恕恕的戏快拍完了，你可以在这儿等，也可以去看他们拍戏，不过就是一开始看着新鲜，我保证你看不了几天就腻了。"

陈一霖选择了后者——比起拍戏，他对陈恕这个人更感兴趣。

这也是他利用助理的身份混进来的目的——近距离监视陈恕，调查他与凌冰死亡事件的关系。

"我帮你。"

他帮小鱼拿过道具，这次小鱼没拒绝，问："你以前是做什么的？"

"公务员。"

"啊！"

"觉得太稳定没意思，就辞了，想做做有挑战性的工作。"

"所以你所谓的挑战性工作就是给明星当保姆？"

"其实我真正的梦想是当明星，可惜这条路不好走，就稍微妥协了一下。"

小鱼尽量让自己不要露出看傻瓜的表情，点点头，说："那你得努力了。"

陈一霖帮小鱼把道具放好，在她的安排下进了片场。

戏正拍到剧情高潮的地方，陈恕扮演的是大户人家庶出的少爷，性情风流。后来家里买了个叫水纹的丫鬟，水纹天生哑巴，不过长相清秀，针线活儿做得好，对少爷也是一片痴情。可惜"少爷"是个渣男,听说她有了孩子,不仅不认,还翻脸不认人,要赶她出门。水纹起初还对少爷抱了期待,直到发现少爷另外定了亲,还让管家买了藏红花骗她喝,她的痴情便转化为恨。她趁少爷晚上喝醉,带着刀子进了书房想和他同归于尽。陈一霖混进片场时,剧情正拍到陈恕饰演的少爷发现了水纹的目的,把刀子夺过来扔去了一边。

饰演水纹的是近期颇受好评的小花方芳,陈一霖不认识,不过觉得她的扮相挺灵气的,表情和眼神把握得也很好,把对少爷的痛恨和爱意都表现出来了,他看得出神,都忘了这是在拍戏了。

陈恕也发挥得很自然,他外形帅气,很肉麻的台词经由他口说出来,都不觉得有多突兀了,活脱脱一个斯文败类的形象。

陈一霖看着两人的对手戏,忍不住想陈恕这人戏里戏外都是渣男,也不知是不是本色出演。

一个多月前,一个叫凌冰的小明星意外死亡,而陈恕就是凌冰的前男友。

凌冰说红并不红,不过因为常在电视剧里饰演配角,混脸熟多年,也算有一定的观众缘。她的死因很简单,因喝酒过量,又嗑了药精神亢奋,穿着十五厘米高的高跟鞋在独居的公寓发疯,导致摔倒,更糟糕的是她在摔倒时扯到了供桌上的绸布,摆放在桌上的灵石落下来,刚好砸在了她头上。

这并非致命伤,可惜凌冰嗑药过度,受伤后意识模糊,造成出血性休克,直到次日早上她的助理一直联络不上她,过来查看,才发现她出事了,急忙叫救护车,却为时已晚。

警方会怀疑陈恕,是因为他和凌冰有过一段时间的交往,凌冰也正是在他们交往期间开始嗑药的,并且凌冰在出事的前一天还跟陈恕通过电话。

根据凌冰闺蜜的证词,他们还查到凌冰在死亡前一个月流过产,流产前陈恕曾转过二十万给她,凌冰向闺蜜透露陈恕不肯负责任,只肯掏钱,还说假如自己有意外,那就是他害的,闺蜜当时没当回事,谁想到没过多久凌冰就真出事了。

那块导致凌冰间接死亡的石头是她从泰国请回来的,据说请高僧开过光，非常灵验，陈一霖不知道那种东西是不是真灵验，但毫无疑问，正是它要了凌冰的命。

假如不是因为凌冰服用的药物是"猫儿眼"的话，凌冰之死可能就会被当做意外处理了。

猫儿眼是一种新型毒品，通常包在软糖或巧克力当中，引诱不熟悉毒品的人服用，它最明显的临床表现是吸食者短时间内瞳孔会异常收缩，就如同正午时分的猫的眼瞳，所以很受一些吸食者的喜爱，甚至在眼瞳变化后特意拍照，发朋友圈炫耀。

和其他一些软性毒品一样，猫儿眼可以让人在毫不知觉的情况下吸入，并且迅速致幻兴奋，所以推出后很快就在地下酒吧、舞厅甚至校园中流通，缉毒警察抓获了部分卖家，但可惜源头一直无法锁定。

所以陈一霖伪装身份来当陈恕的助理，一个更主要的目的就是调查陈恕是否与猫儿眼流通有关。

还有，根据凌冰的死亡现场勘查，凌冰的房间曾有外人进入，陈一霖甚至曾怀疑那个人就是陈恕，可惜的是在凌冰死亡当晚，陈恕正在附近的城市参加电影拍摄，几十个人可以证明他在片场，所以陈一霖的怀疑不了了之了。

咣当！

响声把陈一霖的思绪拉了回来，抬头看去，却是水纹被少爷掴了一巴掌，终于忍不住冲上去和他扭打，她发了疯，力气颇大，少爷被推到了博古架上。

博古架上的两个小瓷器落到了地上，少爷表情阴沉，突然抓住水纹的肩膀把她推倒在地，接着抄起架子上的木雕朝她头上砸去。

"喵！"

不和谐的叫声传来，陈恕的脸色顿时变了，手一晃，木雕擦着方芳的额头落到了地上。

片场一片寂静，只有陈恕重重的喘息声，他狠狠盯着方芳，表情冷厉，方芳则仰头看着陈恕，大大的眼睛里蒙上一层水雾，嘴唇动了动欲言又止。

一瞬间的惊心动魄,陈一霖几乎可以感觉得到周围凝起的冷意,他看呆了,着急想知道剧情接下来该怎么发展,却听到姜导一声大喝。

"卡!"

凝固的空气被这一大嗓门成功地敲散了,众人回了神,剧务急忙跑过去扶起方芳。

方芳的脸都白了,陈恕向她道歉,却被姜导的叫声盖过去了。

"怎么有猫?谁的猫?"

像是应和他似的,片场又传来一声软绵绵的猫叫,大家急忙叫着抓猫,陈一霖正想着该不会是陈恕的猫吧,就见眼前影子一闪,狸猫居然还认人,从大家脚下窜来窜去,一下子扑到了陈一霖的裤腿上,再顺着裤腿一路爬上他的腰间。以陈一霖常年和罪犯打交道的经验来看,技术这么娴熟,这猫绝对是惯犯。

"你怎么把猫带进来了?"有人冲上来质问。

陈一霖不想多生是非,赶忙说对不起,又抱着猫要走。

陈恕过来拦住,说:"这是我的猫,大概是没看住,它就乱跑了。"

陈一霖暗中观察他,他的情绪已经恢复了正常。

平心而论,陈一霖觉得这个民国初期的造型很配陈恕的气质,他五官清秀,长衫刚好衬托了他颀长的身材,刚才那场戏的爆发力也很足,他把身为庶子的自卑和冷漠都表现了出来,真的可以说是要颜值有颜值,要演技有演技,可神奇的是在圈子里混了这么久,他居然还在十八线打转,陈一霖感到很不可思议。

"不错!"

姜导连连拍巴掌,赞道:"你们俩发挥得都很好,方芳你演出了哑女由爱到恨再到恐惧的转变,恕恕你这个'渣男'的形象也塑造得完美,这猫也是神来之笔,不愧是你养的猫,都会主动给自己加戏了。"

姜导是出了名的严格,见他居然一次就给过了,陈恕松了口气,方芳的脸色却很难看,她再看看地上的木雕,就更不舒服了。

方芳是第一次和陈恕搭戏,不了解他的习惯,不过出于女人的直觉,她感觉刚才陈恕不是在演戏,而是来真的,要不是那声突如其来的猫叫,木雕多半就砸她脑袋上了。

可是姜导点名说好,还说要给他们和那只猫加戏,她就算再不爽也只能憋着,还得违心称赞陈恕的演技,等这场戏一结束,她就掉头离开。

方芳前脚刚出片场,陈恕就追了上来,说:"刚才不好意思,我太投入了,没吓到你吧?"

"你说呢?"周围没人,方芳也就没再掩饰,眼神瞥过他的额头,说,"出了车祸就好好休息,没必要这么拼,反正你的戏也不多,后期很容易剪辑的。"

她走了,陈恕站在原地,伸手摸摸额头。

一个星期前,他开车撞到了树上,搞得头破血流,还好只是外伤,休息了两天就回剧组了。

发型师重新帮他设计了发型,用头帘遮住了额头上的伤,倒也不妨碍拍戏,谁知道……

一只拿着木雕的手突然向他挥来,陈恕下意识地往后晃。

"陈先生?"

旁边传来叫声,陈恕回过神,他站在走廊上,眼前阳光正好,既没有木雕也没有手,只有心脏因为突然的回闪而悸跳不停。

陈一霖抱着猫走过来。

陈恕和方芳的对话他都听到了,医生说陈恕的伤没问题,不过根据他对陈恕的观察,陈一霖觉得问题很大。

陈恕现在的脸色难看极了,用唯心主义的说法说就是他好像见了鬼。

大概是心里有鬼吧,陈一霖相信自己的判断,至少在前女友凌冰之死这件事上,陈恕隐瞒了很多事情。

他在心里思忖着,表面却一脸关切,问:"你没事吧?"

"你?"

陈恕恢复了正常,上下打量他,很快反应了过来,说:"你是新来的助理？刘叔上午跟我说了。"

"是的。陈先生你好，我也姓陈，叫陈一霖，我是头一次做这行，什么都不懂，你想让我做什么，只管吩咐就好了。"

"业务不熟练无所谓，只要口风紧嘴巴严实就行了。"

陈一霖一愣，陈恕微笑着问："有问题吗？"

"没有，我敢说没有人比我更懂得什么是嘴巴严实了。"

"很好，以后叫我名字就行了，不用这么见外。"

陈恕的普通话咬字很标准，与戏中演绎的气质相比，他现在身上多了几分贵公子的优雅，再配上一副招牌笑容，陈一霖忍不住想不愧是吃这碗饭的，随便这么一站就光芒四射啊。

这样的一个人，会是私下买卖毒品、杀害绯闻女友的冷血凶手吗？

陈一霖不敢大意，他也绽放笑脸，很热情地说："那我就叫你恕哥好了，我听大家都这样叫你的。"

陈一霖个头高体格好，往那儿一站，活脱脱的保镖形象。

不过他有个致命缺点，那就是一笑就露俩酒窝，就这个娃娃脸让他没少栽跟头，审个犯人都会被嘲，不过这形象也有它的好处，那就是在处理特殊事件时非常便利。所以这次上司魏炎就把他派出来了，出发前还拍着他的肩膀说："你可是咱部门最好的伪装者，除了警察，你扮什么像什么。"

陈一霖无言以对。

陈恕对陈一霖的身份完全没怀疑，他今天的戏份都完成了，去服装间换衣服，陈一霖抱着猫跟在后面。小猫闹腾久了，大概是累了，靠在他臂弯里睡着了。

陈恕换好衣服，拿起一个宠物包，陈一霖以为他会让自己做，谁知陈恕拉开拉链，轻轻抱起小猫塞进包里，动作很小心，像是生怕把它弄醒了。

陈一霖在旁边看着，觉得这反差有点大，他都搞不懂哪个是在演戏了。

"一个优秀的演员，哪怕是在台下也会一直演戏，你可要小心别被他骗了。"

想到魏炎的提醒,陈一霖堆起讨好的笑,赞道:"恕哥,你对杠杠可真好。"

"它可是我的救命恩人呢。"

"救命恩人?"

"我出车祸那事你知道吧,就是它叫的救护车。"

陈一霖脸上的笑一僵,陈恕哈哈笑起来:"开玩笑的,你还当真了。"

"呵呵,恕哥你可真风趣。"

陈一霖嘴上说着,心想"你就乐呵吧,小子,有你乐不出来的时候"。

他接过宠物包,跟着陈恕走出电影城,路上遇到陈恕认识的人,陈恕都主动打招呼,完全脱离了戏中疏离冷漠的少爷形象。

于是陈一霖又在心里给他多加了个人设——伪君子。

两人来到陈恕的车位。

陈恕之前开的车因为车祸报废了,他现在开的是辆宝马X5,陈一霖事先调查过陈恕的收入,与他的收入相比,这车实在是太"低廉"了。

陈恕把车钥匙给了陈一霖,自己坐到了后座上,说:"我的工作都是刘叔在处理,你主要就负责开车接送、帮忙买买东西就行了。"

刘叔叫刘善斌,是陈恕的经纪人,陈恕自从进这个圈就一直是刘叔负责的,陈一霖可以顺利接近陈恕也是靠刘叔帮忙,不过刘叔并不知道陈一霖的真实身份。

他照陈恕说的地址把车开出去,说:"刘叔让我跟你一起住,方便就近保护你,还有你身上有伤,体力活儿什么的全部交给我就行了。"

"保护我?呵呵,连警察都说那只是个普通的车祸。"陈恕说,口气透着嘲讽,陈一霖透过后视镜看他,感觉他对警察有点排斥,就像罪犯面对警察时那种本能的排斥。

陈一霖故意说:"刘叔说有人在针对你,还是小心一点好,要不也不会请我过来了。"

陈恕没再说什么，掏手机打给刘叔，陈一霖不知刘叔在对面说了什么，就见陈恕不时地看自己，脸上露出惊讶。

等挂了电话，陈恕重新认真注视陈一霖，陈一霖感觉他的眼神中充满怀疑。

这个人的疑心病非常重，尽管他表现得很容易接近。

陈一霖心里想着，就听他说："你以前在陈冬的侦探社？"

"算是吧，我和陈冬是哥们儿，就当帮他的忙。"

说起陈冬，陈一霖和他算是不打不相识，陈冬开侦探社有些年头了，对外称是调查公司，实际上就是只要有钱什么活儿都接，有些行为经常游走在灰色地带。为此陈冬还被关进过局子，不过他也有他的一些路子，会适时地帮忙提供一些情报给警方，所以大多数时候陈一霖都睁只眼闭只眼放他过去。这次陈一霖可以顺利当上陈恕的助理，也是陈冬的功劳，他三教九流都有朋友，刘叔就是其中一个，刚好陈恕出事，刘叔想找个有点身手的助理，陈冬就把陈一霖推荐过去了。

"听说你还是特种兵出身，功夫一定很好吧？"陈恕又问。

这次陈一霖没忍住，差点呛到。

陈冬有个满嘴跑火车的毛病，陈一霖是知道的，但他没想到这家伙敢这么信口开河。

生怕牛皮吹大了圆不回来，他赶忙说："没那么厉害，我就是懂得些拳脚功夫。"

"嗯……"

陈一霖透过后视镜看去，陈恕的表情没变化，也不知道他在想什么，陈一霖便又加了一句，"对付两三个人应该没问题的。"

"那我得多加一份工资给你了。"

"那敢情好。"

陈一霖笑得咧开了嘴，陈恕瞥了他一眼，心想这个新人怎么看着傻乎乎的，也不知道刘叔是怎么把关的，希望能用吧，至少别给他拖后腿找麻烦。

车拐过一个路口，陈恕指指街道旁的宠物店，让陈一霖找地方停车。

陈一霖在附近的空车位上停下车，陈恕说去给杠杠买猫粮，让他在车里等。

"恕哥你不用戴墨镜和口罩？"陈恕要下车，陈一霖问道。陈恕从口袋掏出一副平光眼镜戴上，兴致勃勃地问："这个怎么样？"

以陈一霖作为警察的经验来说，这变装实在是太烂了，他把脱口而出的"不怎么样"咽回去，啪啪啪拍巴掌。

"恕哥你太厉害了，简直就像变了个人。"

"是眼镜厉害，几万块呢……你看着杠杠，别让它乱跑。"

陈恕下了车，陈一霖啧啧。

上万的眼镜啊，可真有钱，可怜他连换个几千块的手机都要纠结好久，难怪大家挤破了头都想进娱乐圈了。

陈恕前脚刚走，小猫就醒了，也不知道它怎么捣鼓的，居然从宠物包里钻了出来，在车后座踏来踏去，像是巡山的大王。

陈一霖想把它捉住塞回包里，它一跳就躲开了，钻进了陈恕的皮包，又抬起前腿，啪啪啪把里面的东西都拍到了地上。

"你再胡闹，我断你晚餐！"

陈一霖转身警告，小猫大概听懂了，弓起身示威似的冲他喵地叫了一声，接着一记猫巴掌拍下，皮包边上的一个本子被它这么一拍，顺利滑到了地上。

"我决定把你明天的三餐也给断了。"

陈一霖继续威胁，眼神掠过那个本子，眉头挑了起来。

那是《杏花枝头》的剧本，落地时刚好翻到少爷和丫鬟翻脸的那场戏，陈一霖扫了两眼，忽然发现不对劲，索性捡起剧本仔细看起来。

按照剧情内容，少爷被水纹攻击后，叫来家丁把她拖出去，要把她卖掉，而陈恕演的却是直接反击，差点砸伤饰演水纹的方芳……

想想片场那场戏，陈一霖心头一紧。

陈恕的演技颇有张力,他看的时候完全被带进去了,没想到竟是陈恕的即兴表演,方芳事先肯定也不知道,所以脸色才那么难看。

假如不是刚巧那声猫叫,陈恕那一下会不会就真砸下去了?

就像凌冰的脑袋被石头砸碎的样子?

陈一霖的后背隐隐发凉,陈恕表现得温和有礼,不过警察的经验告诉陈一霖越是外表温和的人,越是会在意想不到的地方突然暴怒,这种人要比外表凶恶的罪犯更可怕。

"喵!"

猫叫打断了陈一霖的沉思,抬头一看,小猫从包里叼出一个绿色的小香囊,歪着脑袋咬来咬去。

"杠杠干得好,晚上给你加鸡腿。"

陈一霖摸摸小猫的脑袋,又留言给魏炎,说自己已经混进去了。

魏炎的电话很快就打了进来,昵称是老头,那是陈一霖特意标注的,以防被人看到。

陈一霖接了电话,魏炎问:"还顺利吧?"

"顺利,我还有新发现,我怀疑陈恕精神方面有问题。"

他说了片场的突发事件,又说:"我猜凌冰的死也与他有关,他只是巧妙地利用了某种手段,制造了时间差。"

"这个可能性我们在一开始就设想过了,并且也全部推翻了。"

"也许我们只是还没找到他使用的诡计,只要揭破这一点,就可以将他捉拿归案了。"

"但我们是警察,需要大胆设想小心实践,你不要急,既然混进去了,就先慢慢观察吧,找出他的破绽,顺利的话,还能找到猫儿眼的线索。"

"是!"

看到陈恕从宠物店出来,陈一霖正要挂断电话,就见他半路停下脚步,拿出手机看了看,脸色不太好,似乎有来电,他在犹豫接不接,最后还是又把手机放回了口袋。

陈一霖说了句"再联络"便挂了电话,陈恕回到车上,他买了两大包猫粮,表情伪装得很好,要不是陈一霖一直留意,说不定就被他糊弄过去了。

车后座一片狼藉，陈恕一点都没吃惊，像是习惯了，把东西捡起来放回包里，小猫用头蹭他，他还反手摸摸小猫的脑袋，完全没生气。

陈一霖看在眼里，觉得他不是装的，他是真喜欢猫，喜欢小宠物的人通常都有爱心，可偏偏这个有爱心的人是凶案嫌疑犯，还真是矛盾啊。

"抱歉啊，恕哥，你一走它就开始闹腾，我抓不住它。"

"早就想到了，它可聪明了。"

"是啊，都可以帮你叫急救车呢。"

陈一霖故意这么说，陈恕被他逗乐了，摘了眼镜随便一丢，说："那是开玩笑，不过幸好有它在，那些人才没杀我，只偷了我的手机。"

陈一霖挑挑眉。

其实有关那次的车祸经过，陈一霖曾仔细看过陈恕的证词。

陈恕是在去祖父母家的路上出事的，陈恕的祖母因摔跤进了医院，他在拍完戏后就连夜开车过去，结果发生了意外。

陈恕坚持说他是因为躲避开过中间线的车才会撞到树上，那些人偷了他的两部手机，还想杀他，幸好小猫跳出来狂叫，那些人才跑掉的。

陈一霖看了这段证词后，只想说陈恕是恐怖电影看多了，因为打电话叫救护车的夫妇说没有看到其他车辆，他们只看到了那只猫。由于猫主动钻进了陈恕的包里，救护人员以为那是陈恕的宠物，就一并把它带去了医院。

所以陈恕有可能是因为头部受到撞击产生了臆想，或是车祸是陈恕的自导自演——他知道自己是嫌疑人，就故意制造意外，好引开警方的注意。

车祸之后，警方确实在离现场最近的交通监控里查到了经过的车辆，不过这说明不了什么，再加上凌晨大雨，严重妨碍了事故现场勘查，所以陈一霖不知道该说陈恕是倒霉呢还是幸运。

"可是为什么要偷手机？"他开着车，说，"恕哥你那眼镜那么贵，他都没动。"

"是不是？是不是？我就说那些人有问题，可那帮警察一个个都喜欢自作聪明，硬说我有被害妄想。"

陈一霖咳嗽起来，他确定同事们绝对不会这样说受害人，哪怕这个受害人有犯罪嫌疑。

"你是不是听错了？警察不会当着当事人这样说的，他们现在超怕被投诉。"

"他们没说出口，不过眼神很明显认为我有问题。"

从另一种意义上来说，陈恕不仅有被害妄想，还挺有自知之明。

"杠杠你说我有没有被害妄想？"

陈恕摸着趴在膝盖上的小猫问，小猫歪着脑袋咬香囊，对他的询问置之不理。

最后还是陈一霖捧场，说："恕哥你这个香囊很特别啊，灵验不？赶明儿我也去求个。"

"求不到的，这是最爱我的女人送的。"陈恕一下一下摸着小猫的脑袋，一脸温柔地说。

陈一霖大脑中迅速整理出几个与陈恕关系密切的女人，都是他的绯闻女友，其中有模特有小明星，还有个颇有名气的酒店女老板，为此还传出了陈恕被包养的流言。可惜他的星运实在太差，每次他的话题都会和大明星的绯闻撞车，所以就算偶尔上榜，也会瞬间被那些铺天盖地的大爆料给淹没。

不过这些女人都不像是会做针线活儿的人，看这手工都可以当商品卖了，陈一霖忍不住想：看来这家伙还有不少秘密有待发掘啊。

"杠杠好像很中意这个香囊，都快咬坏了，恕哥你也不心疼，到底是爱猫还是爱女人？"

陈一霖特意把话题往女友身上拉，可惜陈恕没如他所愿，反问："你知道它为什么这么喜欢吗？"

"为什么？"

"你不是侦探出身吗？这观察力和推理能力不太行啊。"陈恕继续撸猫，漫不经心地说。

陈一霖噎了一下，很想说我当然知道，不就是香囊里塞的药草的作用嘛。

他感觉陈恕是故意的，不过既然立了笨蛋人设，那就得贯彻到底，他堆起笑脸，说："请恕哥赐教。"

"我也是事后才想到的，香囊里放了醒脑清神的药草，可能晒药草的时候和木天蓼的叶子放一起了，沾了木天蓼的气味，所以出车祸那晚，杠杠才会黏上我。"

"那它挺聪明的，知道跟着你没亏吃。"

"是啊，还帮忙吓走了想害我的人，可那帮警察都不信。"

"因为你带了只猫去提供证词，还说猫是'目击证猫'，正常人都不会信的。"陈一霖心想。

这件事成了最近他们局里最常讲的笑话，陈恕的操作太奇葩，以至于他们搞不懂他是真傻还是在装疯卖傻。

陈恕的公寓到了。

陈恕住在十八楼，这一层就住了他一个，因为他把对门那户也租下来了，美其名曰"喜欢安静"。不过陈一霖更觉得他是为了防备在办坏事时被发现。

进了房间，陈恕把小猫放出来，小猫对角落里的猫爬架看都没看一眼，在客厅和卧室之间乱跑，又扑到陈恕脚边抓住他叫了两声，陈恕以为它想自己陪它玩，蹲下来要抱它，它却一扭头跑掉了。

"猫这种生物活泼起来抓都抓不住。"

陈恕感叹完，把这周的工作日程传给陈一霖，让他先简单了解一下，又说下午要去配音房配音，他先去洗个澡，陈一霖的任务是去找猫，再陪猫玩，顺便喂猫粮。

陈恕交代完要走，陈一霖叫住他。

"恕哥，我住哪个房间？刘叔让我就近保护你。"

陈恕似乎不太情愿，不过他没反对刘叔的想法，说："住对面那家吧，反正房子空着也是空着。"

"不不不，我觉得我还是和你住一个屋檐下比较好，万一你又出什么事,刘叔那儿我也不好交代,"陈一霖无视陈恕的脸色,自说自话,"要不我就住你隔壁房间吧,放心,绝对不会打扰到你。"

陈恕目不转睛注视他,眼神深邃,像是看穿了他的目的。就在陈一霖以为他会否决的时候,他点点头,指了指旁边的客卧,同意了。

陈恕去洗澡了,陈一霖照他交代的先去找猫。

这只小猫简直就是精力充沛,陈一霖追着它在房子里跑了好几圈,还好它在快跑到墙角时突然停住,陈一霖这才揪住了它,呼哧呼哧喘着气,觉得抓贼都没这么累。

他在猫食盆里倒了猫粮,小猫好像很烦躁,嗅了嗅没兴趣,把头撇开了。

陈一霖灵机一动,找到香囊丢给它,它这才安静了一点,趴去地板上咬香囊。

"这哪是养猫,这简直就是养了个祖宗啊。"

陈一霖抹了把汗,坐在小猫身旁看手机里的日程表。

陈恕的工作排得就像条形码,稀稀疏疏的,陈一霖有点明白为什么他一直在十八线混了,因为他接的工作中话剧和配音占了大部分,小部分在屏幕上露脸的还都是配角或龙套,《杏花枝头》里他是主配,算是比较好的资源了,可惜人设又是个薄情寡义的家伙,注定拉不到观众缘。

不知道刘叔为什么总给陈恕接这类角色,就像是故意不让他红似的,明明从他出事后刘叔的态度来看,刘叔对他还是很关心的。

说不定这里面也有什么猫腻啊。

陈一霖琢磨着,又简单看了看房间。

房子清洁干净,一尘不染,根据调查的资料,陈恕从来不请家政,所以房间都是他自己打扫的。

陈一霖很少看到一个年轻男人这么喜欢干净,这种人通常都有强迫症,并且有着严格的领地界限,任何人都不能踏入他的领地,哪怕是朋友。

再看家具摆设,不是最高档的,但也价值不菲。陈一霖不知道陈恕有多少存款,不过之前在把他作为嫌疑人调查时,了解到他除了演戏的收入外,还持有几家上市公司的原始股,估计这才是他收入的大头,也由此可见他是个聪明人,并且很有头脑,知道该把钱投资在哪里。

脚下传来窸窣声,陈一霖低头一看,小猫大概是饿了,跑过来用头蹭他的裤管。

"刚才让你吃你不吃,现在知道来要了。"

陈一霖带它去猫食盆那边,小猫跟着他,在快走近时突然停下了下来,尾巴向上竖起,毛也奓开了。

陈一霖觉得它好像很紧张,他蹲下来敲敲食盆,说:"你不是饿了吗?还不过来吃?"

小猫不仅没靠近,反而向后退了两步,陈一霖发现不对劲了,主动走过去,小猫立刻抬起前爪扑到他腿上,喵呜喵呜地叫。

刚才小猫好像也对陈恕做过类似的动作。

陈一霖转头看了下猫食盆,猫食盆和猫爬架还有其他的小玩具放在一起,再前面就是墙壁了,再顺着墙壁往下看,是电源插座。

陈一霖懂了,他拿起猫食盆放去刚才小猫玩的地方,它果然不再抗拒,开始低头猛吃。

陈一霖在客厅仔细找了一圈,没找到针孔摄像头,便去走廊柜子里翻了翻,很快找到了螺丝刀,他用螺丝刀打开电源插座,果然看到里面放了微型窃听器。

"你在干吗?"

身后传来询问,陈恕洗完澡出来,就看到柜门大开,几个抽屉也都开着,里面的东西被乱翻过,再走进客厅,工具箱在地板上平摊开,陈一霖把插座拆了,好像在检查什么。

陈一霖冲他做了个嘘声的动作,把窃听器卸下来,陈恕看到了,立刻打了个"有人在偷听"的手语。

陈一霖很惊讶,同样用手语回道:"是的,我去检查其他插座,你当什么都不知道,正常说话。"

陈一霖以前在派出所工作,负责过一些与残疾人有关的案子,为了沟通顺利，他自学过手语，所以看到陈恕打手语，马上就回应了，打完才反应过来——不对啊，这家伙怎么也会手语？

陈恕很聪明，装作什么都不知道，用正常的语气和陈一霖聊行程，陈一霖就在聊天中把所有房间的插座都检查了一遍，最后又在卧室和书房里各发现了一个窃听器。

为了安全起见，他又检查了其他电子设备和不显眼的角落，还好都没有问题，监听的人只在陈恕常出入的三个房间偷放了窃听装置，非常地有的放矢。

陈一霖又检查了陈恕的手机，幸好手机没有被动过手脚。

陈一霖把三个窃听器放到空房间，两人回到客厅，陈恕这才开口说话。

"现在我相信你是从侦探社出来的了。"

陈一霖心一惊，他在查找窃听器时无意中进入了平时出任务的状态，急忙咧开嘴笑道："恕哥你更厉害，居然还会打手语啊。"

"因为《杏花枝头》的丫鬟是哑女，我们对手戏很多，我就学了一些，可能打得不够专业。"

"不不不，特别专业。"

两人互相吹捧完，目光转向隔壁的空房间，同时在心里想——那会是谁偷偷装的呢？

陈恕问："你是怎么发现的？"

"不是我发现的，是杠杠，它可真是个聪明的崽。"

丁零丁零的小铃铛声中，小猫跑过来，和刚进屋时相比，它安静了很多，主动跳上猫爬架开始睡觉。

陈一霖说："它回来后一直很烦躁，和在外面时很不一样，我就留了心，可能是窃听器的电波频率影响到了小猫的听力，不过这种情况我还是头一次遇到，它是从什么时候开始有这种表现的？"

"好像从一开始就有了，我咨询过宠物店，他们说这是猫不熟悉环境的应激反应，从时间来算是六天前。"

陈恕车祸后在医院住了一天，之后又回家看望奶奶，陈奶奶只是小摔伤，他在家住了一宿就回来了。也就是说窃听器可能是在那两天放的，也可能更早，只是没猫，陈恕不知道而已。

陈一霖观察陈恕的表情，感觉这不是他的自导自演，毕竟他不知道自己的身份，假如自己没发现的话，那他自导自演给谁看？

"你好好想想，谁有可能这么做？"他问。

陈恕皱眉看过来，陈一霖提醒道："比如在拍戏中和你有矛盾的人，或是和你有利害关系的人，或是一些比较疯狂的崇拜者之类。"

陈恕摇头。

"我一个十八线的小演员，就算有矛盾冲突也不至于搞监听，而且这里隐私保护做得很到位，能进入公寓还能安装窃听器的不可能是普通人。"

陈一霖赞同他的判断，从陈恕摆放东西的习惯来说，他是个很细心的人，所以安装窃听器的一定是专业人士，这样才有可能避开陈恕的注意。

他说："也许是谁雇人来做的，你有没有想到可疑的人？"

陈恕摇头，问："那监听的人会不会就在附近？"

"不会，这种窃听器是利用GSM信号传输进行监听的，只要是有这种信号覆盖的地方，就可以不限距离，而GSM又是全球性的通信网络……"

"也就是说那人可以在地球任何地方实时监听？"

"虽然不想打击你，但事实确实就是这样。"

陈恕听完，脸色更难看了，忽然跑进书房，从抽屉里拿了把钥匙，跑去了对面的租屋。

陈一霖拿着螺丝刀跟过去，检查了客厅和卧室，果然都安装了窃听器，看来对方想得还挺周到，哪怕知道这是套闲置房也没放过。

"去保安室。"

陈恕直接跑去了一楼，陈一霖觉得就算查看监控也不会有结果，不过他什么都没说，跟着陈恕下楼的时候，他唯一想抱怨的是——你好歹也是个明星，穿个洞洞鞋跑去找保安，这也太不顾形象了吧。

如陈一霖所料，两人来到保安室说明原委，保安倒是很配合，提供了一周前后的监控，不过什么都没发现。进出的都是公寓住户，至少大家都拿了进出卡。要是再往前追溯调查，数据太庞大了，陈恕放弃了。

乘电梯往回走，陈一霖建议说："这个你要不要跟警察讲一下，这是违法行为，再加上你怀疑有人制造车祸，偷你的手机，可以提出诉求，让警察来做调查。"

陈恕想了想，摇头拒绝了。

"算了，这事你也别跟刘叔提，免得他担心。"

陈一霖原本的打算是只要陈恕提出诉求，警方就可以对近期的监控视频进行调查，至少可以查到一个月前凌冰死亡的时期。

陈恕的前女友死亡，他本人的家里又被安了窃听器，这一切怎么看都不像是偶然事故，可是陈恕貌似不想深查，这更让陈一霖觉得他有问题。

"这怎么能算了呢？"他装作担心道，"那些人再暗中害你怎么办？"

"不是还有你嘛，"陈恕很快就恢复了平静，拍拍陈一霖的肩膀，微笑着说，"我相信你的能力。"

陈一霖感觉他对警察非常排斥，像是在避讳什么，警察的经验告诉陈一霖，陈恕故作镇定的笑容和口气都是心虚的表现。

可见他与前女友的死一定有关系。

为了不被怀疑，陈一霖没有再劝，只提议另外找住处，这个陈恕倒是同意了，简单收拾了衣物塞进旅行箱，和小猫一起打包给了陈一霖。

下午陈一霖开车送陈恕去配音公司给一部动画配音，他配的是个老年人的声音，声线转换自然流畅，要不是亲眼所见，会真以为是个老人在说话。

陈一霖在外面没事干，便拿着香囊陪小猫玩。

配音公司有一位工作人员也是猫奴，说自己家里养了三只猫，还专门拿了零食来喂小猫。陈一霖趁机向她询问陈恕的事，她说陈恕少年时代就参与过配音，中间停了几年，后来又开始配音，说起来比他出道演戏还要早。

陈一霖又问为什么中间停过，她说她也不知道，她只是有一次称赞陈恕有配音天赋时，听前辈提了一句而已。

正说着，小猫突然跳起来跑到了陈恕的皮包里，陈一霖还以为它又要咬香囊，却见在它的折腾下，皮包侧倒了，它用脑门把正在振动的手机顶了出来。

那是陈恕的手机，工作人员很惊奇地说："恕恕平时都是把手机锁储物柜的，今天是不是太急，给忘了。"

比起遗忘，陈一霖更觉得这是陈恕在试探自己，听说车祸一出，他就把助理辞退了，估计也是怀疑助理有问题。

陈一霖原本不想理，瞥了眼来电显示，名字居然是警察，出于好奇，他就接听了——作为助理，接听电话也是他的工作之一。

他打着官腔说："你好，我是陈先生的助理，陈先生现在不方便接电话，有事我可以帮忙转告。"

几秒的停顿后，对方小心翼翼地问："你不会是陈一霖吧？"

那是同事常青的嗓音，陈一霖心里有数了，继续说："是警察同志啊，什么事？"

工作人员见他在打电话，便离开了，常青压低声音说："听说你顺利当上明星助理了，怎么样？看到了好多大明星吧？"

"人是不少，大不大牌不知道，我又不追星。"

"啧啧，还想着让你帮忙弄个宋嫣的签名呢，看来是没指望了。"

"那是谁？"

"行了，说了你也不知道，说正事吧。我们调查了在陈恕车祸后经过的车，是辆黑色奔驰，车主叫楚陵，大四学生，是个富二代。楚陵说他们四个朋友去山间别墅玩，因为第二天有个试镜选拔，他才会凌晨出发回市里，时间过去太久了，他不记得当时有没有车辆经过，不过绝对没有事故车辆，否则他一定会帮忙报警。我查了他们的关系网，他们四个人都不认识陈恕，更别说偷他的手机了。"

陈一霖看看玻璃墙对面的陈恕，问："什么试镜？"

"就是一个电视剧的试镜，楚陵长得不错，有钱人家的孩子嘛，就想演戏过过瘾，据说是他父亲给找的门路，其实都内定好了，就是走个过场而已。"

"其他三个人问了吗?"

"是同时询问的,证词基本一致,不过楚陵的女朋友、那个叫赵青婷的女生很紧张,我感觉她还有话没说。"

发现她的不安,常青便故意提到了陈恕感觉到有人要杀他的部分,而且陈恕的手机还丢失了,果然赵青婷在听了之后变得更加紧张,一直看楚陵,楚陵反问常青是不是怀疑他们,还嘲笑说他可以轻松买下一家手机店,怎么会偷拿别人的旧手机。

"不是他能买下,是他父亲的钱能买下吧。"陈一霖冷笑。

"他也没说错。他是独子,上头虽然有个姐姐,不过是同母异父,而且早就结婚了,所以他爸的钱肯定全都是他的。"

"其他三个人的家境如何?"

"不像楚家那么有钱,但也不差,赵青婷的父亲是大学教授,母亲也是老师,书香门第;另外两个是恋人关系,女的叫庄静,长得很漂亮,在读研,还是兼职模特;男的叫卢苇,他开了家摄影工作室,给不少名人拍过照,事业运不错,他也是四个人当中最有城府的,楚陵说他们去别墅就是为了给庄静拍模特照。"

"这个年纪的人最喜欢酒驾飙车了,尤其是在别墅狂欢完凌晨回家的时候。"

"你说到点子上了,楚陵确实有酒驾前科,不过车祸那晚开车的是赵青婷,也可能是车祸后他们调换了座位,不过他们确实没有拿走手机甚至杀害陈恕的理由。"

不,拿走手机可以延迟陈恕打电话求救,好给他们自己争取跑路的时间。

陈一霖不想把人性想得这么坏,可自打当了警察,这类事件他看得太多了,很多凶手都不是大奸大恶之徒,甚至很多平时还可能算是个好人。

当然,这个假设建立在陈恕没撒谎的前提下。

陈一霖让常青继续调查这四个人是否和凌冰有关系,又问他打电话给陈恕的原因,常青说是魏炎希望陈恕到局里来一趟,他们想跟他说明车祸调查情况，顺便观察他的反应。

陈一霖答应转告，他挂了电话，看到小猫正蹲在桌子上，仰头看他，猫眼明亮，像是可以看穿他的秘密。

陈一霖抓起它的一条前腿，说："你可是现场唯一的目击证人，如果你会说话该多好啊。"

"喵。"

"我说，你不会出卖我的，对吧？"陈一霖问，啪的一声，杠杠抽回前腿，拍了下眼前的猫咪零食包。陈一霖和它眼对眼了几秒，然后撕开零食包，恭恭敬敬放到了它面前。

陈恕录完音出来，就看到他的助理和小猫面对面坐着，在玩抢零食的游戏，陈一霖居然还抢不过一只猫，于是在陈恕心里，这位助理的智商又降了好几级。

"辛苦了。"陈一霖停止玩游戏，说了警察来电话的事，又解释说，"我看是警察，怕有急事，就接了。"

"没事，反正我也没什么秘密。"

"没秘密你还至于每次都把手机锁在储物柜里吗？"陈一霖在心里冷笑，陈恕拿起手机看了看，说："讲了五分钟呢，是哪个警察啊，这么话痨。"

他说得很随意，陈一霖却不敢掉以轻心，说："他说调查到了经过的车辆，可是详细内容不肯多说，说要保护当事人的隐私，又担心我们误会，事后去投诉，就相同的话反复解释了好几遍。"

陈恕点头，似乎信了，陈一霖又问："那你要去一趟吗？"

"去，反正闲着也是闲着。"

陈恕说着，目光又落到猫零食上，陈一霖看到了他眼神中的鄙夷，赶忙说："这猫反应太快了，不信你试试。"

"不，我不需要通过一只猫来测定自己的智商。"

"……"

两人从配音公司出来，直接去了警局。

当初案子是由魏炎负责的，所以这次陈恕也是找他。

对陈恕来说，见魏炎并不是件令人愉快的事。

魏炎的脸盘比较圆，还喜欢眯眼，像是在算计什么，又像是永远都在怀疑别人，所以每次看到他，陈恕就忍不住联想到狐狸。大概出于这个理由吧，他没办法喜欢这个人。

双方寒暄过后，陈恕介绍陈一霖给魏炎认识，魏炎装模作样地跟陈一霖打了招呼，又把常青对陈一霖说的消息重述了一遍，只是掩去了四位当事人的姓名和身份。

陈恕显然对这个调查结果很不满意，说："我确定我没听错，车祸后有人在我身边说话，有男人还有女人，他们想干掉我，手都掐到我脖子上了。他们很可能是喝酒或嗑药了，才会把车开过中间线，拿走手机是怕我报警，要不是刚好有车经过，他们或许就下手了，否则他们为什么只拿了手机，却对钱包还有几万块的眼镜置之不理？"

陈恕把平光眼镜放到桌上，陈一霖在一旁挑挑眉，他发现这家伙还是有点小聪明，至少他说的也正是自己怀疑的。可是他刚想完，陈恕就从宠物包里把小猫抱了出来，说："杠杠，你告诉他们我没说错，你都看到了。"

小猫捧场似的冲魏炎喵喵叫了两声，魏炎笑了。

"可惜它没法说话，提供不了证词，而报警的那对夫妇的证词则是他们没有看到其他车辆。"

言下之意，救你的人没必要说谎吧。

陈恕语塞了，马上又说："总之我没撒谎，还请你们继续做调查。"

"会的会的，请放心，我们不会放过任何一个疑点。"

陈恕觉得他的口气很敷衍，淡淡地说："我懂，凌冰死亡那事，我就切身体会到你们的效率了。"

"啊哈哈，那也是没办法的事，根据规定，我们需要调查所有与事件相关的人，如果给陈先生造成了困扰，还请见谅。"

"所以在调查了一个多月后，你们判断她是自杀吗？"

有关凌冰的死因警方没有对外公布，嗑药和自杀的流言是一些娱乐网站放出来的，由于流传很广，大部分人都以为这就是事实。

面对陈恕的询问，魏炎耸耸肩不置可否，陈恕见状冷笑，说："她绝对不可能是自杀。"

"哦，为什么这么肯定？"

"调查真相是你们警察的工作，为什么要问一个嫌疑人，为什么？"

陈恕说完，把小猫抱回宠物包，起身离开，陈一霖临走时给魏炎递了个眼色，意思是交给我，我会继续跟进的。

他们离开了，常青走过来，说："这人挺奇怪的，如果他是罪犯，那不是巴不得警察认为凌冰的死是自杀或意外吗？为什么他反其道而行之？难道他是那种高智商犯罪，故意设计戏弄我们？"

魏炎摇头。

"不，我倒觉得他是真的那么想的，所以在没看到他期待的结果后，他表现得很失望，甚至忍不住讥讽我们。"

两次接触，陈恕给魏炎的感觉是他不相信警察，甚至很排斥警察，这个年轻人心中一定掩藏了很多秘密。

魏炎摸摸下巴，总觉得陈恕的眼神很特别，他应该在哪里见过，可是能让他在意的肯定是罪犯，而陈恕又没有犯罪史。看来除了猫儿眼毒品外，要深入调查的事情还有很多啊。

第二章
跟踪追击

  林枫睁开眼睛。
  房间和他刚来时一样昏暗，头左侧很痛，他揉揉头，想起刚才被狠揍的那一拳。不过他也没有示弱，所以他反击了，夺过当时男人手上拎的东西……
  手掌黏糊糊的，林枫一个激灵从地上坐起来，那个前不久痛殴他的家伙此刻正趴在他对面，悄无声息。
  这是自然，任谁的脑袋被砸成了血窟窿都不可能还有力气再蹦跶。
  当看到男人瞪着眼睛趴在那儿，半边脸都被血覆盖了，林枫吓得又是个激灵，想站起来，脚下却一软，再次摔倒在地。
  幸好他倒下的地方没有血，室内寂静，对面邻居家好像在播放电视剧，阿婆岁数大了，声音也放得很大，无形中帮他掩饰了厮打的响声。
  林枫把手伸过去，想试试对方的呼吸，手指却颤抖个不停，试了几次没成功，索性放弃了。
  他死了！他怎么看都已经是个死人！
  头痛得厉害，不知是因为恐惧还是被拳头揍的，眼圈红了，他想哭，想知道自己怎么会真的杀人，他只是来时顺手从道边捡了块石头，他只是想防身，要不是这混蛋先动手……
  林枫抬手想抹泪，看到男人身旁的那块石头，突然改了主意，他探身捡起石头，丢进背包，又胡乱检查了下房间。
  柜子上的一片玻璃碎了，是打斗时撞的，玻璃碎片落了一地，当中还有一些借据的碎纸片，他仔细捡起来，在确定没有留下痕迹后跑了出去。

他不该杀人，但他更不甘心为了个混蛋赔上自己的人生！

林枫打开房门，刚好对面赵奶奶家的门也打开了，她孙女萧萧好像要出来。

萧萧和林枫是校友，一听到萧萧的声音，林枫僵住了，生怕被发现。幸好萧萧被奶奶叫住了，跟她说要下雨了，林枫就趁着祖孙俩在门那边说话，一口气跑下了楼。

很幸运，路上没遇到人，林枫跨上自行车的时候感觉腿一直在打颤，连蹬的力气都没有，没骑多远，自行车前面的轮胎撞到了石头，差点摔倒。

他用左脚撑住自行车，往前晃了几步总算刹住了，脸颊微凉，雨点洒下，稀稀落落地打在脸上。

赵奶奶的话说中了，还真下雨了。

林枫仰头看天，天空阴暗，附近也没有路灯，随着雨点紧密落下，仿佛是在协助他逃脱一样。

这给了他自救的希望，双腿打颤的状况好多了，他重新踩上踏板闷头往前冲，两边树木一闪便飞去了脑后，没多久，大雨便倾盆落下，打湿了地面和树丛，还有他的全身。

他骑得更快了，潜意识中只想离杀人现场越远越好，只要在死亡时间内到达别的地方，他就安全了，他知道一条小路，可以帮他把时间缩短到最低限度。

短短的时间里，各种应对方案掠过林枫的脑海，雨越来越大，几乎盖过了河流的响声，快到河边了，他心中一喜，脚下踩得更快了。

随着河流的接近，水声终于大过了暴雨声，林枫骑到河边，还没来得及欢喜便傻了眼——连着几天暴雨，河流水位比平时高了很多，流水也很急，以他的技术游过去没问题，但他没办法扛着自行车过河。而他又不能把车子丢在这儿，那简直就是此地无银三百两。

林枫抹了把脸上的雨水，努力到现在，他很不甘心，看向不远处的石桥。

那座桥有些年数了，也是唯一连接两岸的工具，虽然石桥看着近，实际上要去桥上必须绕一个大圈，时间拖得太长，他的计划就失去了意义。

可是他没有选择，都走到这一步了，只能咬牙走下去。

林枫盯着那座桥跨上车，正要把它当做目标往前冲时，一道闪电划过，他突然看到桥上站着人。

都九点多了，怎么还有人到这么偏僻的地方？如果自己被看到了……

担忧被叫声打断了，像是很短促的"啊"音，似乎是从桥上传来的，闪电过后，雨中朦胧不清，林枫只隐约看到有道人影从桥上落下，接着扑通一声，落进了湍急的河中。

林枫的大脑嗡的一声，一瞬间，他忘了自己在逃跑，跳下车几步冲进水中，奋力向落水者游去。

陈一霖陪着陈恕来到停车场，两人上了车，他打着引擎，看看陈恕的脸色，说："恕哥你不用太在意啦，警察就是这样的，他们不是不信你，而是凡事都要讲求证据，既然他们说了会继续调查，那就安心等结果吧……要来一根吗？"

他抽出两根烟，一根递给陈恕，陈恕没接，抬起小猫的一只爪子，说："他们不信我没关系，不信杠杠就不行，杠杠可是我的救命恩猫，对不对，杠杠？"

听他的口气好像压根就没在意，陈一霖呛了一下，正要掏打火机，陈恕说："我不抽烟，刘叔没跟你说过吗？"

"呃，说过，不过听说好多明星都是为了保持形象才不抽的，其实私底下都抽得特厉害。"

"我没什么形象，所以我说不抽就是不抽，你也不能抽，我不想被动吸烟。"

陈一霖的烟还叼在嘴里，听了这话，只好抽出来丢进口袋，握住方向盘，说："那我们去哪里住？你有没有其他房子，既可以临时住又不容易被发现的？"

陈恕在本市有两栋房产，都空置着，陈一霖以为他会选其中一个,可是陈恕没说地址,而是说:"前面的路口,往右拐。"

陈一霖照做了,等车拐去右边公路上后,陈恕化身人形GPS,提示接下来怎么走。

车开了一会儿,陈恕的私人手机响了,陈一霖听到他说:"有进展?嗯,钱没问题,好,等你的消息。"

为了不引起怀疑,陈一霖什么都没问,不过听对话,大概是陈恕不相信警察,自己私下做了调查,想找出奔驰车主。

而且还真被他找到了。

陈一霖的好奇心上来了,陈恕紧盯着那四个年轻人不放,搞得他也很想知道那些人与陈恕是不是真有联系。

毕竟猫儿眼这种毒品非常受年轻人的欢迎。

半小时后,车开进了一个僻静的住宅小区。

与附近的商业高楼相比,这里的楼房不太显眼,另有种古朴的韵味,沿途种植着各种绿色植物,当中还拉着一大片葡萄架,几位老人坐在石凳上聊天,不远处还有小茶馆和餐厅,风吹过,带来叫不上名字的花香。

陈一霖停下车,打量着周围的环境,觉得这里的气氛很适合老人家居住。

他问:"你在这里也有租屋?"

"是我父母的房子,他们过世后,这房子就一直空着。"

陈恕的父母是在他十四岁那年出车祸过世的,后来陈恕就被祖父母收养了,这个早在凌冰事件时陈一霖就了解过了,心想他选择住这里,估计监听他的人还真想不到。

下了车,陈一霖问了陈恕住几楼,又指指对面的餐厅,说:"我去买饭,回头我去找你。"

陈恕想说可以直接叫外卖时,陈一霖已经跑远了,他对怀里的小猫说:"真是个怪人。"

小猫仰头看看他,一跃跳到地上,也追着陈一霖跑走了,陈恕便一个人走进楼里,心想杠杠是流浪猫,警惕性很高,既然它没有对陈一霖表现排斥,那代表这个人还靠得住。

陈一霖买晚饭是假，找机会跟上司联络是真。

他点好餐，就给魏炎打电话，汇报自己的发现，魏炎让他继续配合，监视陈恕的行动和联络人。

陈一霖打完电话，取过打包的晚餐，一转身正要走，迎面就看到了小猫。

小猫蹲在门口，像是知道餐厅不喜欢流浪猫似的，也不进来，只是一动不动盯着陈一霖。

陈一霖被那对猫眼盯得发毛，要不是小猫不会说话，他都怀疑它是陈恕派过来监视自己的。

他掏掏口袋，幸好小鱼给他的猫零食还在，他马上拿出一块冻干孝敬过去，小猫咬在嘴里大嚼起来，看样子还挺满意。

陈一霖放了心，感叹地说："你真的看到有人要害陈恕了？"

"喵！"

小猫掉头就跑，陈一霖跟在后面，还以为它要进楼栋，谁知它居然一溜烟往附近的南天竹丛奔去。

陈一霖后悔没给小猫戴个牵引绳，要知道这可是只流浪猫，真要跑走了，他可抓不住。

陈一霖追上去，小猫早就不见了，只听到喵喵叫声，他循着叫声钻进花丛，刚好看到一道黑影闪过，黑影好像很慌张，低着头，匆匆跑去了对面的小径。

直觉告诉陈一霖这人有问题，他想去追，却刚好蹚一大帮老人走过来，把小径都挡住了，陈一霖耐心等他们都过去了，再想追黑影，黑影早不见了。

陈一霖皱眉转身，幸好小猫没有再跑，蹲在花下玩蝴蝶，他抱起小猫往回走，经过陈恕的车时，特意过去检查了一番，连底盘都没放过，最后确信车上没有被偷偷安装追踪器。

这就奇怪了，车上没有追踪器，他在路上也一直留意附近的车辆，可以肯定没被跟踪。然而陈恕新选的地址却这么快就被发现了，那只有两个可能——刚才只是巧合，或是陈恕自己透露出去的。

那么问题来了，如果是陈恕透露出去的，他这么做的理由是什么？

抱着这个疑惑，陈一霖来到陈恕家。

陈恕的家在三楼，三居室外加个小书房，家具和装潢还保持着十几年前的风格。

这里应该经常有人打扫，没有长期没住人而积下的霉味，墙上有几个地方的颜色不太一样，都是长方形状态，陈一霖猜想那里原本挂了家人的相框，可能是为了避免触景生情，陈恕都拿下来了。

陈恕把旅行箱拖进了小卧室，另一间客卧他让陈一霖使用，主卧房门关着，陈一霖趁着陈恕去厨房时推了推主卧的门，门上了锁，看来陈恕并不打算使用父母的房间。

"杠杠，你去检查下这个房子有没有被安窃听器。"

吃饭的时候，陈恕吩咐小猫，小猫低头猛吃，理都没理他，陈一霖心想就看它这吃相也不像有问题。

他说："不是我说，这种工作还是得我来啊，我觉得我比猫靠谱。"

陈恕的嘴角翘了起来，就在陈一霖以为他会嘲笑自己时，他突然问："你买个饭怎么去了这么久？"

陈一霖没防备，暗想这人的疑心病也忒重了，在这种人手下做事，助理能干长那才叫怪呢。

他找了个被邻居老太太拉着说话的借口糊弄过去了，又反问陈恕有没有把搬过来这事告诉谁，陈恕摇摇头，说："搬家只有我和你还有杠杠知道，要是暴露出去，那只能是你的问题。"

莫名其妙就被贴了个"内鬼预备军"的标签，陈一霖心里冷笑，他发现陈恕是个很聪明的人，他十分擅长利用反将一军这招让自己转危为安。

可惜陈恕遇到了他，比陈恕更聪明的罪犯他都见识过，他就不信抓不住这个十八线小明星的尾巴。

饭后陈一霖来了个地毯式搜索，插座、灯具还有一些不显眼的小饰物都没放过，都没有发现窃听器，看来搞窃听的人不知道这栋房子的存在。

见没收获，陈恕兴致缺缺，拿了剧本去了浴室，陈一霖听着他开始冲澡，便掏出两块冻干，一块给了小猫，一块塞进自己嘴里，嚼着冻干进了陈恕的卧室。

陈恕带来的旅行箱打开平放在地上，东西还没拿出来，小猫本来跳到了柜子上，扒开抽屉乱翻，看到陈一霖过来，它似乎也发现旅行箱好玩，从抽屉上跳了下来。

猫爪上挂了圈红毛线，被它带着也丁零丁零落在了旅行箱里，陈一霖拿起毛线圈，上面系了把钥匙和一颗小铃铛，应该很久没用过了，钥匙都变颜色了。

小猫在旅行箱里踩来踩去，为了不让它捣乱，陈一霖拿起钥匙丢到了走廊上，小猫便追着铃铛响声跑走了。

陈一霖翻了翻旅行箱，很快找到箱角里的一个小袋子。

他拿起袋子，袋子里有几个小药瓶，其中有两种药陈一霖比较熟悉，一个是氯丙嗪，另一个是艾司唑仑片。

以前陈一霖负责的罪犯里有人有精神病史，服用过这类药物，氯丙嗪是中枢多巴胺受体的阻断剂，主要用来控制患者的精神躁狂症状，对一些有幻觉或是妄想症的患者很有效，而艾司唑仑片则主要用于抗焦虑和失眠。

其他几种药估计也是精神病方面的药物，希望不是同时服用，否则只怕没病也能吃出病来。

陈一霖很惊讶，不过想想陈恕在片场突然拿起木雕砸人那架势，说不定他还真有躁狂症，再看看袋子，上面印了"舒生精神科专业诊所"的字样。

看来陈恕就是从这家诊所拿药的。

他把袋子放回去，又检查了其他物品，没有特别发现，听到浴室那边传来响声，他急忙走出卧室。

陈一霖前脚刚踏进走廊，陈恕后脚就出来了，看到小猫还在对面玩钥匙，陈一霖急忙趴到地上做出唤猫的样子。

陈恕没起疑心，让他把猫放到笼子里，顺便把房间也打扫下。

陈一霖答应了，一番鸡飞狗跳后，他终于捉住了小猫，把它送进了笼子。

小猫好像很喜欢那个毛线圈,扒在笼子上直起身子叫,陈恕过去拿起线圈,看看上面的钥匙。

陈一霖说:"是杠杠从你卧室抽屉里翻出来的。"

陈恕探头看了眼卧室,抽屉半开着,光是想象就知道被翻得有多乱了,陈一霖故意说:"保存在抽屉里的,应该是挺重要的东西吧。"

"这么旧,应该不重要。"

陈恕随手一丢,钥匙划了个弧线飞去了笼子里,小猫飞身接住,扒拉着上面的铃铛玩起来。

窗外传来打雷声,很快雨点击打窗户,发出响亮的噼啪声。

"下雨了。"陈恕说。

他不知想到了什么,声音压得很低,陈一霖看过去,他已经把头转开了。

陈恕回到房间,雨下得更大了,他走到窗前往外看,暴雨倾盆,外面黑压压的一片,什么都看不到。

陈恕把窗帘重新拉上,拿出那包药,他倒了水,可是把药片倒出来后,犹豫了一下又放回去了。

他精神没有问题,都是医生在危言耸听。

手机响了,是个不认识的号码,陈恕心一惊,直觉又是那个人,这次他没犹豫,立刻接通了。

果然,经由变声器发出的怪异声音传过来,呵呵笑了两声,说:"你已经拒接两次电话了,逃避可解决不了问题。"

"你要说什么?"

"我知道人是你杀的,我这里有你杀人的证据,一口价,五百万。"

"我没杀人!"

"不用狡辩了,要是不想这事闹到警察那儿,明天晚上之前把钱送去指定地点,我保证你不会后悔的。"

对方说完就要挂电话,陈恕叫住他。

"你说的证据是什么？"

对面笑起来，"等我拿到了钱，自然会给你。"

"万一不给呢？我上哪找你？"

"这确实是挺让人担忧的，可没办法，你没有选择的余地……"

"等等，至少多给我一点时间，一下子取那么多钱太显眼了。"

这次对方似乎听进去了，稍微停顿后，说："三天之内办完，否则我就把资料交给警方，你要是怕显眼，放等值的美金也行。"

电话挂断了，手机很快又振动了一下，勒索者传来一个地址，说让他亲自把钱送过去，等自己确认没问题后，就交还证据。

陈恕皱起眉，心想既然警察都判定凌冰死亡的时候他不在现场，这家伙又怎么可能有犯罪证据？他只是在找借口勒索自己而已。可是明明知道，他还是按捺不住好奇心，他想知道凌冰的死亡真相，至少想了解她的死是不是真的与自己无关。

手机突然又响了起来，陈恕心一惊，还以为又是勒索者，仔细一看，却是刘叔。对于这个带自己入行的长辈，陈恕一直都很尊敬，他定定神，滑向接听键。

刘叔先是交代他记得去看医生，又问了陈一霖的工作情况，陈恕想了想，说："还行，能用。"

"出了什么事吗？"

刘叔带陈恕很久了，几句话就听出他心不在焉。

被问到，陈恕一惊，忙说："没事，就是车祸后身体一直没复原，容易疲累。"

"那就好好休息，如果撑不住，我跟姜导说说再改下剧本。"

"不不不，我的戏份本来就不多，再减的话，那我就真没存在感了，您别担心，我休息下就没事了。"

见他坚持，刘叔就没再多说，叮嘱了两句后挂了电话。

陈恕拿着手机躺到床上，仰面看天花板。

他也不知道为什么要隐瞒刘叔，刘叔是金牌经纪人，朋友多面子广，由他来处理要比自己私下解决稳妥得多。

可他最终还是没说，也许是因为与凌冰有关吧，当初他没有帮到凌冰，这一次他不希望自己再逃避了。

雨点击打着玻璃窗，急促而密集，陈恕闭上眼，听着雨声，一栋高级公寓浮现在眼前。

那是凌冰住的公寓，交往期间他偶尔会过去，他们都不够出名，也不怕被狗仔拍到。

脑海中恍惚了一下，等清醒过来，他已站在凌冰的客厅里了，凌冰发了疯似的大喊大叫，又拿起周围的瓷器摆设胡乱地砸，他跑过去想阻拦，被掴了一巴掌，凌冰大叫："都是你害的！我的宝宝没了，都是你害的！"

他被推得向后趔趄，凌冰跟跟跄跄地往前走，高跟鞋踩在地板那一摊葡萄酒上……

她摔倒了，仰面朝天发出呻吟声，她想爬起来，却无济于事，随着挣扎，鲜红的液体从她头部下方慢慢溢出。

他走过去，低头俯视，女人的嘴巴张张合合了半天，他听懂了，她在说——救我！救我！

他伸出手，却不是救人，而是抄起了供桌上的灵石，双手举起，朝着女人头上砸去……

求饶声伴随着尖叫一起传来，愈发触动了他的杀机，看着脚下的人，他心里突然涌起怨恨，仇恨如浪潮般席卷了他，他的理智被完全淹没了，脑海里只有一个念头，那就是——她该死！杀了她！

于是他不仅没停手，反而更猛烈地砸下去。

一下！一下！一下！

"啊……"

大叫声中，陈恕睁开了眼睛。

身体反射性地坐了起来，周围一片黑暗，陈恕晃了一下神，这才觉察到自己是在做梦。

心脏激烈地跳动着，他抬起手掌，手指兀自颤个不停，仿佛刚刚经历过一次真实的虐杀体验，手上还残留着飞溅而来的液体的热度，就像今天在片场的感觉。

姜导还夸赞他临场发挥好，只有他自己知道差点出人命，撞博古架和撞车在那一瞬间完全重叠了,当时他脑海里一片空白,本能地抄起了木雕,心里只有一个念头——

砸死她!砸死她!

"陈先生你太紧张了,你出车祸时头部受到撞击,这些都属于车祸后遗症,是因为生理还有心理的不适而产生的幻觉。"

"绝对不是幻觉,我没法解释为什么,就是想杀人,而且我手上还有触感,我拿了石头,一下下砸在她头上!"

"陈先生你别忘了,凌冰死亡时你并不在本市,不管你对她是怎样的感觉,或是认为自己做了什么,这一切在现实中都没有发生过。"

"可是……"

"可能是因为你最近压力太大,才导致癔症的产生,别太紧张了,适当拒绝一些工作,让自己放轻松,再配合药物治疗,相信这些幻觉表现会很快消失的。"

这是前不久他和精神科医生的对话,医生说得斩钉截铁,他几乎都信了,可是……握住颤抖的手指,他现在又有点不能肯定了。

雨点击打着窗户,啪嗒啪嗒啪嗒,机械又单调,却恰到好处地安抚了陈恕的惊悸,他抹了把额上的冷汗,忍不住又去想那到底真的是梦,还是记忆回闪?

如果是记忆回闪,那他有那么恨凌冰吗?恨到除之而后快的程度?

屋里亮了一下,闪电穿过窗帘缝隙射进来,陈恕下意识地看了下窗外,不知出于什么原因,他跳下床,走到窗前,把窗帘拉开了。

又一道闪电划过,一瞬间,黑漆漆的院子都被照亮了,陈恕不由得呼吸一滞,大雨中,他竟然看到有道黑影正站在绿色植物当中。

黑影身形高大,穿着长长的雨衣,雨衣的帽子罩在头上,几乎盖住了大半张脸,他看不清那人的长相,只确定他就站在正对着这间卧室窗户的位置上,仰起头,死死盯住他。

后背升起寒意,陈恕往后一晃,手碰到了窗台上的小摆件,啪的一声落在了地上。

"出了什么事？"

外面传来询问声，不等陈恕回应，卧室门就被撞开了，陈一霖冲了进来。

"有人……"陈恕惊魂未定，指着窗外喃喃说，"外面有人监视我。"

陈一霖冲到窗前往外看去："什么都没有啊。"

陈恕低头去看，果然，黑影已经消失无踪了，原来站立的地方空空如也。

他揉揉眼睛："可能是我看花眼了。"

陈恕的脸色难看得让人怀疑他会不会马上晕倒，陈一霖看看他，说："你待在这儿别动，我下去看看。"

"小心。"

陈恕本来想跟陈一霖一起下去，被他拦住了，自己一个人冲去楼下。

外面雨下得还挺大，陈一霖跑到陈恕说的地方。

这里栽种了不少绿色植物，借着不远处的路灯光芒，他在附近转了一圈，连个影子都没有，正在想会不会是陈恕看错了，或是又在自导自演，忽然看到地上有朵小花瓣。

陈一霖捡起花瓣，花瓣一大半都碎了，看起来像是被雨打落再被踩蹋导致的，看着像天竺葵，再看看周围，栽了不少相同的花。

他站在花瓣被踩到地方，抬头往上看，正对着陈恕的卧室窗口，不过这说明不了什么问题，花瓣也有可能是下雨前被路过的人踩碎的。

之所以这样想，是因为陈一霖无论如何也不认为有人可以避开自己的注意追踪到公寓来。

陈一霖回到家，陈恕已经恢复了冷静，坐在客厅。

陈一霖说了自己的发现，问："你还有没有其他的住宅，虽然可能是巧合，不过最好还是再换个地方。"

"不用了，如果这里他们都能找到，那其他地方就更不用说了，也有可能是我看错了，明天你帮我约……"

话到嘴边，陈恕临时又改了，说："帮我取消上午的录音节目，我要去办点事。"

早上，陈一霖早早起来，借着跑步买了早餐，又顺便了解了周围邻居的情况。

这里的住房大部分都租出去了，所以住户都比较年轻，相互也不认识，也有一些老年住户，都是住了几十年了，这些老人家与新住户几乎没有交流，用他们的话说就是"两个世界的人"。

至于陈恕，他一直没住在这里，老人家们对他没有印象，还以为是新搬来的——以上都是陈一霖凑在老人堆里打太极拳时，旁敲侧击问到的。

等他打完拳，买了早点回去，陈恕已经起来了，昨晚可能没睡好，顶着一对黑眼圈，他自己也发现了，对着镜子说："幸好今天没有拍摄，否则化妆师要哭了。"

"上午你要去哪里？"

"去看精神科医生，他觉得我精神有问题，虽然我认为自己很健康。"

不不不，健康的人绝对不会在拍戏时突然发狂，拿东西砸人。

"你是不是也觉得我有问题？"

陈恕的目光投来，陈一霖急忙摇头。

"我是外行，不太懂这些，不过头部受到撞击，会出现一些奇怪的反应也是可以理解的。"

陈恕点点头，似乎对他的回答很满意。

手机响了，陈恕拿起来看了看，是侦探社老板陈冬打来的。

陈恕出车祸后，就拜托他做调查，陈冬说查到了在他出车祸前后，在附近路上经过的车辆，只有一辆，是奔驰。

车主叫楚陵，大四学生，父亲是悦风集团的老总，母亲是珠宝设计师，还经营美容院和珠宝连锁店，所以楚陵就是个含着金汤匙出生的富二代。

那天开车的不是楚陵，而是他的女朋友，除了他们，车上还有两个年轻人，这三个人的具体身份他还在确认，不过根据初步调查，他们的家境应该都不错，等他再掌握了更多的材料后再跟陈恕联系。

陈恕觉得陈冬就差说他想多了——这几个人和他完全没交集，家境又好，完全没有害他的理由。

陈恕自己也有点不太敢肯定了，或许真如医生所说的那只是大脑受伤的后遗症，可他当时确实感觉到了危险，否则手机怎么会无缘无故消失？

对了，还有那通勒索电话，讹诈的人一定是知道什么内情，也许与车祸有关，所以当下他要做的是想办法把那个人引出来。

饭后出门，就在快走到车位时，对面传来狗叫，陈恕转过头，一只京巴飞一样地蹿过来，前爪扒住他的裤管，张嘴就咬。

附近传来女生的尖叫，还好陈一霖反应快，拽住狗脖子上的牵引绳把它揪开了，问："有没有被咬到？"

陈恕摇头，他没事，就是可惜了裤子，裤管被狗爪子抓脱线了。

小型犬大多神经质，被陈一霖拽住，它扬起前爪叫得更厉害，陈一霖说："这是谁家的狗啊，出门也不好好拴着。"

"我家的，怎么了？两个大男人跟只狗置气，也好意思。"一个五十出头胖乎乎的女人跑过来，扯过牵引绳，没好气地说。

"欸，你这人怎么说话的？你家的狗差点咬人了，你不仅不道歉还这种态度。"

陈一霖气到了，女人冲他撇嘴。

"咬到了吗？咬到了再说，我家毛毛可乖了，可不像某些人，啧啧，这小区素质越来越低了，什么人都能搬进来。"

她倒打一耙，陈一霖气极反笑，陈恕冲他摇摇头，上了车，陈一霖知道他身份特殊，只得忍气上了车。

看着女人抱着狗走远了，他撸撸袖子，说："按我这暴脾气，换了以前……"

"换了以前你还敢揍人不成？"

"那倒不至于。"

不过一顿批评教育是免不了的，否则就她这么养狗，早晚得出事。

陈一霖打开车窗通风，又启动车辆，以为陈恕要去精神科医生的诊所，问了地址，谁知陈恕给了他一个高级公寓的地址，说医生那儿不去了，他要去凌冰家。

陈一霖没心理准备，一脚下去差点把油门踏板踩偏了，他本来还打算一起去诊所混个脸熟，可以向医生打听下陈恕的情况呢。

他说："那是凶案现场，不方便吧。"

误会了他的意思，陈恕说："过了一个多月了，应该可以进出了，我有她家钥匙。"

"呃，你们不是分手很久了吗？"

"是啊，可能她想和我复合吧，我把钥匙还给她，后来她又快递给我了。"

就是在凌冰出事的一个星期前，那时他正要去附近的城市参与拍摄，就随手把钥匙放进了抽屉里，后来凌冰还打过电话给他，说有事要对他说，可惜他的戏拍到一半，就听到了凌冰意外身亡的消息。

他当时并没有把凌冰特意打电话给自己这件事放在心上，因为凌冰的脾气有问题，往好说是有个性，往坏了说就是喜怒无常，直到他出了车祸，接着又被勒索，他才发觉事情不对头。

"不过有病还是得治啊，一定要定时吃药，"陈一霖提醒说，"我见过有人生病不看医生，导致病情越来越重。"

"你怎么知道我没吃药？"

狐疑的目光透过后视镜射来，陈一霖一惊，心想这家伙疑心病还真重，他装作震惊的样子，反问："我就这么一说，你不会是真的没吃吧？"

陈恕似乎信了他的话，微微一笑，说："你猜。"

"我不用猜，你要是没吃药，我就得告诉刘叔，否则万一出了事，我可担待不起。"

陈恕把剧本立起来，遮住了脸，说："你安静一下，我要背台词了。"

陈一霖见好就收，谁知陈恕在后面又慢悠悠地加了一句。

"就算我有精神病,也是个很敬业的精神病。"

扬扬自得的语气,陈一霖翻了个白眼,这一次他是真的不想搭理这家伙了。

凌冰住的公寓到了。

陈一霖停好车,刚把车门打开,一道小影子就突然从车座下面窜出,跳下车,一溜烟跑远了。

陈一霖一愣,陈恕也愣住了,问:"那是杠杠吧?它什么时候上的车?"

陈一霖摇头,他哪知道,临出门时他还怕小猫饿着,特意给它的猫食盆里放了不少猫粮呢。

"那还不赶紧把它抓回来。"

陈恕探头看车外,小猫早跑没影了,他急忙解开安全带下车,陈一霖抢先一步跳下了车,朝着小猫跑走的方向追过去。

小猫跑到了公寓电梯前,刚好电梯到了这一层,门打开,有人要出来,迎面看到一道影子扑向自己,她吓得"啊"的一声大叫,往后一晃,眼看着就要摔倒了,陈一霖及时冲过去扶住了她。

"谢、谢谢。"

女人惊魂未定,借着陈一霖的手劲站稳,走出电梯。陈一霖看到她穿着近十五厘米的高跟鞋,一个弄不好绝对崴到脚。

女人身材苗条,脸盘也很小,戴的香奈儿墨镜几乎盖住了大半张脸,她穿了条白色的连衣裙,脖子上搭配戴了一条浅绿色丝带,丝带绕了两圈后在一侧打了个小花,别致而有韵味。

她手里拖了个大旅行箱,因为太重,箱子卡在了电梯门之间。

"喵!"

小猫冲进电梯,大概觉得不好玩,又反身冲出来,抓住旅行箱很灵活地蹿到了箱子上方,陈一霖听到爪子划过皮箱的声音,再看箱子上的名牌LOGO,心惊胆战地想这要赔多少钱啊。还好他马上又想到小猫的饲主不是自己,而是陈恕,陈恕还算是个有钱人,所以这种事轮不到他来担心。

女人突然看到小猫,又吓得尖叫一声,松开了手,陈一霖急忙帮她扶住箱子，把箱子从电梯里拖出来，说："不好意思不好意思，这是我家的猫，它太调皮了，不过不会乱抓人的。"

"没关系，我很喜欢猫的，就是我有猫毛过敏症……阿嚏！阿嚏！"

她说着，连打两个喷嚏，她声音柔和，哪怕是打喷嚏也是柔柔的，陈一霖忍不住又看看她的脸，觉得她一定长得很好看。他冲小猫伸过手去，不过小猫似乎更对女人感兴趣，仰头看她。女人生怕它扑过来，往旁边退了退，陈一霖掏出纸巾递过去，她道谢接住了。

"我好像在哪儿见过你……等等，你是不是演员？姓宋？"

陈一霖试探着问，女人擦鼻子的手一停，她也没掩饰，摘下了墨镜，微笑着说："你眼神可真厉害啊。"

"那是因为我同事想……"

"想要你的签名"这话太直接了，陈一霖改为——"我们几个同事都是你的粉丝，平时常交流。"

真相是因为被常青拜托要签名，出于好奇，陈一霖就上网查了一下。

结果不查不知道，宋嫣人美演技又好，奈何一直没有好剧本，沉寂了很久，这两年终于熬出了头，由她主演的几部爱情剧颇受欢迎，常青就是因为一部剧成了她的粉丝。

陈一霖打量着宋嫣，不得不说她本人比剧里更好看，个头高挑，脸却很小，长发随意盘在脑后，既清纯又带了特有的妩媚。

宋嫣拉了下旅行箱，小猫还紧扒在上面，她只好指指猫，陈一霖慌忙从口袋里掏出冻干，把小猫引到了自己手上。

宋嫣向他点点头算是道谢，重新戴上墨镜，拉着旅行箱要走，陈一霖想起常青拜托他的事，忙叫住她。

"宋小姐。"

宋嫣转回头，有些惊讶，陈一霖问："能给我个签名吗？"

宋嫣笑了，点头同意，陈一霖想摸笔和纸时才想到为了追小猫，他的包还放在车上呢。

他抬头看看对面的车，陈恕似乎没有过来的意思，他只好又摸摸口袋，最后翻出了给小猫装冻干的小纸袋。

"这里，就签这里吧。"

宋嫣讶异地看他，从随身带的小皮包里掏出签字笔，签在了纸袋一角上。

"我还是第一次在这种纸上签名，"她开玩笑说，"看来你是超级猫奴啊。"

"超级猫奴是我老板，我一般般。"

"你是这里的住户吗？"

"不是，我是陪朋友来的。"

陈一霖看看她的旅行箱，宋嫣把签好的纸袋还给他，又压低声音说："请不要对外说在这里见过我喔。"

"请放心，绝对不会。"

陈一霖努力保证，宋嫣朝他微微一笑，拉着旅行箱，腰肢妖娆，离开了。

不愧是吃这行饭的，真是美。陈一霖捋着小猫的后背，感叹地想。又过了一会儿，陈恕才走过来。

他戴了平光眼镜，做了在陈一霖看来毫无意义的变装，问："看够了没有？人早走了。"

他一脸鄙夷，按了电梯键，陈一霖说："爱美之心人皆有之，毕竟人家又美又有演技。"

这次陈恕没反驳，点点头说："她演戏很认真，有实力。"

"你们合作过？"

"两年前合作过一次，那时候我们都不红，现在她红了，我还是不红。"

他说得很平静，陈一霖听不出其中的遗憾，反而觉得他在自嘲。这种人的心思还真不好捉摸，陈一霖问："你知道宋嫣和凌冰住同一栋公寓？"

"不知道，不过这里隐私保护做得不错，她会住这里不奇怪⋯⋯这是要搬家了吧。"

电梯来了，两人走进去，陈一霖问："你怎么知道是搬家？她不可以是去外地拍片，才会拿大箱子？"

"你知道助理的作用是什么吗？"

陈一霖明白了——如果是出外景，拿行李这种事肯定是丢给助理来做，只有搬家这种比较隐私的事才会自己操刀，并且这里很可能不是她独住，而是和某人同居，但是出了凌冰事件，这里变得不安全，她才想到要搬家……

"一个不小心好像发现了不得了的秘密。"

"习惯就好。"

陈恕一脸平静，像是早就想到了，忽然问："你是她的粉丝？"

"不是，我朋友是，我是帮他要的签名。这还要感谢杠杠，要不是它，谁能相信会这么巧遇到大明星呢。"

陈恕点点头，他也觉得很巧，所以为了避免多生是非，他才没露面。

他相信宋嫣也不想看到自己，甚至不想和陈一霖搭话，偏偏这个没眼力见儿的家伙还拉着人家要签名。

两人来到凌冰的家门前，陈恕开了门，推门进去。

凌冰的父母都住在外地，意外发生后，凌冰的家人过来办理了后事，却没有入住，房间保持以前陈恕来时的状态，很多地方摆放着布偶和瓷器小玩具。

这是凌冰的嗜好，不过陈恕发现玩具少了很多，可能是凌冰发酒疯时打碎了，这倒显得客厅当中的红木桌台异常醒目。他走到桌台前，台子高度几乎和他平齐，据说是凌冰专门请人做的，就为了摆放从泰国请回来的灵石。

她大概做梦也没想到恰恰是灵石要了她的命。

陈一霖看他站在桌台前发呆，便把小猫放下来，故意逗它。

"杠杠你来检查一下这屋子里有没有窃听器。"

也不知道小猫是不是听懂了，拔脚就冲着插座跑去，陈一霖正觉得好笑，一转头，便看到陈恕竟然坐下了，随后在桌台下方就地平躺，动作迅速一气呵成。

陈一霖走过去，陈恕稍微摊开四肢，仰头看桌台，说："你找个东西从上面丢下来。"

这家伙是要还原现场吗？他明明是嫌疑人，怎么还扮演上警察了？

大概是陈一霖的表情太明显，陈恕忽然又爬起来，指着地板说："你躺下，我来。"

陈一霖内心是拒绝的，可他又很好奇陈恕想做什么，看着他跑去拿了几个布偶过来，陈一霖照做了。

他平躺在地板上，还很配合地摆出凌冰死时的姿势，反正陈恕也不知道现场状况，不怕他怀疑。

他仰起头，刚好可以看到桌台上方，紧接着眼前一黑，一个布偶砸在了他脸上。

陈恕丢下一个布偶，没有噩梦中的那种感觉，他马上又丢下一个，依然找不到感觉，便接着又丢下第三个第四个……

不知是布偶太轻了，还是房间太亮了，他无法捕捉到杀人时的那股愤怒和杀气，记忆中他就是这样把石块砸在那人头上的，四周黑暗，他只听到自己沉重的呼吸声和石块砸碎头骨的脆响……

为什么会这样？难道医生没诊断错？那些画面真的是出于他的臆想？

陈恕手拿布偶呆在那儿，直到陈一霖的叫声传来。

"够了吧？你这是场景重演啊，还是打地鼠啊？"

陈恕回过了神，陈一霖还躺在地上，头两旁丢了好几个布偶，他随手拿起一个跳起来，说："恕哥我不介意你把我当地鼠打，但你能不能告诉我你想干什么？"

"没事，我就是觉得凌冰不是死于意外，而是被人拿石头砸死的，这样一下一下砸下去，你说有没有可能？"

"不可能，要真是那样，警察就不会说是意外了。"

直到现在，陈一霖也认为凌冰死于意外的可能性很大，因为他们调了当天的监控来看，没有发现可疑人员进出公寓，凌冰的家也没有外人潜入的迹象，他会追这条线，主要还是因为凌冰嗑了猫儿眼。

"你又为什么觉得凌冰是被砸死的?"他反问。

陈恕不说话了,心想因为他被人勒索啊,如果是意外,那人怎么敢勒索他?

"我……就是一种直觉,因为那个意外太凑巧了,而且她给了我钥匙,也有可能给了别人钥匙,或是告诉别人开锁密码。"

陈恕含糊过去了,陈一霖觉得他没说实话,不过他说的也有道理,心想得找个什么借口把他没说的那部分套出来。

陈恕把布偶各自放回原来的地方,又去房间和阳台转了一圈,没有发现。他回到客厅,小猫不知去哪儿溜达,倦了,躺在地板上来回蹭,看它那舒适的样子,屋子应该没问题。

"走吧。"他对陈一霖说。

陈一霖抱起小猫跟着陈恕走出房间,乘电梯下去的时候,他问:"你们当演员的是不是都很迷信?"

"我从来不信,不过确实有不少人信。"

"比如宋嫣搬走,会不会是觉得同行死了,担心这里风水不好,影响到自己?"

"这个解释大概最接近真相。"

陈恕脸色不太好,出了公寓正要去停车场,陈一霖忽然把怀里的小猫塞给他,小声说:"有人跟踪我们,你装什么都不知道,我去抓耗子。"

他说完,转身就往回跑,在不远处张望的黑影一看自己被发现了,撒腿就跑,陈一霖跑得快,黑影更快,跑出停车场,眨眼就不见了。

小猫看到陈一霖跑了,也从陈恕怀里蹿到地上追了上去,陈恕跑在最后,停车场外就是公寓后方,什么都没有。

陈恕没有陈一霖的体力好,追到一半觉得太自虐,就停下了,小猫又转回来,仰起头冲他喵喵叫。

"杠杠你再不听话乱跑,我就弃养你了。"

陈恕朝它走过去,小猫全身的毛突然竖了起来,弓起身冲他恶狠狠地叫了一声。

陈恕本能地停下脚步，与此同时一个东西落下，砸在了附近地上。

砰！

东西摔得四分五裂，是盆月季，花盆直径有二十多厘米，如果砸到头上，后果不堪设想。

陈恕惊得汗毛都竖起来了，仰头看去，大厦顶楼天台隐约晃过人影，却因为阳光太刺眼看不清楚。

他先是后怕，随即怒火涌了上来，掏出手机拨通了勒索者的电话。

电子音嘟嘟嘟地响着，每响一声他的怒气就增添一分，就在怒气将要达到顶峰时，手机接通了。

"喂……"

还是那个古怪又嘶哑的变音，陈恕的怒火就像被泼了一盆冷水，猛然间冷静了下来。

他现在不能发怒，那会让对方认为他更容易被控制。

陈恕深吸一口气，点开录音，他没有马上开口，因为他看到了自己的手指还在因为恐惧而发颤，想来声线也不会太好。

对方先说话了。

"真想不到你会主动给我打电话，钱如果准备好了，就送过来吧。"

"如果你真想要钱……"他努力让自己的声音不颤抖，说，"就少搞小动作，我死了，你一个子儿也拿不到。"

"你死？"对方停顿了一下，马上说，"别想太多，赶紧拿钱。"

"我要看视频！"

"呵呵？"

"在我没看到视频之前，我是绝对不会付钱的。"

稍微沉默后，对方说："好，我传一段给你。"

手机挂断了，陈恕放下手机，这时手指的颤抖才总算好点了，脚踝传来碰触感，他低下头，小猫正用脑袋来回蹭他。

陈恕蹲下来，摸摸它的脑袋。

"杠杠，你又救了我一次。"

手机响了，是陈一霖的来电，他接听了。

"你在哪儿？我把那家伙赶回停车场了，你可以堵他一下，不过别硬来，他可能拿了武器。"

陈恕一听，立刻反身跑回停车场，停车场四面开放，估计是那人被陈一霖追得慌不择路，绕了一圈又绕回来了。

陈恕刚过去，果然就看到一道人影冲过来，他迎面拦住，还想着试试最近跟着健身教练学的那几招拳脚，谁知那人胆小，马上又掉头往回跑，和陈一霖撞个正着。

陈一霖没给他动手的机会，上前揪住他的手腕往后一拧一撞，那人就贴到了旁边的柱子上，发出"啊"的一声尖叫。

听出是女生的声音，陈一霖临时收了手劲，但即便如此，女生还是被压在柱子上动不了，急得大叫："别动手，别动手，我不是坏人。"

陈恕跟过来，看她戴着棒球帽，伸手摘了下来，于是一头秀发落了下来。

"不是坏人你跑什么？"陈一霖喝道。

"因为……因为……"

女生呼哧呼哧喘着说不出话，陈一霖松开了手，说："你还挺能跑的，田径运动员？"

"嗯，以前是……"

女生穿了一身休闲衫，这个大热天戴棒球帽也不太显眼，她二十出头，化了淡妆，不属于大美女那类的，不过清纯可爱，在校园里应该很受欢迎。

她的目光掠过陈一霖，落在陈恕身上，问："你是恕恕，对吧？"

陈恕托了托平光眼镜框，没吱声，陈一霖喝道："为什么跟踪我们？"

"我不是故意的……呃不，有一点点故意，不过我没有恶意，我就是……就是……恕恕你的粉丝！"

陈恕掉头就走，还以为是与扔花盆的人有关，没想到只是个粉丝,他不想把时间浪费在这上面,给陈一霖摆摆手,示意他放了女生,跟上去。

陈一霖抱起小猫就要走,女生在后面说:"我想跟你说声对不起,那天我不该听他们的话,不管你就走的。"

陈恕皱眉转过头,女生追上来,说:"我叫赵青婷,都是因为我们,你才会出车祸。"

十分钟后,坐在陈恕的车里,赵青婷先是自报家门——她是燕通大学大四的学生,和车主楚陵是恋人关系,车祸发生时坐在车上的还有卢苇和庄静,庄静是他们学校的研究生,也是某娱乐公司的签约模特,卢苇开了家摄影工作室,是庄静的男朋友兼她的专用摄影师。

赵青婷把车祸事故发生的经过详细说了一遍,陈恕听完,一直没说话。

赵青婷眼圈红了,直说:"我知道我们不该见死不救,我就是一时鬼迷了心窍,事后越想越怕,可是我跟他们讲,他们反而说我想多了,后来我听说你遇到车祸,地点就在那片山路附近,我就更后悔了……"

她开始抹眼泪,陈一霖掏出几张纸巾要递给她,被陈恕半路截住,把纸巾夺了过去。

他随意地折着纸巾,问赵青婷:"你的意思是——如果你不是我的粉丝,就不会后悔了?"

"当然不是!我的意思是我明明喜欢你,却伤害到了你,我都没法原谅我自己。"

"不,你完全可以自我原谅,因为大多数人在那种情况下都会站到朋友那边,你们没有想着干掉我灭口,已经算过得去了。"

赵青婷一脸震惊地看着他:"你说杀人灭口?不会的,他们不敢,我也不可能让他们那么做!"

对赵青婷来说,见死不救和杀人完全是两个概念,她的脸都吓白了,陈一霖冷眼旁观,觉得她应该没撒谎。

如果她没撒谎,那就还是陈恕脑部受撞击导致的臆想,或是陈恕本人在撒谎。

"如果当时是你，你会怎么做呢？"赵青婷小心翼翼地看着陈恕。

"这个我没法回答你，因为我没有朋友。"

赵青婷呆住了，陈恕笑了，把纸巾递给她。

"开玩笑的，你问问我的助理我会怎么做，他最了解我了。"

陈一霖想直接拒绝回答。

果然在这个圈里混的个个都是人精，说话做事滴水不漏，直接把问题推给他，如果将来出了什么事，那责任也都是他的。

陈恕的目光瞥过来，陈一霖立刻堆起笑回答："当然是救人啊，咱们恕哥永远都把生命看得最重。"

赵青婷还真信了，擦掉泪水，说："看，我问了个多蠢的问题，还是我太自私了，只想着朋友和家人，居然就那么走掉了，我爷爷也骂我了，恕恕我可以赔偿你的损失，如果你想起诉我们，我可以配合作证。"

陈恕摆摆手打断她的话，比起精神损失赔偿这些，他更在意另一件事。

"车祸发生后，你们有没有拿我的手机？"

"没有，我们都没敢靠近，我男朋友……现在算是前男友了，他本来想靠近看看的，被你的猫吓跑了，庄静一直在吐，卢苇担心她，催促我们赶紧离开。"

陈一霖问："为什么分手？"

"因为这件事，我觉得他太自私了，虽然我知道我自己也有不对的地方，但我怕再继续处下去，我会被他潜移默化，把自私当做是理所当然的事。"

赵青婷说得很认真，陈一霖觉得她只是一时糊涂犯错，本质还是不坏，在感情上也拎得清，问："你们当时都喝酒了吗？"

"他们三个喝得挺多的。楚陵家别墅的院子特别大，葡萄长得可好了，这个季节已经长得又大又多，他们就兴奋了，硬是要在葡萄架下开派对，还逼着我喝了小半杯葡萄酒，我喝了酒又过了几个小时才开车的……"

赵青婷说到一半发觉自己太啰嗦,小声说了句对不起,说:"我不是在辩解,我就是在讲述事实,该负的责任我一定会负的!"

她缩着肩,活脱脱一只受了惊吓的小兔子,陈一霖换了话题,问:"你是怎么跟踪我们去恕哥的公寓的?"

"啊?我没跟踪啊。"

两位男士脸上同时露出不信,赵青婷急忙说:"是真的,我爷爷和恕恕住一个小区,我也没想到会这么巧,昨天遇到时,我还以为是自己看错了,想跟过去看看,结果被小猫发现了,我就跑掉了。"

陈一霖恍然大悟,心想原来偷偷观察他的是这个女孩啊,他就觉得奇怪,他怎么可能被人一路跟踪到公寓却没觉察到。

"那今天又是怎么回事?不会是你爷爷住这栋公寓吧?"

"不是,今天我是跟踪的。"说到这个,赵青婷有点不好意思,"我昨晚留在爷爷家,早上刚好看到你们出来,恕恕差点被狗咬时我就在旁边,还吓得叫起来,后来你们开车离开,我听到你们好像提到了凌冰就跟过来了,我不是故意的,我也知道跟踪不对,我就是想找个机会跟恕恕道歉。"

陈一霖回想当时的场景,原来尖叫的是赵青婷啊,都怪他开了车窗,才会在经过赵青婷身边时被她听到谈话。

"那你为什么要跑?"

"我怕被当做是'私生饭',那样我就更解释不清了。"

"什么……饭?"

陈一霖没听懂,赵青婷扑哧笑了,解释说:"就是不顾偶像意愿和隐私,偷偷跟踪爆料的那种粉丝,真正的粉丝都很不齿这种行为的。"

"真没想到我还有粉丝。"

陈恕一脸感叹,陈一霖还在意一件事,问赵青婷:"你开车跟过来的?"

"不是,我骑的共享单车,半路就跟丢了,不过凌冰她……"

赵青婷偷偷看看陈恕,略带嘲讽地说:"她挺会玩的,有一次还被爆劈腿某导演,网上流出过照片,我上学经过这条路,一看照片背景就知道她住这栋楼了,所以……"

"网络真可怕。"陈恕说,陈一霖点点头,感同身受。

赵青婷的目光落在陈一霖身上,忽然说:"你这种一个问题接着一个问题的提问方式好像警察啊。"

陈一霖心里一咯噔,没想到这女生眼力这么毒,他故意反问:"你被警察问过话?"

"没有,就是我有个远房叔叔是片儿警,他说话也是这调调。"

说者无心听者有意,陈恕看向陈一霖。

陈一霖急忙堆起人畜无害的笑脸,对赵青婷说:"我叫陈一霖,是恕哥的助理,我会记得你的话,要是哪天被炒了,我就去报考警察。"

赵青婷被他逗笑了,因为车祸的事,她这一个星期都过得不安稳,现在说出了真相,心情也好转了。

她很懂事,没问陈恕要手机号,而是要了陈一霖的,两人互加了好友,她说如果陈恕想走法律程序,可以随时找她。

等赵青婷离开了,陈恕看向陈一霖,陈一霖正在给小猫擦爪子,说:"奇怪,杠杠这是去哪儿玩儿了?怎么身上这么多沙土?"

小猫朝陈恕喵了一声,陈恕觉得它能听懂人话,这是希望自己帮忙给解释。可是他不能解释,因为会扯出自己被勒索的事,便说:"我觉得赵青婷没撒谎,可能是其他三个人偷偷拿走了手机,当时光线很暗,她又惊慌失措,很可能没看到。"

"可他们为什么要拿走你的手机?听赵青婷的讲述,他们没认出你是明星,甚至在看到车祸现场后还吓得吐了,更不太可能讨论灭口。"

陈恕也想不通,往椅背上一靠,自嘲地说:"是啊,所以大概真是我的脑子出问题了。"

陈一霖给小猫擦干净爪子,看到小猫扒在车窗上一副跃跃欲试的模样,他心中一动。陈恕让他开车,他没听,反而打开了车门。

"去哪儿?"

陈恕问,陈一霖反问:"你刚才是不是遇到麻烦了?"

"没有啊。"

陈恕一脸惊讶,要不是知道他擅长演戏,陈一霖想自己多半会被他糊弄过去,说:"可你刚才的脸色特别难看,杠杠又这么脏。"

"你想多了。"

"这不叫想多了,这叫观察细致入微。恕哥,我可是侦探社出来的。"

陈恕沉下脸瞪他,陈一霖反瞪,就在两人僵持不下的时候,小猫跳下车跑走了。

"杠杠!"

陈恕叫道,小猫反而跑得更快了,陈一霖一看有情况,追了上去,陈恕没办法,只好下车跟在后面。

两个人追着一只猫跑到公寓大楼后面,陈恕差点被砸到的地方还堆着那个摔碎的花盆,泥土和花盆碎片溅得到处都是。

小猫仰头冲陈恕喵了一声,陈恕觉得他都能听得出喵声中的得意,他气道:"你这个小叛徒。"

"你不说实话,还不让人家杠杠说实话啊,"陈一霖说,"可以解释下这是怎么回事吗?"

"没什么,就是有人高空抛物,我差点被砸到。"

"看到人没有?"

"没有,这么多户,谁知道是哪家。"

陈恕仰头看去,每一家都窗户紧闭,天台上也很空。

按理说没人会特意拿着花盆去天台往下砸——当时他们追赵青婷是突发性的,没有人能预测他会跑到这里,从而提前在天台准备好。

但如果赵青婷和动手的人是一伙的,故意当诱饵引他过来呢?

陈恕皱皱眉,联想刚才赵青婷的举动,又觉得不太像,除非她的演技到了影后级别,不过从演员的角度来看,陈恕认为那小姑娘没有在演戏。

"恕哥,"陈一霖叫他,话语中透着严肃,"我是刘叔特意请来保护你的,你可以不相信我,但是关系到你的生命安全,你得为你自己负责。"

陈恕看向他,陈一霖收起嬉笑,这让他看起来多了份威严,陈恕犹豫了一下,说:"花盆砸下来的时候我好像看到天台有人,不过我不确定有没有看错。"

"好,我们去保安室调监控。"

陈一霖给地上花盆的残骸拍了照,正要离开,陈恕拦住他。

"以什么借口?我们又不是这里的住户。"

"放心,不用你出面,我来就好。"

"我说不用了,反正我也没出事。"

"你在怕什么?"

陈一霖盯着他,眼眸明亮,陈恕几乎有种秘密被发现了的错觉。陈一霖没有等他的回答,大踏步朝保安室走去。

陈恕跟在后面,忽然想起了猫,又跑回去抱起猫,心想刘叔这到底是从哪儿找来的助理,也忒不听话了。

手机传来振动,陈恕打开,一段视频传了过来,他看看陈一霖,见陈一霖没有留意,便设了静音点开。

视频很暗,背景是凌冰的客厅,客厅地板上落了很多砸碎的东西,一片狼藉,忽然一双腿出现在镜头里,从侧面看只有脚踝和皮鞋,陈恕一惊,他认出了那双皮鞋,那是个他很喜欢的牌子,前段时间他常穿!

心提了起来,陈恕看到视频里的男人走到了桌台前,凌冰被男人挡住了,陈恕只能看到她摊开的秀发和微微蜷缩的双腿。

接着镜头里似乎有个东西摔下来,落在男人前方,想也知道是那块灵石,凌冰的腿发出颤抖,陈恕的手也不由自主一抖——虽然看不到全部的画面,但是可以想象得出是男人把桌台上的灵石拨下来,砸到凌冰脸上的。

这是他吗?不……

陈恕还想往下看,手机黑屏了——勒索者只传了一小段,陈恕想点击重放,陈一霖在前面催他。

"恕哥。"

陈恕的心狂跳不止，他尽量让自己保持平静，说："我给刘叔打个电话，让他了解下情况，心里好有个底，再顺便问问看能不能让他换个新助理。"

陈一霖一呆，陈恕哈哈道："开个玩笑，你先过去，我先打个电话。"

陈一霖很讨厌陈恕这种凡事都不放心上的做法，不过陈恕不在，自己更方便和保安沟通，交代他尽快过来就跑走了。

他前脚刚走，陈恕就戴上蓝牙耳机，重播视频。

声音的出现让视频变得更加可怖，陈恕看完一遍，忍着不适又按了重播——视频太短，光线太暗，里面出现的男人只露出西裤裤脚和皮鞋，全都是他喜欢的着装，几乎让他以为那就是他本人。

但这绝对不可能，因为……

凝视着画面，陈恕突然发觉为什么视频角度这么奇怪，是故意的还是意外？

他马上倒回去重看，再联想凌冰家的摆设，他心头一跳，想到了一个可能性。

他拨了那个号码，对方像是在专门等候他似的，铃声响了一下就接听了，问："视频你满意吗？"

"我付钱，不过我要当面交易。"

"可以，你一个人来，别想搞小动作，否则我就把全部视频一键上传。"

"可那样的话，你就一分钱都拿不到了。"陈恕揶揄道，勒索者像是没听出来，留下一句"回头通知时间和地点"后就挂断了。

陈恕放下手机，抱着猫来到保安室。

不知道陈一霖是怎么和保安沟通的，他还真拿到了监控，陈恕进去的时候他正在专心看录像，保安看看陈恕，似乎想问他是谁，陈一霖主动说："我同事，我们慢慢看就好，你们随意。"

陈恕凑过去，趁保安不注意，小声问："你怎么让他们同意的？"

"我说我是警察，有人打电话投诉高空抛物。"陈一霖目光不离监控，随口说道。陈恕一口气没喘上来，心想这家伙还真敢说，他是嫌自己的麻烦还不够多吗？

还好陈一霖的注意力都在视频上，陈恕趁机把小猫塞给他，找了个去厕所的借口，让他慢慢看。

陈一霖做梦也想不到陈恕会跑路，等他看到一半，发觉不对劲时，陈恕已经联络不上了。

陈一霖抱着猫跑回停车场，果不其然，车不见了，打陈恕的手机也是关机状态，他气极反笑，联想陈恕失踪前的反常举动，他立刻打电话给常青，让他调查陈恕的手机通话记录和行车记录。

常青很快就查到了，说陈恕离开公寓前打过两次电话，接收方是171号段的手机号，没有实名认证，不太容易追踪到用户情报，两次通话时间都不足三分钟。

除此之外陈恕没有跟其他人联络过，他离开公寓后的行车记录常青还在跟踪调查。

陈一霖听完，心想看来陈恕是了解到了什么情况，或许是与凌冰之死有关的，所以明知危险却仍然选择单独行动。

总算公寓的监控调查有结果了，在高空抛物前后，电梯摄像头拍到了一对恋人去过天台，陈一霖根据保安提供的线索，很快就找到了他们。

这对恋人还是高中生，一听陈一霖是警察，女生就吓哭了，不等陈一霖询问，就全部都说了。

女生说因为母亲在家，怕被唠叨，才会和男同学偷偷跑去天台，两人坚持说花盆不是他们丢的，他们当时听到下面有响声，还好奇探头看，当发现是有人高空抛物后，生怕被误会，就跑掉了。

陈一霖去天台检查，上面没有摆放任何杂物，更别说种植花草了，他站在花盆落地的方位往下看，怀疑是某户人家恶意投掷，但究竟是有目的地针对陈恕还是单纯的高空抛物，还需要详细调查。

陈一霖向魏炎做了汇报，魏炎让他继续追踪陈恕，公寓住户的调查他会让常青等组员负责。

没多久，陈一霖就拿到了陈恕的行车记录，陈恕开车离开公寓后，去了一家大型购物商场，之后他的车就一直停在停车场没动过，陈一霖赶去停车场找到了车,打开车门一看,陈恕的手机关了机,丢在座位上。

这家伙还有点反侦察的手段嘛,说起来也都怪他自己,要不是他自称是从侦探社出来的,陈恕还不至于这么提防他。

"喵。"

包里传来猫叫,陈一霖想起陈恕的猫还在他这儿,他隔着包摸摸小猫的头。

"放心吧,我一定把你猫爸给揪出来。"

第三章
秘密与讹诈

林枫从沉睡中醒来,首先看到的是头顶惨白的天花板,屋里太亮,他下意识地眯了眯眼。

空气中弥漫着消毒水的气味,刺激得他的头更疼了。他动动四肢,手臂和大腿也传来疼痛,床边的吊瓶管子被他的手臂带动,发出轻微的响声。

"醒了?"

旁边传来叫声,林枫动了动发涩的眼皮,看到那是小姨。

小姨陈晓晓就在医院药房工作,她眼睛有点红,看到林枫醒来,一脸惊喜。

林枫想爬起来,小姨急忙按住他。

"别乱动,滚了针就麻烦了。"

"这是……医院?"

小姨比林枫大不了多少,可林枫就是有点怕她,他乖乖躺好,转转头看着周围。

这是个双人间,他的病床在外面,他躺在床上,穿着病号服,手上还插着针头。

被他询问,小姨的眼圈又红了,骂道:"你怎么就这么不省心,我就离开了几天,你就闹幺蛾子,那么急的水你也敢下去救人,万一你出了事,我怎么跟你爸妈交代?"

林枫躺在那里,一句话都不敢说。

还好小姨骂了两句就打住了,摸摸他的头,林枫"哎哟"叫了一声,小姨说:"叫这么大声是想骗谁?大夫说了是小伤,应该是你在救人时撞到了河里的石头。"

林枫脑袋里嗡的一声,突然之间,误杀林江川、逃跑、半路救人，一幕幕在脑中划过，他的脸变得煞白，马上想到警察是不是怀疑到他了，要是来向他问话，他该怎么应对。

小姨误会了他的反应，安慰道："别担心，那孩子得救了，就住在隔壁病房，幸好他瘦小，你游泳技术又好，否则人没救上来，你也会没命，给我记着，下次救人时先掂量下自己的能力。"

林枫脑子还一片混乱，小姨看他精神状态不好，担忧地看着他，正要按床头的呼叫铃，被林枫一把抓住。

"我的背包呢？"

"背包？我没看到，可能被水冲走了吧，你的鞋也被冲走了，人没事就好，回头小姨给你买新的。"

背包丢了，就等于凶器也丢了，那么急的水流，大概早被冲没了，就算还有，也只是一块石头而已，警察总不能把整条河的石头都翻出来吧。

林枫悄悄松了口气。

大概是水呛得太多了，他下水后的记忆很乱，只记得眼前都是翻腾的河水，他游到了落水者身边，抓住他的头发死命往岸上拖，水流太急，他连叫救命的机会都没有，甚至觉得他们都会淹死在河里。

啊，对了，他就是在那时候把背包丢掉的，不是为了什么销毁证据，而是为了活命。

他丢掉了所有加重负担的东西，只努力抓住溺水者，朝着岸边一直游一直游，直到眼前传来亮光，他的记忆就在看到亮光时中断了。

"是谁救的我？"他问。

"是在附近工厂上夜班的职工，下大雨，他抄小路去上班，听到有声音就好奇看了一眼，他说突然看到有个人头从河里冒出来，把他吓了个半死，还以为是水鬼。"说到这里，小姨笑了，又板起脸，说，"也幸好有他，你们才被拉了上来，下次别再犯浑了，我都没敢告诉你姥爷姥姥，出了你爸妈的事，他们本来精神就差，要是你再有个三长两短的……"

外面传来敲门声，打断了小姨的絮叨，病房门被推开，一个男人走进来。

"我是市侦查大队的，我叫魏炎，能跟你们谈谈吗？"

男人穿了套普通的休闲装，不过很容易感觉到他属于警察的气场，尤其是那对眼睛，眼神锐利。林枫一惊，心脏不受控制地咚咚直跳，他心虚了，不敢和警察对视，故意看向小姨。

小姨面露难色，小声对他说："那个三天两头到你家闹腾的家伙死了。"

她大概讨厌林江川讨厌到了极点，连名字都不想提，林枫却惊出了一身的汗，心想：小姨你说话就不能干脆点，我差点被你绕进去。

他故意说："到我家闹腾的人太多了，小姨你说的是哪个？"

"就是林江川，昨晚他被人杀了，坏事做多了，恶有恶报！"

说到他，小姨就气得牙根直咬。

魏炎走过来，她的表情转为担心，看看林枫，正想找借口把这个警察请出去，魏炎说："你们别担心，这就是个例行询问，所有与被害人有关的人员我们都会问到，昨晚九点前后，你们在哪里？"

林枫正要回答预先准备好的答案，小姨抢先说道："小枫的时间证人很多的，他救下来的那个孩子、帮他们打急救电话的大叔，还有医护人员。你们警察不要听到风就是雨，虽然那混蛋和小枫他们家闹得很厉害，但小枫可是老实孩子，你们查他还不如去查查那混蛋的狐朋狗友，他黄赌毒都碰，没了钱，就到处坑蒙拐骗，我就知道有个人连房子都被他骗走了，换了是我，一定做梦都想杀了他。"

魏炎只问了一句话，小姨就说了一大堆，林枫轻声叫了声小姨，魏炎也笑了。

"听你的描述，是一开始就把自己放在了嫌疑人之外了？"

"我？我跟他又没来往，又没被他骗，不过你要问我的时间，我也可以告诉你——我有事去外地了，昨晚八点多才到的家，在门口碰上了邻居，不知道她能不能帮我作证。"

"谢谢配合，我们会认真调查的，"魏炎在笔记本上做着记录，又说,"我来的时候听说了林枫昨晚救人的事,你真勇敢啊。"

他看向林枫,林枫的心跳得更快了,被锐利的目光注视着,他很孬种地想把眼神移开,可是内心深处有个声音一直在提醒他——

不要移开目光,不要露怯,相信你自己,你见义勇为救了人,没人会怀疑你!

"我,我也没想太多,就是看到有人落水,就去救了,其实现在想想也挺后怕的。"

"知道怕就好,看你下次还敢不敢了!"

小姨又扬起了手,林枫吓得一缩脖子,不过他很感谢小姨在场,否则只有他一个人的话,他都不知道该怎么面对经验丰富的警察。

魏炎说:"救人是好事,不过下次要记得量力而行,否则很可能又是一场悲剧。"

"你听到没?警察叔叔都这么说了。"

小姨冲林枫瞪眼,林枫连连点头,魏炎笑了,接着又简单问了林枫几个问题,诸如被害人都与谁交恶,有没有在林枫面前提过什么事情或人。林枫摇头表示不知,他脸色疲倦,连连打哈欠。

刚好吊瓶也打完了,小姨按铃叫护士,魏炎便结束了询问,说了句"让他好好休息,如果有问题会再联络他"后便起身告辞。

林枫松了口气,看着魏炎走到了门口,他一颗心正要放下来,魏炎突然转身问:"那孩子落水时,桥上只有他一个人吗?"

林枫一愣,为了应付警察,他准备好了很多说辞,却没想到对方会问到溺水者,他努力回想当时的场景,摇摇头。

"我不确定,雨太大,我看不清,我只听到有响声,他就落水了……他是自杀吗?"

"不,只是意外。"魏炎回道,可不知道为什么,林枫总觉得他没说实话,或许警察也发现了疑点——雨夜、晚上九点,一个孩子为什么要独自去桥上?

"对了,你为什么会去河边?"打断他的疑惑,魏炎问。

林枫的心又重新提了起来,他发现警察还是没有完全打消对他的怀疑,他定定神,说:"我不是去河边,我本来是打算抄近路去找林江川的,他带人去我家闹腾,我晚上在家里突然想起这事,越想越生气,就想找他理论,谁知半路看到有人落水。"

除了经过河边的目的外,他说的都是真话,因为只有真话才更无懈可击。

魏炎像是信了他的话,点点头,说:"你很幸运,如果没有落水那段意外,你很可能会和凶手撞上。"

他离开了,护士进来帮林枫拔了针头。

手臂恢复了自由,林枫挽起衣袖和裤管,发现好多地方都是瘀青,应该是撞到河中的石块造成的,有这么多伤痕,他太阳穴旁边的瘀青也变得不显眼了。

出于好奇,他问:"小姨,魏警官好像挺在意那个落水的人。"

"那可不是,"小姨随口说,探头看看外面,又压低声音说,"那孩子好像是重组家庭的,有点复杂。"

"那他没事吧?"

"没事,就是没法说话,看着挺可怜的,说是十三,看着还不到十岁呢。"

林枫一怔,小姨急忙摆摆手。

"不是落水造成的,听说是以前出过车祸导致的后遗症,他妈妈挺疼他的,一直拉着医生解释他的情况,说那场车祸后,他就有了肢体接触恐惧症,希望医生尽量和他保持距离,别刺激到他……"

小姨说到这里,发现林枫并没有在听,目光落在窗外,表情僵直,她在心里甩了自己一巴掌,真是哪壶不开提哪壶,急忙改口说:"我要去药房了,有需要的东西晚上给你带过来,你给我好好在这儿待着,哪儿都不许去知道吗?"

"哦,好。"

林枫点点头,小姨走了,他摊开手掌。

掌心上全都是汗,假如刚才魏炎和他握手的话,一定会发现他有问题。

林枫抓住病号服的裤子随便擦了擦,正要躺下,墙壁传来砰的一声,好像有人在隔壁踹东西,他想起小姨的话,便跳下床,推门走出去。毕竟是拼了命救下来的人，他对那个孩子多少有点在意。

隔壁病房门开了条缝，可以看到孩子坐在病床上，正如小姨所说的，他看起来最多也就十岁吧。

一个男人粗声粗气地说："整出这么多事，今天又没法出车了。"

后面跟了两句脏话，被女人打断了，提醒说："说话小点声，周围都住着人……唉！"

她好像被推了一下，林枫看到她晃了晃，她也看到了林枫，问："谁啊？"

林枫敲敲门，推门进去，这是个单人病房，同样的空间只摆了一张床，很宽敞，林枫注意到墙边放了把椅子，椅子歪着，刚才应该就是椅子撞到墙壁发出的响声。

林枫收回眼神，发觉屋里三个人六只眼睛都盯着他，他急忙指指墙壁，说："我住隔壁的病房……"

"是不是吵到你了？不好意思，我们会注意的。"

女人三十出头，衣服款式很新，可惜她太瘦了，穿着撑不起来，看起来有点怪。

林枫在这方面有经验，他小时候收过表兄弟穿剩的衣服，穿起来就是这样的感觉。

不过整体来说，她挺好看的，笑起来也很温和，抬手捋头发的时候，林枫看到了她无名指上的戒指，戒指上嵌了颗石榴石，非常漂亮的红色。

他接着又看看另一边的男人，出乎意料，男人不是那种大块头，反而比较纤瘦，戴了副黑框眼镜，看起来文质彬彬。

"昨晚是我救的他，"林枫指指病床上的孩子，说，"所以我来看看他的情况。"

"原来是救命恩人啊！"

男人一听，脸上立刻堆起笑容，拉着林枫的手，很热情地把他拉到床头，林枫想看床头卡，却发现那里是空的，还没有插卡。

男人对孩子说："小石头，你可得好好谢谢人家，要是没他，你就没命了，整天嫌我和你妈管你，闹小脾气，你看这次差点出事吧。"

女人也附和说:"就是就是,你快坐,我去倒茶。"

"不用麻烦了,他没事我就放心了。"

林枫不喜欢被男人拉着,上前摸摸孩子的头发,趁机挣脱了男人的手。

孩子眨巴眨巴眼,他太瘦了,看着像是营养不良,再加上头发太短,所以眼睛显得特别大,他看着林枫,眼神怯怯的,手放在被子下面一动不动。

女人拍了下孩子的肩膀,他才回了神,从被子底下伸出手,朝林枫打了两个手势。

林枫不懂,看女人,女人解释说:"他在跟你说谢谢呢,这孩子没法说话,只能打手语。"

"那我该怎么打'不用谢'?"林枫问,女人笑了,石头也眯起眼睛,像是发笑的样子,可是看看站在后面的男人,又瞬间绷紧了脸。

女人说:"他听力没问题,你直接说就行。"

林枫听了,便对他说:"不用谢,不过以后别那么晚出门,太危险了。"

小石头张张嘴,男人说:"都怪他妈,他和弟弟吵架,被他妈说了两句,就离家出走了,唉,这个年纪的孩子也有逆反心理了,不好管。"

"你先回去吧,说不定还能赶上出车。"

"赶不上了,算了,我回去照顾弟弟,你留下来陪他,要是有什么需要的,给我打电话,我晚上送饭顺便带过来。"

林枫听着他们夫妇对话,便对小石头打了个手势,表示自己要走,小石头忽然探身抓住了他,一瞬间,他感觉有个东西塞进了自己手中。

林枫看向孩子,他盯着自己,眼睛又黑又亮,像是在道谢,又像是在恳求什么。

林枫趁着他父母不注意,把手揣进了口袋,告辞离开。

女人又向他道谢,还从包里掏出两个桃子塞给了他,他走出病房,听到女人让男人去公司,说有自己在这里照顾儿子就行了。

都是些很普通的家庭对话,林枫没再听到碰撞声,很快男人出来了,林枫怕被发现,急忙跑回自己的病房。

小石头像是听到了,探头往外看看,随即被母亲挡住了。

她听着男人的脚步声走远了,过去靠着小石头坐下,小声问:"昨晚他们救护时有没有发现?"

小石头急忙摇头,又打手势说自己当时很害怕,拒绝医护人员靠近,再加上他没呛水,只是受了点惊吓,所以只是简单的量体温和血压。

女人盯着他看了半天,确定没事后才松了口气,脸上重新堆起笑,伸手温柔地抚摸他的头发,说:"真是好孩子,以后你都这样听话,妈妈就放心了。"

林枫回了病房,放好桃子,坐到床上。

病友在休息,他在确认没人注意自己后,掏出小石头偷偷塞给自己的东西。

那是个小纸团,看图案像是街边派发的宣传单。

林枫小心翼翼地打开纸团,下一秒,他整个人都僵住了。

三个歪歪扭扭的红字跳进他眼中——SOS!

入夜又是一阵暴雨,一栋拆迁到一半的老楼坐落在雷雨中,附近的房屋都拆迁完了,别说住家,就连路灯也都坏掉了,偶尔闪电划过,照亮了狼藉的楼层。

陈恕套着雨披走上楼梯,照勒索者的要求走到六楼边上的一个房间,墙角放了个LED地灯,一个黑影在微薄的光芒中晃动。

他穿着黑色雨衣,帽子盖住了额头,脸上还戴了个笑脸面具,乍看有点瘆人。

看着陈恕进来,他说:"你迟到了。"

声音经过变音,透着怪异的金属腔,陈恕拉下帽子,又撩起雨披,把一个大旅行袋丢在了地上。

"因为我要筹钱,谢谢你要美元,换成人民币的话,我还真拿不过来。"

"就你一个人?"

勒索者很谨慎,探头看陈恕身后,陈恕冷笑:"我不想再被二次讹诈。"

"把包打开。"对方命令道。

陈恕嫌雨披碍事,脱掉扔到一边,他蹲下来拉开旅行包拉链,往两旁一扯,一叠叠美钞便露了出来。

勒索者立刻走过来,挥手示意陈恕后退,他另一只手上拿了刀子。陈恕乖乖照做了,看着他弯腰去检查,忽然说:"你是李助理吧?"

那人的手都伸到旅行包里了,听了这话手臂僵住了,抬头看陈恕。

陈恕说:"我记得你是凌冰的生活助理,她出事后还是你第一个发现的,后来报了警,看来那些犯罪纪录片没说错,通常现场第一发现人的嫌疑最大。"

李助理站起身,默默盯着陈恕,陈恕面带微笑,做了个摘面具的动作,李助理照做了。

她拉下帽子,扯下面具丢到一边,接着把变声器也丢掉了,露出清秀的一张脸,居然是个女孩子。

"你是怎么看出来的?"

"不是看的,是推想出来的。"

勒索者露出了真面目,陈恕收起漫不经心的笑,冷冷说道:"你是凌冰的生活助理,可以自由进出她的家,你还是命案现场第一个发现者,还有,凌冰喜欢布偶,你给过她不少布偶,这都给你提供了偷录她的机会。

"你给我的那段视频的拍摄角度太奇怪了,我猜想那是因为凌冰嗑药后产生了幻觉,把布偶乱丢,塞在布偶身上的微型监控落在了地上,就这样录下了那段诡异角度的视频。你担心引起警察的注意,还特意等了一个多月,直到我出车祸精神不济,你才趁机利用视频来勒索我。"

李助理沉默了一下，点点头，说道："差不多就是这样。"

她翻了下旅行包，确定没问题后拉上拉链，从口袋掏出一个小盒子丢给了陈恕。

陈恕接了，打开盒子，里面放了一张微型SD卡，他看了一眼，又看李助理。

"你应该没有留底吧？"

"我认为聪明人不该问这种问题。"

"呵呵，原来在你眼里我是聪明人啊。"

"是的，至少你轻松就猜到是我了，所以像你这种聪明人为什么要和凌冰那种蠢女人交往？"

"听起来你很恨她，可是她给你开的薪水不低啊。"

陈恕的话换来李助理的冷血。

"是不低，可她也因此觉得付得够多，就把我当狗来使唤，甚至还不如一条狗，你知不知道你每次跟我搭话，回头我都会被她甩巴掌？可是我需要钱，需要很多很多钱，所以我得忍着，现在她死了，我也不用忍了，她那种女人死有余辜！"

说到气愤处，李助理秀气的一张脸都扭曲了，陈恕抬手安抚她，问："到底是谁杀了凌冰，还冒充我？"

"那不就是你吗？衣服鞋子全都是你的！"

"我一开始也以为是我，但后来仔细想了想，不是我，因为如果是我，我会做得更暴力更血腥。"

陈恕说得很平静，仿佛在讲述一件多么平常的事，李助理一呆，下意识地问："既然不是你，那你干吗拿钱给我？"

"因为我猜到了勒索我的人是你，我想知道自己的推理对不对。"

李助理两眼瞪着他，忽然笑起来。

"我收回刚才的话，你和凌冰可真是一对。"

她拿起旅行包要走，陈恕叫她，她转头说："放心，我没留底，我不贪心，但我太需要钱了。"

"不，我是想问你真的以为我是凶手？"

李助理张张嘴正要回答，门口突然传来一声厉喝："不许动！"

随着叫声，陈一霖冲了进来，手里还拿着家伙，陈恕看到李助理脸色一变，正要解释这家伙的出现与自己无关，她竟然一翻身从敞开的窗户上跳了出去。

"李助理！"

陈恕冲到窗前，还以为她摔下楼了，谁知窗上挂了条绳子，绳子的另一头在李助理身上，她身体一荡，就落进了楼下的某个房间。

暴雨刚停，外面太暗了，陈恕无法确定她进了哪间房，转头看陈一霖。

陈一霖手里拿着枪，注意到他的视线，解释道："这是道具枪，我去片场打听消息时顺便借的。"

陈恕没心思多问，说了句分头找就要离开，陈一霖拽住他。

"你在这里等我，她做过武打替身，功夫不错的。"

李助理跟随凌冰的时间要比陈恕和凌冰交往的时间长，陈恕还真不知道她以前的工作，呆了一下，陈一霖已经跑出去了，他急忙提醒道："你也小心！"

脚步声瞬间跑远了，事情发生得太快，陈恕还有点恍惚，走到门口，想起李助理说的话，他按捺不住了，跑到楼梯口，顺着楼梯跑下去。刚才隐约看到李助理是跳进了二楼，陈恕到了二楼，先跑去跟六楼同一个水平位置的房间，里面没人，只有一些垃圾沙砾。

陈恕反身出来，冲去楼梯正要往下跑，走廊对面传来喵的一声叫。似乎是小猫的叫声，陈恕跑过去，就见小猫蹲在一个房间门口，门板都被拆掉了，只留个门框。

看到他过来，小猫又叫了一声，陈恕蹲下来伸手想摸它，目光掠过门框下方，手定住了。

借着微弱的光芒，他发现那是些液体，掏出临时买的手机打开照明灯看过去，不由手一颤，手机差点落到地上。

液体是红色的，滴答滴答落成一条线，从门口地上一直连到屋里。

陈恕顺着血迹往里看去，李助理斜躺在地上，一条腿微微屈起，大量血液从她的颈部涌出，她的头歪着，眼神茫然，看向远处的天花板。

陈恕跑过去,李助理还有意识,四肢抽搐着,看到他来,嘴巴张了张。

陈恕掏掏口袋,幸好装了手绢,他掏出手绢,蹲下来按住李助理颈上的伤口。

李助理似乎想说什么,一只手抓住了他的衣服,嘴唇微动,陈恕感觉到手掌变得炙热,他努力按住伤口,另一只手点了120,说:"没事的,我马上叫救护车,你再坚持一下……"

手被突然按住了,李助理拼命张合嘴巴,因为用力,血流得更快了,陈恕有点明白她的意图了,问:"是谁动的手?"

"不……不认识……男的……"

李助理勉强说出几个字,长呼了一口气,眼神开始涣散,陈恕忙问:"还有谁知道你和我联络?"

李助理没再给回应,四肢抽搐得更剧烈了,陈恕再问:"昨晚偷窥我家的是你么?"

还是没有回应,李助理的身体在一阵抽搐后骤然停止了,她眼睛还没合上,空洞地看向对面。

陈恕看过去,对面窗户都被拆掉了,只留一个大洞,可能凶手杀了李助理后就直接跳下去了,所以他在过来的路上没有遇到。

也许他该庆幸没有遇到,否则下一个死的就是他了。

手指不受控制地发出颤抖,他机械性地放下了李助理,120接线员还在对面询问,他神志恍惚,还是陈一霖赶过来,拿起手机向接线员说明了情况。

陈恕听到声音,这才回过神,看到陈一霖放下手机,狐疑地看向自己,他立刻站起来,叫道:"不是我!不是我杀的,我过来的时候她就已经这样了!"

"恕哥你冷静。"

他怎么可能冷静?一个活生生的人就在他面前死了,他第一次发现生命的脆弱……不,这不是第一次,他接触过死亡,一次、两次……

陈恕眼前眩晕，额头冒出了冷汗，陈一霖发现了他的不对劲，上前扶住他，陈恕摆摆手，说："没事，我就是有点晕血。"

"去走廊上休息下。"

陈恕去了走廊，也不管地上有多脏，随便靠墙一坐，陈一霖看到小猫在附近溜达，便说："杠杠照顾下你猫爸，我进去看看。"

他走进现场简单查看了一下，李助理的颈动脉被利器刺中，大量失血导致死亡，现场没有落下凶器。

李助理做过武打替身，身手应该不错，却在毫无反抗的情况下被一刀毙命，可见凶手非常有经验，他在得手后迅速逃走，干净利落，是个老手。

陈一霖探头看向窗外，楼下地面都是杂草，又下过暴雨，附近也没有布监控，他叹了口气，对找到凶手的踪迹不太抱期待。

被害人脚下放了个旅行包，陈一霖戴上手套打开，里面是一沓沓美元，他朝外看看，拿出一沓美元翻了一下，只有最上面几张是真钞，下面都是白纸，他啧了一声，丢回包里。

没多久警察赶到了，由魏炎带队，常青与其他两名同事楚枫和严宁都来了，常青给陈恕录口供，陈一霖以陈恕助理的身份在旁边帮他做解释。

事到如今，陈恕不想再隐瞒，他交出了李助理给自己的微型SD卡，说了被她勒索以及会面的经过。

陈一霖也说了自己的情况，他说知道李助理做过几年的武打替身，原本以为以她的身手，跳到二楼后会紧跟着跳到地面，所以他直接跑去楼外阻截，反而导致晚了一步。

他在楼下看到了一辆摩托车，那应该是李助理的，不过没有遇到凶手。

常青对陈恕的印象很不好，听完两人的讲述，问他："既然你猜到了是李助理，为什么不报警？还故意丢下自己的手机和车，引开你的助理，单独行动？"

"因为我不相信警察。"陈恕已经恢复过来了，冷淡地说。

常青的脸顿时黑了，陈一霖急忙说："我老板不是那个意思，他这人就喜欢开玩笑。"

"我就是那个意思，"无视陈一霖打圆场，陈恕说，"我说我的车祸是人为的，你们不信，我说凌冰的死不是意外，你们也不信，所以我打算亲自问问李助理为什么要勒索我，还有她勒索我与我出车祸有没有关系。"

"那也不至于连你的助理都甩掉，你是怕卡里的视频对你不利，不想他看到吧？"常青揶揄道，陈恕点头坦然承认了。

"是的，我不想他被牵扯进来，不过视频里的人绝对不是我，因为我不可能在案发现场。"

"你看过了？"

"没有，没时间，我刚拿到卡，我的助理就来了。"

常青瞥瞥陈一霖，把卡插进读卡器，连上平板电脑播放。

视频内容比陈恕先前收到的那个稍微长一点，就是凌冰被石头砸到后，男人转身离开的画面，但因为只拍到了脚踝以下，很难判断石头到底是男人推下来的还是自动滚落的，唯一可以确定的是他见死不救。

"这个人的西裤和皮鞋我都有，我猜他是故意伪装成我的模样，以防被查到后可以嫁祸给我，可他没想到剧组临时换人，我的戏份提前了，那几天都不在本市。"

陈恕说完，陈一霖说："可他把李助理骗过去了，她真以为凶手是你。"

常青没再多问，反身回了凶案现场，陈一霖给陈恕做了个手势让他休息，自己跟了进去。

陈恕独自靠在走廊墙上，还以为要搞通宵，没想到常青很快就出来了，告诉他说可以离开了，如果后续有问题，会再联络他们，旅行包里的钱币将作为物证暂时保管，稍后会还给他。

陈恕抱着猫，和陈一霖出了大楼，陈一霖为了不打草惊蛇，是骑折叠自行车过来的，他把自行车折叠起来，扛到了陈恕的车上。

路上陈恕听了陈一霖的解释，才知道魏炎认为凶手的作案手法老练狠辣，应该有犯罪前科，再加上还有120的录音，所以暂时把他从嫌疑人中排除了。

陈恕听完，问："你怎么会赶过来？"

"因为你在公寓的反应太奇怪了，我猜或许与凌冰有关，就去向她的经纪人询问情况。"

在询问过程中，陈一霖无意中得知凌冰的生活助理辞职了，说是母亲患重病需要陪床。最初陈一霖没在意，随口问了一下，才知道李助理最近精神状况不佳，经常请假，而且她在当助理之前曾做过武打替身。

想到是李助理首先发现了凌冰的死亡现场，陈一霖怀疑她有问题，就马上去医院询问，护工说李助理这几天都没来医院，打电话也联络不上。后来陈一霖想到陈恕可能会租车，便去几个大的租车公司询问，也是幸运，问了几家后让他顺利问到了。

陈一霖提着重点说了，陈恕听完，感叹道："看来不能干坏事，这么快就被查到了，你是警察吗？租车公司都这么配合你？"

陈一霖还真是提供了警察证件，请求对方配合的，他含糊说："用了点小手段。"

还好陈恕没多问，想起李助理的话，他的心头有些沉重。

陈一霖说："我问了李助理的情况，她人缘很好，做替身时也非常负责，她会那样做，很可能是凌冰平时对她的打压刺激了她的报复心理，她事先在凌冰的布偶里塞了摄像头，其实就是做好了勒索她的准备，只是凌冰突然死亡，她只好临时把勒索对象换成了你。"

"我刚才对李助理说她坚持了一个月没来找我，是怕被警察发现，我说错了，她只是在纠结要不要这样做，她不是坏人，她只是太需要钱了，如果一开始我报警，也许她死不了。"

然而这是个无解题，因为没人可以预料这样的结果。

陈恕沉默了一会儿，忽然问："你说那个人是跟踪我来的还是跟踪李助理来的？李助理说她没有去小区偷窥我，会不会杀她的人才是偷窥我的人？那段视频证明了凌冰很可能不是意外死亡，凶手起初以为我了解真相，才窃听我家，后来发现真正掌握秘密的是李助理，所以就杀她灭口？"

陈一霖觉得陈恕说的有一部分接近了真相，他给陈恕当助理，也是怀疑陈恕与猫儿眼有关，现在看到他精神恍惚，说话颠三倒四，假如这不是在演戏，那就是自己怀疑错了对象。

凌冰有买到猫儿眼的渠道，不过渠道可能与陈恕无关，而是其他人。

他安慰道："这些情况我们也不了解，很难说，不过警察会处理的，你就别多想了。"

之后的几天陈一霖继续陪着陈恕参加电视剧拍摄和配音。他以为遭遇了杀人事件，陈恕的情绪会被影响到，没想到陈恕只在当晚很消沉，第二天起来就恢复了正常，拉着他对台词，琢磨角色的心理活动，还给导演提了建议，所以有关少爷的拍摄部分都是一次就过了。

姜导直夸陈恕演绎得很有灵性，陈一霖经过几天的观察，也觉得陈恕很有天赋，偏偏他对演戏不是太热心，反而在配音和话剧方面投入的精力更多。

大概他并不缺钱，所以比起当偶像，他更想做自己喜欢做的事。

陈一霖把自己的调查结果汇报给魏炎，又询问李助理一案的追踪情况。

魏炎说凶手很狡猾，没有在现场留下线索，虽然他们在废楼附近发现了摩托车车轮的痕迹，可惜附近没有监控，只能排查离凶案现场最近的道路监控，暂时还没新发现。

另外，他们调查了凌冰公寓的住户，根据花盆掉落的位置一家家地查，效果不是很理想，其中有十一家养花，都坚持说家里没有月季，没有高空抛物，或是当时不在家。

他们对照公寓监控，大部分住户都被排除了，最后只剩下两家，一家是中年夫妇，一家是被包养的女人，与凌冰和陈恕都没有交集。

所以现在刑侦科同事的意见是——很可能是某住户无意中推落了花盆，因为在时间上恰巧与陈恕被勒索的时间点重叠了，造成误导性情报。现在当事人发现了事情的严重性，不敢说出来，只能咬紧牙关矢口否认。

陈一霖不太相信这种巧合，不过从目前来看，这条线再追踪下去的意义确实不大，他说："那我继续监视陈恕吧，他很可能跟猫儿眼没关系，不过这人身上的秘密太多了，我想再追追看。"

"那你小心，他的精神可能真有点问题。"

魏炎的话声有些踌躇，陈一霖的好奇心提了起来，问："他不会真有精神病吧？他的医生给他开了不少药，他一直没吃。"

"不单纯是精神方面的问题，而是……"

魏炎要继续往下说，被常青的叫声打断了。

魏炎打开外放，陈一霖在对面听着他们的对话，原来魏炎改变了调查方针，重查了陈恕出车祸前后附近的交通监控，这次重点放在摩托车上，果然发现楚陵的奔驰开过之后又出现了一辆黑色摩托车。

摩托车是在本市上的牌，车主是个小混混，上牌没多久就卖掉了，常青顺藤摸瓜查下去，发现摩托车被转手了两次，最后的买家叫包峰，绰号豹子，今年四十五岁，没有职业，因盗窃和抢劫进过几次监狱。

根据这个情报，楚枫调取了李助理遇害后的附近交通监控作对比，果然找到了相同的摩托车，他怀疑包峰与李助理被杀一案有关，现在正在着手追捕包峰。

陈一霖在手机这边都听到了，激动之余又不免感到遗憾——要不是还需要跟在陈恕身边做调查，他真想配合同事一起去抓罪犯。

魏炎要部署接下来的行动计划，他没再跟陈一霖多聊，交代他说陈恕应该还有所隐瞒，让他不要放松警惕。

陈一霖接了命令的当晚，陈恕就收到了侦探社来的电话，当看到来电显示是陈冬时，陈一霖差点没忍住把刚喝进嘴里的水给喷出来。

他倒是不担心陈冬会把自己给暴露出来，就是怕那家伙一时得意忘形，说了什么不该说的话，所以陈恕打电话的时候，陈一霖一直陪着小猫在旁边玩，耳朵竖起来，听他们说什么。

陈冬是来跟陈恕汇报奔驰车主的事的。

说起来陈冬的办事效率还是挺高的,警察查到的他这边也都查到了,甚至查得更详细,他说四个人的资料都传到了陈恕的邮箱,如果需要打官司,他可以介绍靠谱的律师。

陈恕点开邮箱大致看了一下,说:"不用,我再考虑一下怎么处理。"

"哈哈,是我想多了,找律师这种事你直接跟刘老师说就行了,你这人太低调了,我都差点忘了你是大明星了,如果没问题,记得把钱汇到我的账户哦。"

陈冬啰嗦完挂了电话,陈恕又重新看了一遍四个人的资料。

楚陵:父亲楚卫风,是悦风集团的老总,经营美容、餐饮还有家具生意。母亲梁悦,美容院的业务主要是她负责的,同时自己还开了家珠宝连锁店,这对夫妻是二婚,不过关系非常好,楚卫风对梁悦带过来的女儿视如己出,几年前女儿出嫁时他大摆宴席,还赠送了一栋别墅当嫁妆。

陈恕对这些信息不感兴趣,略过,重点看楚陵本人的情况。

楚陵完美地继承了父母双方的优点,身高将近一米九,长相秀气,他现在读大四,对演戏非常感兴趣,前不久还在一部剧里跑过龙套混脸熟,陈冬说是他老爸砸钱让他进组的,至于演技,陈冬在底下加了句评语——惨不忍睹。

这样的人注定了身边不会缺少美女陪伴,不过楚陵的作风还不错,至少表面上看还不错。在和赵青婷认识之前只有过一位交往了两年的女友,女友大他几岁,毕业后就回老家了,这段恋情也无疾而终,今年楚陵才开始和赵青婷交往,所以两人交往的时间并不长。

赵青婷:独生女,父亲是他们就读的那所大学的化学系教授,很有威信,母亲是老师,相比楚陵,她的家庭背景更简单。

庄静:独生女,父亲在一家上市公司任高管,母亲是一家私人医院的医生,她家庭富裕,本人也长得漂亮,大一就开始做平面模特，大二签约做T台模特，她的情史也是四个人当中最丰富的。

卢苇：父母都已过世，还好给他留了一大笔钱，让他可以顺利本科毕业，他的爱好是摄影，毕业后就开了家摄影工作室，他这个人八面玲珑，不仅有艺术细胞，还有商业头脑，所以工作室成立后一直发展不错，和不少娱乐公司有合作关系，他和庄静就是在一次拍摄中认识并成为恋人的。

文件最下面还很贴心地提供了他们四个人的手机号码以及家庭联络方式，陈恕看了赵青婷的手机号，跟她报给陈一霖的一样。

"你在看什么？"见陈恕拿着手机沉思不语，陈一霖走过来问。

陈恕抬头看了他一眼，没说话，陈一霖只好抱起小猫，做出可怜巴巴的表情。

"求求你了恕哥，别又是接了勒索电话想单飞吧，我好歹也是你的生活助理兼保镖，你想做什么能提前跟我打个招呼吗？上次我找你，花时间就算了，还花钱，我这还没拿到工资呢，就先贴了一大笔钱进去。"

陈恕还是不回应，只是伸手接过猫一下下撸着，陈一霖觉得自从李助理事件后，他对自己不像最初那么排斥了，便没有多问，免得适得其反。

陈一霖去给小猫准备猫粮，陈恕撸了会儿猫，忽然问："你和赵青婷有联系吗？"

"有；她是你的超级粉丝，常来问我你现在在拍什么。"

"你说了吗？"

"当然没说，我可是签过保密协议的。"

"这种事不用保密，下次她再问，你都告诉她。"

陈一霖放下猫粮，转头看陈恕，心想这人怎么突然转性了，还是他在打什么算盘。

陈恕又说："算了，也别这么麻烦，既然我们住同一个小区，就请她吃个饭好了，增进下邻里关系。"

陈一霖听不下去了，开门见山说："恕哥，你骗人能不能有点诚意？你这话说得连我都不信。"

"我知道，不过她会信的，"陈恕展颜一笑，"谁让她是我的粉丝呢。"

灯光下，陈恕这笑容简直就是邪魅一笑的写实版。陈一霖心想难怪赵青婷迷他了，他但凡在影视剧上多用一点心，也不至于到现在都红不起来。

"那我留言给她看看。"

陈一霖微信给赵青婷，陈恕又问："最近有没有人跟踪我们？"

陈一霖正想提这件事，说："没有，所以那晚会不会是你看错了？正好明天上午你没有工作安排，我帮你约了医生……"

"什么？你没问我的意见。"

"因为问了你一定不同意，恕哥，讳疾忌医是不对的，你说你是去看大夫还是让我去跟刘叔说？"

陈恕好像有点怕刘叔，听了这话，不做声了，就在陈一霖以为他默许了的时候，他说："你打电话改个预约时间，我明天上午有事。"

"什么事比看病更重要？"

"我要去看看李助理的母亲。"

陈一霖一愣，随即明白了为什么陈恕明天上午都没排工作，原来是想去探病。

李助理事件过后，陈恕转了二十万给她的家人，他没提自己的名字，只说是李助理的朋友，转账手续是陈一霖办的，当时他就觉得陈恕这个人实在是太奇怪了。

当他认为这人很冷血的时候，这人会表现得充满善意，可当他发现这人有良善的一面时，这人又是冷漠的。

陈恕不相信任何人，不管是带他出道、扶持他多年的刘叔，还是保护他安全的自己，甚至是迷恋他、愿意为他作证、不惜与前男友翻脸的赵青婷。

他相信的只有他自己，呃不，或许还可以加上一只猫。

陈一霖面对过无数个罪犯，毫无疑问，陈恕是当中最难捉摸的一类人，最近他常常想陈恕究竟经历过什么，才会养成这种多疑的个性。

既然陈恕不说实话，陈一霖便主动出击，故意问："所以你刚才接的不是勒索电话啊？"

"你是不是觉得我做人太糟糕，成天接勒索电话？"

陈一霖掐了下小拇指，意思是一点点，陈恕自嘲一笑，把手机丢给了他。

正如陈一霖预料的，陈冬把奔驰车主以及朋友的资料都传过来了，除了赵青婷之外，其他三人的情报也非常详细，他感叹地说："这内容也太丰富了。"

"我的钱又不是白花的。"陈恕说。陈一霖已经在心里考虑找机会教训那个私家侦探了，敢这么明目张胆地提供私人情报，他的侦探社大概是不想开了。

"这个应该交给警察处理。"他提醒道。

陈恕呵呵发笑，说道："都这么久了，他们不是什么都没查出来吗？还不如自己动手丰衣足食。"

警察不是没查出来，而是涉及当事人的个人隐私，他们不能随意泄露，可惜这话陈一霖没办法明讲，便问："你打算怎么做？"

"当然是直接联络他们，车祸由他们而起，我有权利要求赔偿不是？"

陈恕一脸笑眯眯的，可是在陈一霖看来，他的笑容充满了狡狯。

或许比起赔偿，陈恕更在意他们的动机，所以他让自己约赵青婷出来，大概是想通过她与楚陵交涉，有了这四个人的情报，交涉会变得简单很多。

陈一霖看着资料，说："这几个都有点背景，这件事还是交给刘叔比较好，万一闹大了……"

"不，我想自己来，"陈恕一顿，看向陈一霖，"你记着，如果刘叔知道了这事，我就炒了你。"

"凭什么啊？也可能刘叔是从别处听来的呢，他是金牌经纪人，要瞒过他很难吧？"

"那是你的问题,如果你不想被炒,那就不仅要管住自己,还要管住别人。"

陈一霖忍不住翻白眼了,他有点明白为什么陈恕的生活助理总是干不长了,遇到这种喜怒无常的老板,还真不是件令人愉快的事。

手机响了,陈一霖拿起来一看,赵青婷回他微信了,说自己在医院。他心一跳,把手机递给陈恕。

陈恕看到回信,马上让陈一霖询问能不能通话。

陈一霖照做了,很快赵青婷的电话打了进来,说今天和朋友逛商场时,有人手贱按了手扶梯上的紧急停止按钮,导致他们都摔下来了,还好当时没有老人和孩子,大家都是轻伤,赵青婷的左手腕轻微骨折,今晚留院观察。

陈恕打手语让陈一霖问她有没有报警,警察有没有找到罪犯,陈一霖无比郁闷地发现自己居然完全看得懂陈恕打的手语,要不是因为陈恕是老板,他一定怼过去——你这么急着知道真相,你就直接问呗。

他照着陈恕的意思问了,赵青婷说报警了,后来听做笔录的警察说按紧急按钮的是两个年轻人,看到有人摔下来,他们就立刻跑掉了,两人都戴着口罩和帽子,无法辨认长相,只能从身材和走路状态判断是男性,其中一个有点跛脚。

"警察说之前也发生过类似事件,他们抓到了嫌疑人,可惜是未成年,又因为没造成太大伤害,只能批评教育,让家长支付医药费了事。"

"这怎么能叫小事?一个弄不好很可能出人命的!"

陈一霖气不打一处来,拳头握紧了,要不是陈恕在,他早一拳头砸在墙上了。

他的反应没逃过陈恕的眼睛,眉头微微皱起,就听赵青婷在对面说:"我觉得受伤对我来说是好事,它在警告我不能抱侥幸心态,做错了事就会受到惩罚。"

她语调轻松,完全不像是受伤后的反应,陈恕扑哧笑了。

"你倒是想得开。"

一听偶像在，赵青婷随意的声线立刻绷紧了，叫道："恕恕你别担心，我很好的，有需要可以随时联络我。"

"你住几号房？"

赵青婷只是留院观察，明天就可以离开了，她说："我在三楼最右边的房间……只是小伤，你不用特意来看我的……"

"你想多了，我要去探望病人，正好顺便，晚安。"

陈恕说完就挂了电话，陈一霖想象着赵青婷在电话那头僵硬的表情，他有点同情那姑娘。

"我说你可以不要把话说得这么直接嘛？人家还是你的粉丝呢。"

"就因为是粉丝，才不能让她抱有期待，你不知道粉丝这种生物脑洞开起来有多可怕。"

陈一霖没接触过粉丝，不过他听说过类似事件，所以陈恕这样说也不是没道理，他问："你就不怕她一不高兴了，不协助你怎么办？"

"你可以和我赌一下，输了免费提供杠杠一个月的猫粮。"

"那如果赢了呢？"

"你不可能赢的，你又没粉丝。"

陈恕笑了，这一次陈一霖不仅从他的眼神中看到了狡狯，还看到了蔑视。于是他也跟着呵呵笑了，心里在琢磨怎么把这家伙的狐狸尾巴给揪出来。

第二天上午，陈一霖跟随陈恕来到安和医院。

医院旁边有家宠物医院，陈恕先把小猫寄放过去，接着去了李母的病房。

李母的手术已经做完了，很成功，两人进去的时候，李母正在和亲戚聊天，陈恕听到她说女儿工作太辛苦了，为了赚钱给她治病，一直在加班，希望她的病好了，女儿也可以轻松些。

话语中充满了期待，陈恕感到了难过，因为老人口中的女儿再也回不来了。

他没提自己的名字，只是说和李助理在一起做事，李助理暂时过不来，托自己来看望老人。

李母一看到陈恕，眼睛就亮了，拉着他的手不断道谢，又打听陈恕具体是做什么的，有没有对象，一副丈母娘看女婿的架势。

陈一霖在旁边看着，憋笑憋得差点内伤，不过让他意外的是陈恕不仅没有不耐烦，还很配合，和老人聊了好一会儿，直到护工提醒病人需要休息，他才告辞离开。

陈一霖拿着老人硬塞给他们的果篮，跟着陈恕走出病房，看着他瞬间收起微笑向前走去，不由得摇摇头，给魏炎的微信中写道——我还不确定他与猫儿眼一案的关系，我唯一能确定的是他绝对精分。

——出了什么事？

——没什么，就是他转了二十万给李助理的母亲做手术，刚才还来看她，如果这是在演戏，那他怎么到现在连个小金人都没拿到呢？

——先别急躁，好好盯着他。

魏炎敲完字，又加了一句"正在全面搜索包峰，如果有消息再通知他"。

陈一霖回了个动图，一抬头就见陈恕站在不远处，双手插在裤兜，皱眉看他，他急忙追上去。

"你不是在打小报告吧？"

"恕哥，你的疑心病也忒严重了，我是在问以前的朋友，让他们查查手扶梯事件是偶然的还是有人故意做的。"

实际上昨晚在听说了赵青婷的遭遇后，陈一霖就让常青去调查了，他只是找个借口应付陈恕。

陈恕挑挑眉，问道："你怀疑是有人故意做的？"

"不知道，就因为不知道，所以才想调查，你觉得呢？"

陈恕没回答，垂着眼帘稍微思索，然后就像没事人似的朝电梯走去。

陈一霖耸耸肩，几天的相处，他已经习惯了陈恕我行我素的作风，大踏步跟随上去。

两人来到三楼，出了电梯往前没走几步就看到了坐在长椅上的赵青婷。

除了赵青婷，还有个戴眼镜的男人，男人瘦削白皙，文质彬彬，陈一霖昨晚才看过他的资料，他就是卢苇，庄静的男朋友，也是奔驰上的乘客之一。

赵青婷正在和卢苇说话，看到陈恕来了，立刻跑了过来，她看起来精神很好，还化了淡妆，要不是左手上打了石膏，压根看不出她是伤员。

"谢谢你们来看我，"赵青婷看陈恕的眼睛亮晶晶的，说完脸就红了，慌忙摇手说，"我知道不是专门来看我的，来了就好。"

她瞟瞟陈一霖手里的果篮，陈恕正要开口解释，陈一霖抢先一步把果篮塞给了她，说："恕哥的一点小意思。"

赵青婷的脸更红了，又连声道谢，说病房有新病号住进来，她就在外面等陈恕了，又指指卢苇，给大家做了介绍。

卢苇堆起笑脸，很有礼貌地向他们打招呼，陈恕目不转睛盯着他看，卢苇托托眼镜，问："怎么了？"

"没什么，我就是看看那晚导致我出车祸的都有谁。"

卢苇的笑容僵住了，赵青婷也有些尴尬，陈一霖急忙说："这里不适合聊天，要不我们另外找个地方吧。"

"我知道附近有家咖啡屋挺不错的，这个时间段客人应该也不多。"

卢苇提了建议，陈一霖看看陈恕，陈恕同意了，卢苇便在前头带路，陈一霖走在后面，见陈恕瞅自己的眼神不对，他低声说："不就是一个果篮嘛，至于吗，回头我再买个给你。"

"没事，就先扣除你这个月的薪水吧，作为先斩后奏的代价。"

陈一霖气愤地看过去，陈恕微微一笑，道："不就是一个月的薪水嘛，至于吗。"

"……"

四人乘电梯来到一楼，一个人突然跑过来，差点撞到赵青婷的手臂，还好卢苇及时护了她一下。

等那人道歉离开了，他问赵青婷，"有没有撞到伤口？"

赵青婷摇摇头说"没事",不过在去咖啡屋的路上,卢苇一直走在她左边,像是防止她被撞到。

进了咖啡屋,正如卢苇所说的这个时间段客人很少,他选了个靠近角落的座位,先是拉开里面的椅子让赵青婷坐,接着自己才坐下。

陈恕和陈一霖这一路看着,终于忍不住对望一眼,都觉得这人很擅长扮演温柔体贴的角色,大多人都吃这套,难怪他事业运一帆风顺了。

陈一霖点了饮料,随便找了个开场白,问赵青婷。

"你父母没来接你?"

"我没敢让他们知道,本来我只告诉了静静的。"

赵青婷看看卢苇,卢苇说:"静静刚好要拍外景,就把我派过来了。"他说完,又饶有兴趣地看陈恕,问,"你真是大明星?"

"是啊,过气的那种,本来想靠着车祸刷下存在感的,结果上周有对明星夫妇爆出外遇,又把我给挤下去了。"

陈恕笑眯眯地说,卢苇和赵青婷都不知道他这是在开玩笑还是认真的,表情一致,露出尴尬,赵青婷还把目光投向陈一霖,像是期待他施以援手。

陈一霖有苦难言,因为这只狐狸的套路太多,他一时间也摸不清他的目的。

陈恕依次观察着他们的表情,他收起笑容,点开手机,放到了他们面前。

"我从朋友那儿收到份资料,本来是想跟赵小姐聊的,既然卢先生也在,你也是当事人,那聊起来更方便。"

卢苇拿起手机开始看,看着看着脸色就变了,把手机啪地放回桌上,盯着陈恕,质问:"你调查我们?"

他话声低沉,不悦之心显而易见。

赵青婷因为接触过陈恕一次,倒没有太吃惊,解释说:"恕恕是受害方,他也想了解真相啊。"

陈一霖观察着卢苇的反应,以为他会直接说车祸与自己没关系,谁知他沉思了一下,问陈恕:"你想要多少赔款?"

"这需要你们四个人商量。"

"楚陵不会付的,我和他认识很久了,了解他的性格,他一定会说开车的是青婷,与他无关。"

赵青婷立刻用力点头,说道:"我可以自己付的,不过如果很多的话,我可能要分期支付……"

陈一霖看看她,在心里叹了口气——果然还是学生,把事情想得太简单了。

陈恕当然不同意。

"不,这起车祸与你们四个人都有关系,所以我希望和你们一起协商,赵小姐你联络下其他两个人,我们找个时间见个面。"

赵青婷面露为难,卢苇说:"她和楚陵分手了,不方便联络,还是我来吧。"

顿了顿,他又说:"你能先说个大致的金额吗?"

"不不不,这件事比较严重,我得先问问我的律师,毕竟我是靠脸吃饭的,车祸影响的不仅是我的生活,还有工作,唉……"

陈恕一脸感叹,赵青婷继续点头表示理解,卢苇却撇撇嘴,陈一霖心想这个人在社会上混了几年,可不像赵青婷那么好糊弄。

不过卢苇没再说什么,问陈恕方不方便留手机,如果后续有消息,会联络他。

陈恕把陈一霖的手机号报给了他,咖啡送过来了,赵青婷要去拿糖罐,卢苇想帮她,陈恕却快了一步,拿起糖罐放到了赵青婷面前,做了个"请用"的手势。

赵青婷脸红了,抿嘴朝他笑,陈恕换了话题,改问她的伤势,她摇头说没事,又说起按手扶梯紧急按钮的人,感叹道不懂他们为什么要做这种损人不利己的事。

卢苇安慰说:"你不需要懂,因为你和他们不是一类人。"

"可就是想不通啊,我如果做了坏事,一定连觉都睡不好,就像这次。"

"因为你是成年人,有成熟的思维和三观。"

陈一霖说："咱们国家的刑事犯罪中，青少年犯罪占了70%以上，而且还有逐年犯罪低龄化的倾向，因为这个年纪的人三观不确立，叛逆心重，而随着年纪增长，思想变得成熟，担心失去的东西越来越多，做事反而会慎重，所以有时候我们不怕成年人，反而更怕青少年，因为他们无所顾忌。"

"你说得好有道理，就像警察讲解事件。"

赵青婷感叹地说，陈一霖心一惊，他只是随口说两句，没想到一不小心职业病又犯了。

还好其他两人都没注意，卢苇还很认真地说："还有一种人是天生的恶，就像反社会人格。"

陈恕回想记忆中用石块痛殴凌冰的画面，忍不住看看自己的手指，至今他还记得指尖传递过来的战栗快感，不知道这种算不算是反社会人格。

发现他出神，陈一霖用手肘碰碰他，陈恕回过神，问卢苇："我的手机在车祸时丢了，你有没有看到我的手机？"

"没有，我都没靠近你的车。"

卢苇说完，看赵青婷，赵青婷摇头表示自己也没有。

卢苇又说："我回头问问楚陵和静静，不过他们应该也没拿，因为没理由那样做啊。"

"谢了。"

陈恕喝完咖啡，离开时又对面前两位说："希望你们好好沟通一下，刚才我也说了，我挺过气的，不买热搜就上不了榜的那种，所以我一点都不介意打官司，说不定还能趁机火一把呢。"

卢苇脸色阴晴不定，当听到赵青婷说"一定会帮陈恕"时，他的脸色更难看了。

两人出了咖啡屋，陈一霖问："你不会是真的要提民事诉讼吧？"

"你说呢？"

"我哪知道啊？我拜托你，恕哥，你有点身为明星的自觉，好吗？"

看着陈恕憨笑，陈一霖心想这人精分就算了，还把人当傻子耍，他没好气地说:"你说打官司是假,其实是想给他们施压,看是谁偷拿了你的手机吧?"

陈恕投给他一个"知道你还问"的眼神,说:"不,我想看看是谁想杀我。"

陈恕说得很认真,换做几天前,陈一霖会把这话当做是他的臆想,可是经历了花盆投掷、李助理被杀后,他不敢肯定了。

他们先去宠物医院把小猫领出来,陈一霖开着车,没照陈恕说的回家,而是把车拐去了另一条车道上。

陈恕很快发现了路不对,问:"去哪儿?"

"去看医生啊,我们昨晚说好的,恕哥你背台词的功力那么好,肯定不会忘记的,对吧?"

陈一霖故意说,陈恕看看他,不说话。

陈一霖又说:"时间我都约好了,你再不去,我只能告诉刘叔了。"

陈一霖感觉陈恕很忌讳他的经纪人,所以听了刘叔的名字,他沉默了几秒钟,说:"有杠杠陪着我,去就去吧。"

"行啊,等哪天你结婚,连伴郎都省了,反正有杠杠。"

陈恕一下下撸着猫,无视了陈一霖的揶揄。

来到舒生精神科诊所,陈恕还真抱着猫进了问诊室,陈一霖趁机和工作人员聊了一下,可惜她们对陈恕都不了解,因为陈恕每次来都戴眼镜,也不带助理,大家都以为他是普通白领,充其量是长得很好看的白领。

陈一霖什么都没打听出来,有点泄气,他感觉陈恕是个领地意识非常强的人,他不主动和人交往,也不允许他人进入自己的领地范围,每天就是片场、舞台、配音室和家几点一线,一个连酒吧、俱乐部都不去的人,他要如何操作毒品流通?

陈一霖抬头看向诊所的牌子,这里是唯一他无法就近监视陈恕的地方。

也许要调查一下这家诊所,对了,还有那位金牌经纪人刘先生。

陈恕很快就出来了,脸色不太好看,陈一霖看看大模大样趴在他头顶上的猫,很担心他把小猫甩出去。

"聊得不顺利?"

"没有,挺顺利的,他不信我说的话,还说我再不遵医嘱,妄想症会越来越严重,我说他是为了赚钱夸大其词,顺便还附赠了一份他在大学时代偷窥女同学、考试作弊,还有当第三者的资料,他就恼羞成怒,把我赶出来了。"

"……"

"都是你的问题,如果你不逼我过来,这些事原本可以避免的。"

"……"

陈一霖一口气没顺利喘上来,他这两天没看到陈冬传新资料,估计是陈恕一早就调查好的,等着必要的时候才用。

他对小猫说:"杠杠好好看着你猫爸,我去跟人家医生道个歉。"

"他正在气头上,你现在进去……"

陈一霖无视他的话,跑进了问诊室。

道歉只是借口,他是打算找机会向医生询问下陈恕的精神状况。

陈一霖走进去,医生正在打电话,好像是在向刘叔抱怨,说陈恕一个十八线的小明星,脾气却大得出奇,他不会再给陈恕治疗,让刘叔另请高明。

不知刘叔在对面说了什么,医生表情稍微缓和,又客套了两句,挂了电话。

陈一霖走过去做了自我介绍,又说陈恕没坏心眼,只是有点自负,说话比较直,请他看在刘叔的面子上千万别在意。

"呵呵,猫都比他会说话。"

医生冷笑,陈一霖点点头,感同身受。

"不过他最近经常说些奇怪的话,比如杀人什么的,以您专家的角度来分析一下,他这算不算妄想症?"

见他了解情况,医生也没避讳,说:"不仅是妄想症,而且还非常严重,他认为是自己杀了前女友,并且是用石块一下下砸死的,这就是典型的逃避心理,他的潜意识中认为是分手导致女友的死亡,出于愧疚心态而凭空创造了一个故事。好自为之吧,如果他继续讳疾忌医，情况只会更糟糕。"

陈一霖不了解精神病学，但直觉告诉他陈恕会那样想一定有他的理由，而不是凭空创造，因为他曾在片场差点用同样的方式砸伤人。

真是个充满谜团的人啊。

陈一霖从办公室出来，陈恕的心情已经好转了，靠在沙发上喝着茶，顺便玩手机，小猫乖乖趴在他身边，一点也不闹腾。

看到他，陈恕冲他摆了下头，两人出了大楼，陈恕问："蒙古大夫跟你说了什么？"

"恕哥，可能那个医生真的在私德上有问题，但不能因此就否定他的医术，良好的沟通才能加深信任，你不信任你的医生，又怎么能治好病？"

"他也没有信任过我，他从一开始就否认了他的患者。"

陈一霖想问陈恕关于他虐杀前女友的想象，陈恕先说道："刘叔来电话了，让我做完事去公司找他，你去吉祥茶庄一趟，刘叔只喝他家的龙井。"

"你是怕被骂，趁机讨好下？"

"不，我是怕他让我多签约，我懒惯了，他知道这招对付我最有用。"

陈恕下午有个话剧排练，陈一霖先送他去剧院，看着他进入排练状况，又检查了周围的环境。

排练是封闭式的，外人进不来，剧组人员又多，不用怕陈恕遭遇危险。

陈一霖检查了一圈，小猫也陪着他转了一圈，陈一霖低头看它，它仰头对视，还喵喵了两声。

陈一霖想了想，带只猫去茶庄不太好，便找了位明显是猫奴的工作人员，拜托她帮忙照看下。

陈一霖去茶庄的路上天气突然变坏了，等他到了茶庄买好指定的茶叶，外面开始电闪雷鸣，瞬间暴雨倾盆，雨中还夹杂着冰雹，打在玻璃窗上噼啪作响。

外面阴得像是夜晚，陈一霖只能在店里等，直到冰雹逐渐变小，他才上了车，开车赶回剧院。

排练已经结束了，大部分人都离开了，陈一霖没找到小猫，转了一圈也没发现陈恕的身影，不祥的预感涌上了心头。

那个帮忙照顾小猫的工作人员还在，跑过来告诉他说陈恕已经走了，他好像不太舒服，原本没想带猫，是小猫紧扒着不放跟着走的。

陈一霖问她陈恕去哪里了，她不知道，又去问其他剧组成员，大家也不清楚，只说陈恕没像平时那样等所有戏都排练完，而是排完了自己的那部分就说有事离开，好像叫了网约车。

难道那家伙要实施什么计划，所以故意找借口引开他？

回想他走时陈恕的态度，陈一霖又觉得不像，他问："他有没有接谁的电话？"

大家都说没有，只有一个剧组成员半开玩笑说："戏里接电话不算吧？"

陈一霖问了具体情况，原来陈恕确实是在排练接电话时状态开始不对头的，排练都有录像，工作人员调出录像给他看。

戏中陈恕的角色因为在和女朋友吵架时接听手机，被女朋友推搡，手机很夸张地甩了出去，本来设定的是搞笑场面，陈恕却僵在了那里，后来那段又重新排练了一遍，陈恕却始终不在状态，之后几次说错了台词，这在以往的排练中是从来没有过的，所以他说身体不舒服要离开，导演马上就同意了。

陈一霖跑去保安室查了监控，很快就找到了那辆网约车，他联络上司机一打听，原来陈恕让他载自己去了一家租车公司，陈一霖上网查了一下，那家租车公司是离剧场最近的一家。

陈恕要去的地方很远，所以需要开车，他特意去租车而不是回家开自己的车，表明他当时非常急，可他又没有用网约车，证明他不想其他人知道自己去了哪里……

在去租车公司的路上，陈一霖简单捋了一遍陈恕的思维，事实正如他所推想的。他问到了陈恕的租车情况，让常青一查，很快就查到了陈恕租的车去了郊外,看行车方向应该是去他曾经出过车祸的地方。

陈一霖开车直奔车祸现场,外面冰雹已经停了,雨势却没见小,大雨不断打在挡风玻璃上,噼里啪啦的吵得人心烦,陈一霖踩紧油门,希望能在陈恕遇到危险之前找到他。

虽然他不知道陈恕发现了什么,但直觉告诉他,那个发现对陈恕来说很可能是致命的。

陈恕把车停在道边,在雨中深一脚浅一脚地走着。

山中雨势更大了,树林间弥漫着一层层雨雾,他穿的雨衣完全没有用,从头到脚都湿透了。

"杠杠!杠杠!"

他是来找手机的,谁知刚才刚打开车门,小猫就跳下车跑掉了,导致原本找手机变成了找猫。

猫天生就讨厌水,这么大的雨,小猫应该不会跑远。

陈恕一边自我安慰一边往前走,一路拨开草丛翻找,希望运气好能找到手机。因为他想起来自己还有一部手机,在出车祸的时候,他正拿在手上打算打给祖父,可能就因为这么一分神,他才会在奔驰突然冲过来的时候没能及时躲避。

陈恕在附近找了很久,猫没找到手机也没找到,半路还绊了一跟头差点滚到坡下。

雨打在脸颊上,又凉又疼,陈恕抹了把脸上的雨水,呼呼喘着看向周围,忽然草丛中传来沙沙声,有个淡黄色身影一闪而过,起先他以为是小猫,不过那玩意儿体形更大,奔跑速度也非常快,大概是黄鼠狼之类的动物,看到有人来被吓跑了。

陈恕走到黄鼠狼跑过的地方,草丛中好像有个东西,他拨开杂草,正是自己丢失的那部诺基亚手机,他又惊又喜,急忙捡起来。

这里离车祸发生地有段距离,可能是野生小动物叼过来的,手机上有被咬过的牙印,里面都灌水了,估计用不了了。不过不管怎么说东西顺利找到是好事,他的脚步顿时轻松起来,越过杂草来到马路上，准备继续找那只不省心的猫。

身后传来车的引擎声，可惜雨声太大，陈恕又戴了帽子，直到车灯突然闪过，他才觉察到，刚转过头，轿车已经冲到了近前。

幸好他反应快，及时往旁边躲避，衣服被车头刮到，强大的冲力下，他翻身滚了出去，头撞在了树上，顿时一阵晕眩，眼前光影闪烁，所有景物在瞬间都像是偏移了正确的方向，以一种奇怪的角度映入眼中。

陈恕喉咙剧痛，他睁大眼睛想看清眼前的状况，景物却摇晃得厉害，恍惚中似乎有脚步声传来，他的头贴在地面上，看到的是一双黑色皮靴。

心脏剧烈跳动起来，一瞬间，车祸后的一幕幕从眼前飞速闪过，记忆如潮水奔涌上心头，他想起来了，拿走他手机并且想要害他的不是那四个青年，而是这个男人！

皮靴一直走到陈恕面前，可惜他看不到对方的脸，只能尽量伸出手去，手掌下压着那部诺基亚，他知道绝不能让对方拿走手机。

可惜男人很快就发现了他企图隐藏的东西，弯下腰要拿，闪电划过，陈恕看到了他右手上的两道伤疤。

"喵！"

就在男人即将拿到手机时，小猫不知从哪儿窜出来，一爪子抓在了他脸上。

"又是你这只死猫！"

男人骂道。陈恕的意识开始混沌，恍惚中看到男人从靴子里拔出匕首，他有心提醒小猫快逃，却力不从心。

"住手！"

大叫声从后面传来，陈一霖赶到了，雨雾太大，他看不清状况，感觉到不妙，立刻打开远光灯，大声警告。

男人一看有人来了，不敢再逗留，几下窜进车里，开车逃走了。

陈一霖从车上跳下来，跑到陈恕身旁，陈恕头上都是血，气息微弱，他只能放弃追踪肇事车，先打电话叫急救。

"杠杠……没事吧？"陈恕还有意识，虚弱地问。

陈一霖看看小猫,它正低着头,一下下地嗅手机,好奇得不得了。
"它没事,除了淋成落汤猫外,倒是你……"
陈一霖检查着陈恕的伤势,感叹地说:"你这脑袋再这么撞几下,不知道还能不能再用了。"

第四章
消失的记忆

萧萧打开病房门,把头探进去。

林枫盘腿坐在病床上,好像在发呆,目不转睛盯着对面的墙壁,一动也不动。

她伸手敲敲门,林枫回过神,看到她,眼睛顿时瞪圆了。

"怎么了?看你这反应好像见了鬼。"

"不……不是的,我没想到你会来,"因为紧张,林枫的两只耳朵都红了,结结巴巴地问,"你怎么知道我住院了?"

"我帮奶奶来拿药,看到你小姨,一问才知道你见义勇为了,就说来犒劳犒劳你。"

萧萧晃晃手里的塑料袋,里面是刚买的水果,她问:"想吃什么?我帮你削皮。"

"不、不用了。"

"是不是还在发烧?你的脸怎么这么红?"

萧萧摸摸他的头,于是林枫的脸更红了,心里像是揣了好几只小兔子蹦来蹦去,那是不同于被警察问话的另一种紧张。

"就是有点着凉,小姨就让我多住两天。"

还有个原因是他很在意隔壁那个叫小石头的孩子。小石头突发高烧,医生担心是肺炎让他留院,林枫就拜托小姨也让自己在医院多住几天。

"坐,随便坐。"他结结巴巴地说。

萧萧就是赵奶奶的孙女,她很漂亮,是小区公认的小美女,据说有好多人追,林枫也想追,找了各种办法去接近她,可实际上每次遇到,别说追了,他紧张得连话都说不利索。

萧萧很大方,自己拖了椅子过来坐下,拿出一个苹果开始削皮,说:"我听说了,你特勇敢,跳进急流里救人,差点没命,要不是我们小区出了大案子,记者都去报道大案了,肯定会有人来采访你的。"

"我听小姨说了,林江川被人杀了,你不怕啊?"

萧萧瞥了他一眼,"我怕啥,我又没做坏事。"

她削完苹果递给林枫,想了想,又说:"其实还是有点忐忑的,他出事前我奶奶还在门口碰到他,说他又喝酒了,嘴里骂骂咧咧的。"

说者无心听者有意,林枫问:"是几点的事?"

"九点左右,我奶奶想起门口的花盆,想拿进来,就看到他了,我奶奶每晚都追连续剧,时间掐得可准了,肯定不会记错。"

林枫咬苹果的动作定住了。

他可以确定他和林江川的争执发生在九点之前,也就是说林江川在九点之前就已经死亡了,可能是老人家上岁数糊涂了,记错了电视剧的播放时间,无意中为他做了时间证人。

"你怎么了?"发觉他的异常,萧萧问。

林枫回过神,急忙摇头,"萧萧姐,你能帮我个忙吗?"

萧萧的表情郑重起来,目不转睛盯着他。

"不会是和那个案子有关吧?"

"不是不是,我想请你帮我买几本有关手语的书,我现在买东西不太方便。"

听说与林江川的案子没关系,萧萧松了口气,又奇怪地问:"为什么突然想学手语了?"

"你看这个。"

林枫从口袋里掏出写着"SOS"的纸条递给萧萧。

纸条是从宣传单上撕下来的,边缘歪歪扭扭,可见撕的人没有充裕的时间,字母呈暗红色,萧萧觉得那是血,她吓到了,吃惊地看着林枫。

林枫便把隔壁孩子的事原原本本讲了一遍。

他不了解情况,不敢贸然报警,他甚至不敢告诉小姨,因为依照小姨的性格,她一定会直接和警察沟通。

直觉告诉他小石头绝对不想让警察知道,毕竟和稀泥这种事太多了。

萧萧听完,明白了,点点头。

"那孩子向你传达信号,一定是感觉到了危险,如果可以手语沟通,更利于加深你们彼此的了解,让他毫无保留地说出真相——你是这样打算的,对吧?"

"萧萧姐你真是太聪明了!"

"什么姐不姐的,我又没比你大几岁,"萧萧反驳完,又说,"不用特意买,我同学的弟弟也是聋哑人,我问问她看,如果今天能拿到,我今天就给你送过来。"

手机响了,萧萧看了一眼,说是奶奶打过来的,她先走了,有事给她打电话。

林枫答应了,心里却想他哪有手机啊,手机早在昨晚他跳水救人时就光荣牺牲了。

萧萧离开了,林枫咔嚓咔嚓啃着苹果,突然想到一件事——魏炎问他桥上还有没有其他人是什么意思?

对现代人来说,手机没了等于命去了半条,要不是萧萧及时把手语书给他带过来,林枫都不知道该怎么办了。

这些手语书都是基础入门,简单的手语不需要老师教,照图模仿很容易就学会了。林枫很开心,一边默记图片一边练习,直到傍晚小姨送饭过来,他才告一段落。

听说他想学些手语和隔壁孩子交流,小姨不仅没怀疑,还你赞他想得周到。林枫吃着饭,又打听小石头的事,小姨出于好奇,去问了护士。

原来那个男人是继父,小石头的亲生父亲在世时开了家小工厂,生意还不错,家庭也很幸福,可惜在他六岁时,父母驾车带他出去玩,遭遇了车祸,父亲当场死亡,小石头也因为受惊过度失语了。母亲也受了伤,没办法支撑工厂运转,再加上男方亲戚彪悍,她就净身出户了，还好后来遇到了现在的丈夫，重组家庭。现在家里除了小石头以外，还有个六岁的弟弟，可能是觉得弟弟抢走了母亲的爱，小石头常常闹脾气，离家出走过好几次。

护士之所以知道得这么清楚，都是小石头妈自己说的，她要照看正处于闹腾期的小儿子，还要分神照顾别扭的大儿子，突然听到大儿子落水差点淹死，她都快精神崩溃了，还问护士医院里有没有负责儿童心理方面的权威专家，她希望能引导儿子开口说话。

"也就是说她第一个丈夫过世没多久她就找新的了。"

"你这孩子，你知不知道一个女人独自带孩子生活有多辛苦，更别说她身体还不好。"

"小姨，我不是孩子了。"

"你就算七老八十了，在长辈面前依旧是个孩子，而且凡事不能看表面，人家为了儿子能够好好休息，还特意选的单人病房。"

林枫没继续争辩，反正在他看来，如果父母真的疼子女的话，孩子是有感觉的，小石头也不可能是那种小心翼翼的眼神。

林枫吃完饭，小姨说晚上还要加班，收拾了饭盒就风风火火地离开了，林枫啃着萧萧带来的苹果，又学了几个手势，突然灵机一动，拿了一个苹果和手语画本来到隔壁。

刚好护士出来，林枫听到她跟同事说不知是小石头受了惊没食欲还是本来饭量就小，晚饭连一半都没吃完。

林枫敲敲门进去，小石头半靠在床头，大概是高烧的缘故，眼睛都眯成缝了，看到他，眼睛立刻瞪大了。

林枫怕吓着他，急忙打了个你好的手语，却忘了画本夹在腋下，随着他夸张的手势，画本啪嗒落到了地上。

小石头笑了，露出一边的小虎牙，林枫也很不好意思，捡起画本走过去，一边打手语一边说："我听护士说你晚饭没吃多少，要来个苹果吗？一天一苹果，医生远离我。"

他现学现卖，手语打得断断续续，大部分是说出来的，小石头能听懂，用力点点头，也打了几个手语。

林枫看不懂，直到他指指画本才明白，说："你是不是想问这本子是从哪儿来的？是我朋友的，我想如果我会打手语，比较方便沟通，你别笑话我就好。"

他从口袋掏出折叠水果刀，掰开后，刀刃在夕阳下划过锋利的亮光，小石头吓得往后一晃，林枫急忙把刀放到一边。

从小石头这下意识的反应来看，他平时常常被吓到，所以胆子才这么小。

林枫原本想直接问"SOS"是什么意思，现在感觉即使不问也能猜出个大概，为了不吓到他，林枫削着苹果，又讲了几个笑话，等小石头吃完苹果，他想进入主题时，病房门打开，小石头的母亲来了。

她带了小儿子过来，看到林枫，她先是一惊，随即堆起笑脸，让小儿子跟林枫打招呼，小儿子看到林枫和小石头打手语，指着他咯咯笑，说："又是个哑巴！哑巴！"

女人一脸尴尬，林枫心里也在想这孩子可真不讨喜，他向小石头摆摆手，打了个"明天见"的手语，小石头眼睛亮亮的，用力点头。

林枫出去了，女人脸上的笑立刻消失了，把带来的换洗衣服放到床头柜上，问："他为什么会手语？"

小石头怯怯地看看她，拿过本子，写道——他不会的，他只是临时跟朋友借了手语书，好奇学了一点。

"他问你落水的事了？"

——没有，他给我带了个苹果，说笑话给我听。

看了小石头的字，女人的表情稍微放松，小儿子在屋里撒欢儿地跑，她也没去管，摸摸小石头的额头，还是很烫手，她说："怎么烧得这么厉害啊，真要是肺炎或是脑膜炎可怎么办？"

小石头目不转睛看着她，女人又问："为什么大晚上的一个人跑去桥上？"

小石头张张嘴巴，女人马上说："妈妈不喜欢说谎的孩子，真是你一个人去桥上的？"

小石头点点头，女人眼圈红了，说："真是一点都不懂事，就因为妈妈多照顾下弟弟，你就闹腾，妈妈每天都这么累，你也不体谅下。"

小石头看看弟弟，弟弟跑过来冲他做鬼脸，说："哑巴说不了话，所以就喜欢闹别扭。"

女人轻轻拍了小儿子一巴掌，对小石头说："你就在医院多住几天吧，顺便反省下，唉，你水性也不好，这次是幸运，可不是每次都有人来救的。"

——妈妈，可以帮我换大房间吗？这房子很贵的。

"你爸说单人病房安静，钱的事小孩子就别管了，我们会想办法的，"女人说完，又马上追加一句，"看你爸爸对你多好，你以后别再惹他生气了。"

她看看床头卡，床头卡上下插反了，她犹豫了一下，拿出来翻了个个儿，背面朝外插好，叫着小儿子要走，小石头在她身后"啊"了一声。

女人突然被激怒了，转头冲他嚷："你只会啊啊啊，都好几年了，你就不能开口说话吗？"

小石头吓得往后躲，目光小心翼翼的，看着女人的额头。

女人右边额上稍微发红，发觉儿子的注视，她伸手拨了拨刘海儿，小石头冲她打手语，提醒她小心别惹怒继父，可惜女人看不懂，也不想看他的手语，拉着小儿子的手离开了。

小石头的手语打到一半停下了，放下手，看看被子上的本子，他把最上面写了字的纸撕下来，揉成团扔进了床下的垃圾桶。

面对眼前这位一脸冷漠盯着自己，就差一拳头挥过来的大叔，陈一霖在心里"问候"了陈恕无数次。

"陈冬推荐你过来时把你说得神乎其神的，可你说说自从你来了之后，恕恕出了多少事？"

陈一霖很想辩解说陈恕出事和他又没关系，谁让那家伙每次都单独行动，又不是他把厄运带来的，他最多是没及时救援而已。

他刚要张嘴，刘叔的手指已经指到了他的鼻尖，骂道："如果只是请个生活助理,那个价钱可以让我闭着眼随便挑了,凭什么找你?你是保镖啊,你保护不了人你还当个屁保镖!"

这句话倒是没骂错,他确实没有帮上忙,乖乖低头认错说"对不起"。

"对不起有个屁用,走走走,我这儿不养废物!"

"不是,刘叔你再给我个机会吧,我下次一定做好。"

"走!"

"您消消气,是我做得不好,您骂我没关系,不过别这么大声影响病人休息。"

"影响谁?这个小兔崽子吗?"

刘叔还举在空中的手顺势转了个弯,指向对面病床上的人。

陈恕早就醒了,就在陈一霖被骂得狗血喷头的时候,他正咔嚓咔嚓地啃苹果,偶尔还削一小片给小猫,看到火力转到自己这边了,他放下苹果,正色道:"我还是伤员,刘叔你骂我之前请好好考虑一下,我很可能会再次晕倒的。"

"你!"

刘叔气得脸都黑了,陈一霖看着,都担心他晕过去。

陈恕还想咬苹果,被猫爪子按住,张嘴就啃,他只好把剩下的小半块苹果都塞给了小猫,指指陈一霖,堆起笑脸对刘叔说:"你骂归骂,人别辞退,找人也挺麻烦的,而且他总算还有点用。"

"是啊,帮着你隐瞒李助理那事,他还真是有用!"

陈恕看向陈一霖,刘叔气不打一处来,陈一霖用力摇头,表示不是他告的密,陈恕马上说:"他带我去看医生了。"

"然后医生差点被你气中风,早知道我就不把陈冬介绍给你了,你居然让他调查给你看病的医生!"

"喵!"

小猫咬着苹果叫,像是在附和,刘叔哼道:"看看,猫都比你可爱!"

听刘叔的意思,他还不知道自己差点被花盆砸还有被陌生人跟踪这事,陈恕松了口气,摸摸头,额头贴了一小块纱布,叹气说:

"我最近没法加戏了,要是有人来问,刘叔你别帮我接。"

"你给你自己加戏加得就够多了。"

刘叔没好气地说。陈恕和他认识十多年了,了解他的脾气,露出无辜的笑、刘叔叹了口气,考虑到自己的血压问题,决定不跟他计较了。

"行了行了,我知道,"他说完,问陈一霖,"看到是谁撞的?"

"看到车牌了,已经告诉警察了,相信他们很快就能找到人。"

"什么'人',撞了人还逃匿,那叫畜生!"

刘叔恨恨地说,又让陈恕好好养伤,如果需要推掉工作,就跟他说,他去交涉,又提醒陈一霖好好照顾陈恕,都交代完了才离开。

听着他的脚步声走远了,病房里的两个人对望一眼,同时松了口气。

陈一霖之前和刘叔见过一面,作为金牌经纪人,刘叔处事圆滑,和人相处也总是乐呵呵的,陈一霖和他接触过一次,对他的印象特别好,没想到这么个好脾气的人都被陈恕气成这样。

这家伙简直就是恶魔。

或许陈一霖的怨念太重,陈恕感觉到了,说:"你是不是在骂我?"

"你想多了。"

"你这皮笑肉不笑的表情证明我没想多,刘叔还要给我介绍新的精神科医生,我没打算去,你帮我搞定。"

陈一霖张张嘴,陈恕说:"别说不,否则我扣你一个月的薪水。"

陈一霖不想说话了,拿过宠物包,把吃得肚皮都鼓起来的小猫塞进包里。

陈恕看着他的举动,问:"医生怎么说?"

"算你反应快,又有杂草垫底,连个轻微脑震荡都没有。"

"可我总觉得头晕晕的。"

"你想多了,"陈一霖抬头瞥瞥他,"要真是脑震荡,你会连一个字都不想说。"

"看来你很有经验。"

陈一霖点点头,陈恕还是不太信,揉揉额头。

也不能说是不舒服,只是有种眩晕感,他说:"我记得我被车撞出很远,血流了一地,当时还以为自己会死。"

"可能是撞击导致的记忆混乱吧,事实上你只是额头一点小擦伤,你要是不放心,我再去跟医生说说,让他帮你做精密检查。"

陈恕摇头,既然医生说没事,那大概真是他在躲避危险时产生的幻觉吧,问:"你没对刘叔提手机的事?"

"没有。"

陈一霖掏出手机递给陈恕,他仔细擦拭过了,不过雨水进了机子里面,应该是不能用了,他说:"零几年的诺基亚,你居然还在用。"

"这是我奶奶给我的,我只用它和家人联络。"

除此之外,陈恕还有两部手机,都在车祸中遗失了,他甚至忘记了还有这第三部手机,直到下午排练时被剧情突然唤醒了。

"你说你忘了自己还有这部手机?"

陈一霖坐在椅子上,饶有兴趣地听陈恕讲述,从陈恕的表情中他判断陈恕没撒谎,可还是匪夷所思——因为撞击而导致记忆消失可以理解,但同一时段的记忆出现残缺就很离奇了。

如果陈恕没撒谎,那究竟是什么造成的?

"杠杠抓伤了撞你的人,警察取了它爪子上的血液作对比,应该很快就能找到肇事者。"

"我都想起来了,那不是车祸,是谋杀!"

陈恕在要不要告诉陈一霖之间犹豫了几秒,最后选择告知——如果他推的理没错,对方没有得手,肯定还有第二次第三次,他还需要陈一霖的协助,至少到目前为止,这个人还是值得信任的。

他说了自己的怀疑,陈一霖问:"你的意思是对方的目的是这部手机,为了拿到手机不惜杀人?"

"不,这手机只是我和家人联系用的,十几年前的老款,除了打电话和发个短信外没有其他用处,他真正想要的是另外那两只,拿到后又担心我知道秘密,就想杀我灭口。"

陈一霖觉得陈恕步入核心了，真难为他脑袋不舒服还能思索这么复杂的问题。

他问："那你知道什么秘密？"

"我就是不知道啊！"陈恕无奈地说完，忽然想到一件事，"会不会是他们还不知道凌冰被杀的视频已经在警方手里了，以为我是唯一的知情者，担心手机里有复本，所以想杀我灭口？"

陈一霖觉得这个可能性不大，毕竟杀害李助理的人没拿到视频，还惊动了警察，他们就该想到视频不可能毁掉，所以杀陈恕是多此一举。

不过也不能完全排除这个假设，他说："你看这样可以吗？我让朋友修复手机里的数据，看能不能找到线索？"

"这还能修好？"

陈恕拍拍手里的诺基亚，一脸惊奇，陈一霖说："就死马当作活马医吧。"

"那行，你去处理吧，如果能修好，我还想继续用，这可是对我最重要的女人送的。"

"你刚才不是还说是你奶奶送的吗？"

"是啊。"

陈恕一脸耍人后得意的笑，陈一霖反应过来了，指着在宠物包里咬香囊的小猫，叫道："上次你说给你做香囊的不会也是你奶奶吧。"

"可不就是嘛。"

陈恕笑得肩膀都颤抖了，陈一霖拿起枕头，要不是看在陈恕还是病人的分上，他早一枕头拍过去了。

"好好休息。"

他夺过诺基亚，拎起宠物包离开，陈恕叫道："你不能走，如果那人发现我还活着，再来杀我怎么办？"

陈一霖一脸冷笑，"不会的，你这种祸害怎么可能轻易挂掉呢。"

说归说，陈一霖并没有真走，而是在出门后把诺基亚转交给了保护陈恕的便衣，交代他拿去给魏炎，保护陈恕的工作由自己负责。

陈恕心理素质挺好，在遭遇差点被花盆爆头、目睹李助理被杀，随后还被人用车撞后，他只休息了一晚，次日一早就精神焕发出现在了陈一霖面前，让陈一霖原本想提醒他休息的话成功咽了回去。

今天陈恕参与《杏花枝头》的拍摄，摄制逐渐接近尾声，大家都很入戏，陈恕和方芳的对手戏也拍得很顺利，完全看不出前一天他才死里逃生，陈一霖在外围照顾猫，他看着拍摄，忍不住再次感叹陈恕神经之粗壮。

这样的人要么是精神无比强大，要么就是感情凉薄，以至于哪怕是亲身遭遇死亡事件，他也没特意放在心上。

然而从以往几次事件来看，陈恕又不像是这两类人，陈一霖感觉他更像是善于掩饰自己，努力不把心底恐惧的部分展现出来。

接到魏炎的电话是在剧情走到高潮部分的时候，看到头儿的来电，陈一霖就知道追踪有眉目了，他抱着小猫跑去没人的地方接电话。

"一个好消息，一个坏消息。"

魏炎的语气不太好，陈一霖直接问："血型对比出来了？"

"出来了，DNA与包峰的一致，肇事车的车牌也追踪到了，是辆被盗的车，也已经找到了，我们调查了行车记录和交通监控，确定是包峰作案，另外还查到了李助理被杀前后包峰在附近区域出现过，推测他驾驶摩托偷偷接近旧楼，找机会杀害了李助理。"

陈一霖听着魏炎的讲述，突然想到包峰参与凌冰一案的可能性也很大——他的身高体形与陈恕接近，容易伪装成陈恕的模样混进凌冰的公寓，既干掉了凌冰，又可以嫁祸陈恕，他唯一失算的是陈恕临时出外景，不在本市。

他说了自己的怀疑，魏炎说："我们也是这样分析的，可惜暂时还没查到包峰进出公寓的录像，而且从包峰以往的犯罪记录来看，他不是个心思缜密、可以冷静实施犯罪计划的人，他只是个小卒，用完了就可以舍弃了。"

陈一霖涌起不好的预感，问："还没抓到人？"

"找到了，这就是我要说的坏消息。我们刚刚收到交通大队的通知,有人醉驾,导致车体冲破防护栏从山上翻落。死者的脸部损伤严重,胳膊上有动物留下的爪痕,爪痕很新,手背上也有两道伤疤,身份鉴定还没出来,不过基本可以确定是包峰,车上还找到了一个新手机和身份证,推测他是发现行踪暴露,想换个新身份跑路,也有可能是雇主表面上安排他跑路,暗中杀人灭口。"

不管是哪种可能,包峰这条线都断掉了。

陈一霖有些泄气,魏炎安慰道:"调查哪有那么顺利的,对了,缉毒大队来消息了,猫儿眼的调查有了新进展,他们追到一个叫路进的人。路进负责猫儿眼的流通贩卖,现在失踪了,他们正在调查相关成员,具体情况我没问,可以确定的是陈恕应该与猫儿眼没关系,他可能是在与凌冰交往时无意中接触到了什么情报,也许连他自己都没觉察到,却被某些人盯上了。"

"我也这样想,那家伙连烟都不抽。"

"不过目前他还是有危险,所以我希望你继续跟在他身边负责保护工作。"

陈一霖答应下来,魏炎又说:"他这个人怎么说呢,虽然与毒品没关系,不过……还挺复杂的……"

他停顿了一下,似乎不知道该怎么表达。陈一霖正想问是指哪方面复杂,忽然感觉身后有响动,他掉头一看,陈恕不知道什么时候来了,一身戏中的青色长衫,脚下还蹲了只小猫,陈恕把它的猫铃铛给解了,所以陈一霖完全没留意到这一人一猫的出现。

"你自己多加观察吧。"

魏炎在对面说,陈一霖"哦"了一声挂断了电话,堆起笑对陈恕说:"这么快就拍完了?"

"是啊,我刚拍完,戏服还没换呢,就被杠杠拽过来了。"

陈一霖低头看小猫,心想难怪陈恕可以顺利找过来了,原来是你这个小叛徒闹的妖,平时那么多冻干都白喂你了。

"在给谁打电话?我听你在说我连烟都不抽。"

陈恕长衫飘飘,戏中贵公子的形象不改,眼神却很冷漠,陈一霖猜他多半是起疑心了,便故意压低声音,一脸严肃地说:"不是说你,是说包峰,就是昨天撞你的那个,人已经找到了,不过是他的尸体。"

陈恕眼神深邃起来,看看周围,他没多问,说先去换衣服,回头聊。

等陈恕换了便装,坐回车上,陈一霖重新说了包峰的事,陈恕说:"他死了,那雇他的人会不会另外再找人来杀我?"

陈一霖想暂时应该不会,因为危险系数太大了,从雇主的角度来看,假如陈恕真知道什么,他早就告诉警方了,包峰已经死了,现在再杀他,意义不大。

不过这话陈一霖可不敢说死,便说:"有这个可能,所以近期你最好减少宣传活动,外出时一定要告诉我,不能像昨天那样一句话不说就走人。"

"昨天是个意外,我没想到会有人跟踪我。"

事实上陈一霖也没想到,他敢断定他在陈恕身边时,没有人跟踪他们,所以唯一的可能就是对方了解陈恕的日程安排,一早就在工作地点等着他了。

日程安排都是他做的,再抄送一份给刘叔,这是刘叔要求的,所以情报流出会不会与刘叔有关?

介绍陈恕看精神科医生的是刘叔,得知陈恕出事第一个跑过来的也是刘叔,作为经纪人,他的反应过于积极了。陈一霖盯着陈恕,心想若非有什么目的,他一个普普通通的十八线小明星凭什么值得金牌经纪人那么上心?

陈恕被他盯得莫名其妙,问:"怎么了?"

"没什么。"

见他没有联想到刘叔,陈一霖便说:"既然已经确定害你的人与楚陵他们没关系了,那要不要联络赵青婷取消见面?"

"不,计划不变。"

"为什么?"

"因为这件事我们现在占了上风,如果突然取消,反而显得很奇怪,就流程上见见,看他们的态度给个台阶下,对双方都比较好。"

陈一霖想想也是，他点点头，陈恕马上又说："这事别告诉刘叔。"

"那希望他在知道后不会太生气。"

"不，他一定会很生气，所以为了他的健康着想，才不能告诉他。"

"你这叫自欺欺人，"陈一霖摇摇头，叹道，"真不知道刘叔为什么这么迁就你。"

"我也不知道，大概是他上辈子欠我的吧。"

陈恕笑出了声，一副满不在乎的模样。

陈一霖感觉他不仅完全没怀疑刘叔，还非常信任他，这对于疑心病这么重的人来说太难得了，不过转念想想，刘叔带了他十多年，换了谁，都很难怀疑吧。

陈一霖说："在你拍戏时，刘叔传了三家精神科医生的联络方式给我，说已经打好招呼了，让你看看哪家顺眼选哪家。"

"哪家都不去，现在已经证实不是我臆想，是确实有人想害我，所以我干吗要花那个冤枉钱？"

陈一霖张张嘴，想说如果真没有臆想，那陈恕又怎么会有杀害凌冰的记忆，所以他精神方面有问题是毋庸置疑的，不过现在不适合说这事，陈恕刚刚对他有了点信任，如果知道他私下向精神科医生询问病情，那以后他就别想再在陈恕口中套出一点话了。

所以还是从长计议吧。

协商交通事故的电话很快就打过来了，不过不是楚陵，而是他们完全没想到的人。

当初陈恕留的是陈一霖的手机号，然而电话直接打给了他，是个声线很温柔同时又很干练的女声，一听就是职业女性。

女人自称姓张，是楚卫风先生的秘书，有关楚陵车祸肇事的情况他的父母已经知道了，楚先生希望亲自与陈恕沟通，请问他的意思。

当时陈恕刚洗完澡，正拿着剧本和陈一霖对台词，听到这通电话他很惊讶,打手语让陈一霖查日程。

陈一霖连查都没查,因为陈恕的工作安排实在太空了,他指着日程表给陈恕看,陈恕瞥了一眼,和张秘书约了次日上午十点在悦风集团大楼见面。

电话挂断,两人对望一眼,陈恕扑哧笑了。

"有点意思。"

"为什么?"

小猫从两人脚边走过,陈恕拿过逗猫棒逗它,它理都没理,昂首走过去了。

陈恕只好抬起头,说:"咦?你不是侦探吗?这都看不出来?"

陈一霖觉得他逗猫没成功,改为逗自己了,他虚心求教道:"我现在只是个小助理,请老板不吝赐教。"

"很简单,这种富二代只会闯祸,没能力解决问题,所以出了事只好跑去父母那儿哭鼻子,我敢打赌这种事不是第一次了,但如果是这样,以楚家的地位,楚卫风一定会事先调查我,再联络我的经纪人沟通——既然他可以查到我这个新手机号,那要联络刘叔应该也不难,可是他却跳过刘叔直接找我,不是很有趣吗?"

陈一霖皱皱眉,他发现陈恕有时候直觉相当敏锐,可是在某些地方又惊人地迟钝。

"难道他另有目的?"

"大概是他更对我这个人感兴趣吧。"

陈恕往沙发上一扑,抱住剧本,感叹道:"我多想他直接迎头甩我一张百万支票,让我滚得远远的,别再兴风作浪。"

"您豪门狗血剧看多了。"

"你觉得不会?"

陈一霖没有接触过楚卫风,不过既然是有社会地位的人,楚卫风如果不想被八卦记者盯上,那做点掏钱消灾的事也不是不可能。

陈恕看他的表情就猜到了他的想法,兴致勃勃地说:"不如我们押个宝,我押他开十万。"

"你好歹也是个明星,还差点因为车祸耽误演戏,他如果真要给钱,怎么着也得二十万以上吧。"

"我值那么多?"

陈一霖一脸真诚,大声说:"老板你得对自己有信心,你绝对值那个价!"

事实证明姜还是老的辣,他们俩说的数字都没中。

第二天十点,两人如约来到悦风集团的公司大楼,跟随张秘书走进办公室,楚卫风已经在那儿等候了。

他看上去将近五十,却没有中年男人常见的那种油腻感,脸庞偏瘦,体形匀称,陈一霖猜想他应该经常锻炼。

作为集团经营者,比起生意人精明的一面,楚卫风的气质更偏向于研究学者,他很热情地请两人落座,陈恕坐下,陈一霖则站到座位后面,这个位置更便于他观察环境。

办公室装潢简约,最引人注目的是靠墙整排的书架,书籍根据类型分别摆放,数量众多,非常有压迫感,另一边墙上是装裱着写有"悦风集团"的毛笔字横幅书法作品。

悦风是楚卫风和妻子梁悦两人的名字合写,再看办公桌上放着他们夫妻的合照,陈一霖想他们夫妻关系应该不错,至少表面上看起来是这样。

秘书送上茶点,楚卫风坐到陈恕对面,说:"我说话不喜欢兜圈子,有关车祸的事,我都听小陵说了,陈先生会撞车,确实大部分原因都在他们身上,并且还给陈先生带来了很多不便,换了是我,为了拿到合法权益,我也会选择民事诉讼的。"

陈恕品着茶,面带微笑点头附和,却不说话。

楚卫风又说:"不过陈先生应该也不是真的想打官司吧?"

陈恕停下喝茶,眨眨眼,问:"真那么明显吗?"

"因为聪明人有聪明人的做法。"

陈一霖努力忍住笑,心想你都这样说了,要是陈恕还不依不饶,那岂不是承认自己蠢吗。

果然,陈恕听了这话,放下茶杯,说:"实话实说吧,我也没真想怎样，就是飞来横祸，我差点挂了，当事人却连个道歉都没有，我咽不下这口气而已。"

他一副被说中了心思后的模样，要不是事先知道，陈一霖差点就被他骗过去了，没好气地想这家伙把演技都用在戏外了，难怪拿不到小金人。

楚卫风微笑点头，说："理解理解，现在的年轻人啊，都因为父母保护得太好了，一遇到麻烦，连自行解决的能力都没有，我也是刚刚才知道的，否则我一早就联络你了。"他顿了顿，又说，"这样吧，陈先生，你就不要跟几个孩子赌气了，那只是浪费时间，这件事由我来处理，请放心，我一定给你一个满意的解决方案。"

陈恕眼睛一亮，马上问："你是要往我脸上甩支票吗？"

楚卫风一愣，随即哈哈大笑起来。

"陈先生你真是个风趣的人啊，不过放心，那种侮辱人的事我不会做的。"

"不不不，请尽管侮辱，这种事多多益善，我完全不在意的。"

陈恕的表情无比真诚，陈一霖想楚卫风一定是信了，因为他笑得眼泪都出来了，好半天才止住笑，摆摆手说："授人以鱼不如授人以渔，前两天我和几个朋友吃饭，我听金导说他正在筹备新片，有两个主演还没定下来，如果陈先生有兴趣的话，我可以帮忙推荐，作为投资方，我想我这点权力还是有的。"

陈恕定在那里不动了，楚卫风对他的反应很满意，又说："如果你对电视剧拍摄感兴趣，我也可以帮忙联络制片人，你有样貌有演技，现在只缺一个能充分显示你能力的机会。"

"可这么多的机会你怎么不推荐你儿子？我听说他也有意进军演艺圈。"

"他？"楚卫风摇摇头，"知子莫若父，他多少斤两我还不知道吗，让他跑个龙套混脸熟还行，主演就算了，我投资的目的是为了赚钱，可不是明知会赔钱还把钱丢进去。"

陈恕不确定他这些是不是场面话，不过至少他心里是有尺度的，想了想，说："让我考虑一下，可以吗？"

"当然可以。"

楚卫风掏出一张名片，递给陈恕。

"那臭小子被我关禁闭了，你大概联络不上他，如果有什么问题可以直接打给我。"

"有个通情达理的家长真好。"

陈恕收下名片起身告辞，电梯里他摆弄着名片，陈一霖说："这次剧情的发展可真是出乎意料啊。"

"是啊，所以赚不到你的钱了。"

"您倒是有点出息啊，一天到晚净想着怎么从助理身上抠搜钱。"

陈一霖在心里冷笑，要不是了解陈恕另有赚钱途径，他一定会以为陈恕手头紧，才念念不忘让人家开支票。

陈恕盯着名片，表情若有所思，陈一霖问："你打算怎么做？"

"没打算，没兴趣，"陈恕把名片揣进口袋，"早知道变得这么麻烦就不来了，现在要是我拒绝，他反而会认为我想找麻烦。"

陈一霖对这个反应不意外，说："那我来处理吧，还是改要支票得了。"

"放着几千万的机遇不要，要支票，这太不合常理了，他一定觉得我很蠢。"

"我觉得蠢这个人设挺适合你的，毕竟你都撞过两次脑袋了。"

陈一霖吐槽，以为陈恕会反驳，谁知他摸摸额上的伤口，自言自语说："除了这两次，我好像还撞过，是在哪儿撞的来着……"

他表情很认真，陈一霖正想问会不会又是臆想出来的，电梯到一楼了，陈恕大踏步走出去，让他失去了询问的机会。

电梯外站着两个女人，陈一霖注意到岁数较大的那个正是楚卫风的妻子梁悦，大概她担心丈夫和陈恕谈不拢，过来查看情况吧。

陈恕走得很快，梁悦没注意到，另一个年轻的女人却看到了，盯着他露出诧异的神色，连电梯都忘了进。

陈一霖冷眼旁观，心想这不会也是陈恕的追星族吧。

虽然陈恕挺过气的，不过再过气的明星也有几个喜欢他的追星族，以陈恕的外表来看，有类似赵青婷这样忠实的追星族并不奇怪。

陈恕走远了，女人还在盯着他的背影看，梁悦已经进电梯了，催促她快点，她说自己有事，让梁悦先上去，然后就跑去追陈恕了。

陈一霖一看，生怕遇到过激的追星族，也赶紧跟上。

不过女人很有礼貌，当陈恕注意到她时，她停下了脚步。

"请问有什么事吗？小姐？"

面对陈恕的询问，女人先是惊讶，随即流露出伤感，犹豫了一下，说："我们是校友，你不记得了吗？"

陈恕摇摇头，愈发迷惑，陈一霖听到她的话，看来不是追星族，便仔细打量女人。

她很漂亮，妆容精致，一身浅绿色长裙，陈一霖猜测她已过三十，不过假如换套青春活泼的服装，说她二十出头应该也有人信。

女人盯着陈恕，在确定他真的记不起自己后，毫不掩饰失望，说："我是江茗啊，美术小组的，那时你还上初二，为了吃零食，常给我们当模特儿，是我们小组最受欢迎的人，你忘了？"

陈恕想了想，他确实给高中部的学长们当过一段时间的模特儿，但美术小组的成员太多了，他的目的又是为了追女生，对大部分的学姐都记忆不深。

"不好意思，我最近出了场大车祸，撞到头部，所以好多事都记不起来了。"

他随口说了个借口，江茗听后，伸手捂住嘴巴，吃惊地问："那个和小陵撞车的人是你？"

"你认识楚陵？"

"他是我弟弟啊，"江茗说完，面对两人惊讶的目光，她有些尴尬，补充道，"是我同母异父的弟弟。"

几分钟后，坐在悦风集团大楼对面的咖啡屋里，听着江茗的解释，陈一霖大致了解了情况。

江茗和楚陵虽是姐弟，不过岁数相差较大，江茗结婚后又一直在国外，今年才回来，所以平时他们几乎没有联络，她还是刚巧昨晚回家，听父母说起，才知道楚陵闯了祸。

她不方便多问，只听母亲说出车祸的是个十八线小明星，年轻气盛很难缠，压根没想到小明星竟然是自己的学弟。

正如陈一霖猜想的，梁悦在意谈判结果，才会赶过来。江茗说继父个性温和，反而母亲是个暴脾气，又护犊心切，很怕她一掺和，事情会变得更糟糕，便跟着一起过来了。

江茗讲得很含蓄，不过陈恕猜想梁悦在提到自己时肯定不会说什么好话，他说："世界可真小，我要是知道是学姐的弟弟，绝对不会这么步步紧逼的。"

"不，你做得对，小陵做事没分寸都是被我妈惯的，昨天叔叔知道了这事后气得动手揍他，要不是我妈拦着，估计会揍断他一条腿。"

陈一霖想想刚才楚卫风的态度，这种生意人个个都是老狐狸，楚陵是他的独子，他没必要大发雷霆，所以江茗这么说大概率是为了博取陈恕的同情而夸大其词。

陈恕也这样觉得，笑笑说："这么生气倒也大可不必。"

"是真的！"见他们都不信，江茗急了，说，"平时我弟弟无论做什么，叔叔都不太管他，这次是他太过分了，叔叔都抡巴掌了，他平时是个好好先生，我头一次看到他这么生气。"

她都这样说了，陈恕就没再多说，叹道："看来这位楚先生是个正派人啊。"

"至少他明白事情轻重，车祸这种事一个弄不好是要出人命的。我弟也是个没出息的，一害怕，就把过错都推到了他女朋友身上。"

"这个也不算推诿，确实是他女朋友……现在该说是前女友了，当时是他前女友开的车。"

"你认识婷婷？"

"算是认识吧，她是我的追星族，她主动来向我认错了，所以你也别担心，我只是想要句道歉而已。"

陈恕说得很直白，江茗有些尴尬，说："你别误会，我没想当说客，我也觉得是该给他个教训，让他别总不知道天高地厚。"

"不愧是咱们学校出来的，三观都很正啊。"

陈恕开着玩笑，努力在脑中搜寻有关江茗的记忆，记忆中有很多大家凑在一起画画的场景，甚至常接触的同学他都记得很清楚，可是其中却没有江茗。

按说这么漂亮的女生，他不该完全记不起来，这种感觉让人很不舒服，他便试探问："毕业后大家好像都没再见面了，不知道小组里有没有人真当上了画家。"

"好像有一位，还开过画展呢，可惜我和大家都没联系了。父母离婚后，我父亲就去了美国，后来把我也接过去了，直到大学毕业才回来，难怪你不记得我了。"

江茗说得惆怅，陈恕说了句"抱歉"。她笑了，摆摆手。

"很正常了，我也有好多同学的名字都叫不上来了，只记得几个玩得不错的，大胖啊小豆子啊花花啊。"

这几个学长陈恕倒是有印象，尤其是大胖，因为他常常抢走学姐们给陈恕的小零食，还美其名曰帮他解决困难。

听着这些熟悉的名字，陈恕心头一热，他想起了那段怦然心动的时光，立刻问："你知道紫色现在做什么吗？"

江茗一愣，"紫色？"

"对，她叫紫色，我不知道她全名，只知道她当时读高二，后来转校了。"

"我不记得有这个人，"江茗想了想，摇摇头，随即笑了，"是当初你喜欢的女生吧，所以才记得这么清楚。"

"是啊，我告诉你一个秘密，我那时候不是为了零食才去当模特儿的，我其实是为了追她。"

江茗又是一怔，大概没想到他这么坦白，叹道："你好歹也是个明星，这种话以后别说了，免得被人拿来做文章。"

"放心，不会有人感兴趣的，过气有过气的好处。"

陈恕开着玩笑，气氛变得轻松多了，江茗说："那我去同学群里问问看，要是帮你联络上了，记得请吃饭。"

她的手机响了，她点开看了看，说儿子的钢琴课上完了，老师让她过去接。

"你都有儿子了?"

陈恕有点惊讶,江茗笑了。

"看不出来吧,我儿子都五岁了。"

她把手机亮给陈恕看,屏幕上是个正在专心弹钢琴的小不点,她感叹道:"时间过得可真快,你给我们当模特儿时也才这么高,谁能想到当初的小毛头现在变成大明星了。"

她站起来,比量了一下个头,又去拿账单,陈恕抢先一步拿了过去,推给了陈一霖。

江茗没跟他客气,和他互加了好友,说有消息再联络他,又半开玩笑说:"我去年恢复单身了,如果你想追我,也是可以的。"

她摆摆手离开了,陈恕看到她无名指上没有婚戒,叹道:"我还是单身,人家就结婚生子离婚一系列流程都走完了。"

陈一霖配合着一起感叹:"五岁就开始弹钢琴了,有钱人家的小孩就是不一样。"

他看着江茗窈窕的背影走远,问:"你对她真的完全没印象?"

陈恕摇摇头,陈一霖看他不像是装的,忍不住说:"该记住的记不住,不该有的却自动生成,你这到底是什么毛病啊。"

陈恕自己也想不通,回家的路上他打电话给祖母。

电话很快接通了,陈恕刚叫了声"奶奶"就被打断了,老人说:"哎哟你总算想起你奶奶了,可怜我们这些空巢老人啊,每天都寂寞空虚冷……"

如果不是对面还有搓麻将的声音当伴奏,陈恕觉得这话的真实度应该更高些。

他说:"你别总搓麻将,刚摔了跤,要注意点,一直坐着对身体不好。"

"我只是崴了下脚,是你爷爷大惊小怪的,还有啊,打麻将也在做脑部运动,防止老年痴呆,一小时起来活动一次,小孩子岁数不大就知道唠叨,难怪总是被甩。"

在哗啦哗啦的搓牌声中,老人抱怨完了,又欣喜地问:"你要带女朋友回来吗?"

"呃没有，那个……分手了。"

之前被逼得紧，陈恕提过凌冰，老人不知道她过世了，一听吹了，声调马上回归冷淡，说："那没事了，有空回来吃饭吧。"

听到老人要挂电话，陈恕急忙叫住她说有事要问，老人一边嘟囔着自己刚做庄家一边把牌让给了别人，走到一边，问："什么事啊？"

"我房间放了初中的相集，里面有一部分是美术小组的，奶奶你能寄给我吗？"

"寄多麻烦啊，我拍给你就好了，等着。"

陈恕想说拍的容易糊，又怕老人不高兴，没过多久照片传过来了，一共六张，居然意外地清晰，他赶忙连声夸赞。

老人高兴地说："我刚换的新手机，高像素的，想拍糊也不容易啊，对了，你怎么没用诺基亚那个号码给我打电话？"

家里两位老人不知道陈恕出车祸的事，陈恕也没提，说："掉水里，坏了。"

"用了十几年，也该换了，你怎么突然想看以前的照片了？"

"遇到个老同学，聊起来，所以想看看。"

"是谁啊？"

"比我高几级，你应该不认识。"

陈恕含糊过去了，老人也没多问，说："东西旧了就该换新的，你这么年轻，要往前走，别老是往后看。"

想到早逝的父母，陈恕有些伤感，问："那奶奶你呢？"

"我？比起失去了多少，我更在意我还有多少，行了行了，没事就别妨碍我打牌了。"

老人风风火火地说完，挂了电话，陈恕握住手机坐在那儿一动不动。

陈一霖在前面开着车，等得心急，看看他的表情，把催促的话咽了回去，问："你还好吧？"

陈恕立马恢复了正常，抹了把脸，说："不太好，老太太嫌我打扰她打牌，我没敢让她再做几个香囊给杠杠。"

123

"我说你这人……"陈一霖恨铁不成钢,"你不开心就说出来,我可能没法帮到你什么,但至少可以当个听众,你就是什么事都不说,才会出现妄想症的。"

"妄想症?"陈恕冷笑,"我说凌冰的死不是意外,结果证明她不是,我说有人趁着车祸想害我,结果证明那也是事实,所以凭什么说我妄想?"

"可你还说凌冰是你杀的,但事实不是。"

陈恕脸色一变,凌厉的目光通过后视镜射向陈一霖,陈一霖不动如山,说:"是那个精神科医生生气,自己说出来的。"

陈恕哼了一声,陈一霖观察着他的表情,问:"你真的那样想?"

陈恕垂下眼帘不说话,就在陈一霖以为他不会回答自己的时候,他说:"我也不知道,当我觉得一切都是臆想时,事实证明那是真的,当我确信那是真相时,大家又都说是我的臆想。"

陈一霖感觉得到他的纠结,他想换了是自己,面对这种复杂的局面,自己或许更纠结,便说:"那就看照片吧,照片总不可能是假的。"

陈恕打开了照片。

所有照片都是合照,少则三四人,多则七八个,有些面孔很熟悉,有些已经陌生了,其中四张照片里有江茗,当初她在小组应该很受欢迎,就像女神般的存在。

所以她才奇怪自己怎么没记住她吧。

陈恕看完一遍,又返回去重新看,陈一霖把车开回公寓,停好车,问:"没找到紫色?"

"没有,她不在里面。"

"听你的意思,她很漂亮,漂亮的女生应该都喜欢拍照,这么多照片总不可能一张都没有。"

陈一霖要来手机一张张地看,随口问:"紫色是她的名字还是昵称?"

半天不见回答,陈一霖抬起头,就见陈恕茫然地摇头,他问:"忘了?"

"我不知道是我忘了,还是一开始就不记得。"

陈恕用力揉额头,原本以为看到照片可以帮他解惑,现在他发现心情更糟糕了。

"那要不你描述下她的长相,我帮你画下来,也方便江小姐去找。"

陈一霖说完,发现陈恕的表情更古怪了,他试探着问:"你不会也不记得了吧?"

陈恕把头靠在前座的靠背上,努力去想,可惜有关紫色的记忆一片模糊,他记得画室,记得自己当模特的样子,记得小组成员的很多对话,甚至记得紫色坐在角落里拿着画笔作画的模样……

阳光斜照在她身上,衣服上的紫色花瓣随着光影俏皮地跳动着,阳光太强烈了,遮住了她的面庞,他唯一肯定的是那张脸一定是美丽的、温柔的,笑起来就像……就像……

"就像凌冰!"

陈一霖被他的大叫声吓到了,陈恕自己也吓到了,心脏突突地跳,他终于明白了为什么凌冰脾气那么差他还会喜欢她,原来是因为她长得像紫色,至少在他的潜意识中,她的某些地方像紫色。

"所以你是照着初恋找女朋友的?"

虽然不想承认,但陈恕还是不得不点头,陈一霖重新看了一遍照片,说:"可能是初恋滤镜的问题,否则真那么漂亮,江茗不可能不记得,女人可能会忘了帅哥,但绝对不会忘记比自己漂亮的女人。"

陈恕想问那会不会又是自己的臆想?否则为什么他记得的都是一些模糊的影像?他对自己的记忆力一直很自信,大段的台词他只看一遍就记住了,所以他不可能不记得,除非那个人从一开始就不存在。

难道他脑子真的出了问题?

不,虽然刘叔常让他看医生,但那只是帮他缓解压力而已,他的精神状态一直很好,直到那场车祸的出现。

陈恕滑手机的手突然停下了,目光落在照片的某个物体上定住不动。

陈一霖说:"现在想也是自寻烦恼,就先等江小姐的回复吧。"

"不,不用等回复了,"陈恕抬起头,"我找到紫色了。"

"找到了?是哪个?"

陈一霖好奇地凑过来,跟随着陈恕的手指,他看到了照片里的人,眼睛顿时瞪大了。

多人合照的后面竖着一张画板,画板上是张人物水彩画,女生侧脸靠着窗台,半垂的眼睫毛上挂着泪珠,似乎刚从梦中醒来,即使是侧脸也能感觉到她的孤独。

几株淡紫色牵牛花的花蔓攀向窗框,其中一朵刚好点缀在她的脸颊上,仿佛一抹不经意划过青春的画笔,充满了属于生命的活力,让少女的忧郁也变得淡淡的了。

陈一霖讶然,抬起头,陈恕的表情无比认真。

几秒的沉默后,陈一霖叫出了声。

"你暗恋的是一张画?!"

第五章
恶作剧

　　林枫以为魏炎很快会来向他问话，但他再也没有出现，林枫在医院住了两天，倒是有时间学手语了，再现学现卖，配合着和小石头交流，很快就把萧萧给他的基础手语画本都记住了。

　　这几天通过观察，林枫发现小石头的继父很少出现，只要继父不出现，小石头的精神就没那么紧张，他的手臂有不少瘀青，大夫说是在水流冲击下撞到石块导致的，不过林枫更相信是家暴造成的。

　　还好小石头的母亲很关心他，一早一晚都会带换洗衣服和水果来，陪着他聊天，还交代他好好听大夫的话，尽快养好身体。

　　林枫趁着小石头有精神的时候问他SOS的意思，他眼神闪烁，像是在恐惧什么，总算鼓起勇气想要说了，刚好赶上母亲过来，他就立马闭了嘴。

　　这让林枫越发觉得那晚小石头不是自己跳河，而是被人推下去的。

　　他想把自己的怀疑告诉小姨，可惜小姨最近忙得不可开交，整天加班，连帮他办出院手续的时间都没有，让他再忍耐一下。换了平时，林枫早就嚷着要出院了，可小石头的事让他很在意，他愿意多住几天。

　　他问了小姨林江川的案子，小姨不知从哪儿听来的小道消息，说好像警察锁定嫌疑人了，是林江川的牌友，一个蹲过几年牢的人。

　　林江川赌牌输了他几万块一直不还，牌友说了好几次要干掉他。林江川被杀后，牌友就逃跑了，牌友本来身上就背了其他命案，逃跑更是坐实了嫌疑，现在警察正在追捕他。

　　林枫听后，心想这大概就是魏炎没有再来找他的原因吧，不过解除了嫌疑，他却没有感到轻松，他不后悔干掉那混蛋，可是想到有人背黑锅，哪怕那人是罪犯，他也觉得抱歉。

潜意识中他知道这样做是不对的，可是为了一个人渣毁掉自己的大好人生，他也不甘心。

小姨似乎感觉出他情绪的低落，特意拜托萧萧帮忙照顾他，萧萧很善解人意，拿来了新的手语书，林枫看着手语书，自我安慰地想先别管林江川了，趁着小石头还在住院，先帮他解决麻烦吧。

他把自己的怀疑对萧萧说了，听说他要报警，萧萧表示反对。

"你又没有证据，报警警察也不会理你的。"

"可是魏警官也这样怀疑，否则他就不会特意问我当时桥上有没有其他人了。"

"所以我们才要拿到证据啊。"

萧萧想了想，找来自己一部不用的手机给了林枫，说可以偷偷录音，至少证明小石头确实被家暴了。

"那我把手机给小石头，让他找机会录，他很聪明的，知道该怎么做。"

想到可以救助那孩子，林枫很兴奋，眼睛亮晶晶的，萧萧看着他，表情有些奇怪，随即便笑了。

"你自己受了伤，还想着怎么帮助别人，真是个好人。"

林枫挠挠脑袋，他很开心被喜欢的女生称赞，然而开心之余又是怅然的。他并没有萧萧说的那么好，他这么做或许只是出于良心的苛责，他想做点好事，以弥补曾经犯下的过错。

林枫收下了萧萧的手机，原本打算当晚把自己的计划告诉小石头，可小石头突发高烧，一直都昏昏沉沉的，林枫只好放弃了。

他去休息间买水，无意中听到护士和同事小声说小石头的状况很奇怪，明明都快好了，突然又发烧，这种情况反复了好几次，医生建议他妈妈做个全面详细的体检，却被拒绝了，说他体质就是这样的，没关系。

林枫听了她们的对话，忽然想会不会饮食有问题，如果小石头的继父想害他，说不定会偷偷在饮食中下药，要不是迫切感觉到危险，他不会向自己求救。

直到就寝，林枫还在思索这个问题。

病房转来个新病友，从入睡起呼噜声就没消停过，林枫有点神经衰弱，好不容易睡过去，很快就被呼噜声给震醒了。他提醒了病友两次，直到第三次，他终于撑不住了，拿起手机看了看，才晚上十一点多。

想到要听一整夜的呼噜声，林枫感到了崩溃，他坐起来，揣起手机走出病房。

走廊幽静凉爽，林枫的烦躁感稍微消除了一些，他打算去休息区坐坐打发下时间。

经过小石头的病房，嗯嗯呀呀的声音传出来。

声音很低，不过走廊太静了，哪怕一点响声都会传出很远，林枫马上想到小石头病情恶化，急忙推门跑进去。

屋里没开灯，借着走廊上的灯光，林枫看到有个人站在小石头的床前，伸出双手用力按住他。

林枫先是一惊，随即冲过去撞向那个人。

那人似乎没想到这么晚了还有人来，被他撞了个趔趄，原本压在小石头脸上的枕头落到了地上。

"我报……"

林枫原本想说报警，这次抓了个现行，不怕警察不相信，可是在看到对方的脸后，他的话戛然而止。

这不是继父，而是小石头的母亲，那个每天都过来看他，对他很温柔很在意的母亲！

林枫呆住了，看看地上的枕头，再看看躺在床上脸颊涨得通红的孩子，他结结巴巴地问："你……你想捂死他吗？"

女人披散着头发，因为用力，头发遮住了半边脸，她没有被当场发现后的紧张和慌乱，神情恍惚，抬起眼皮看看林枫，弯腰去捡枕头。

林枫担心她再下手，急忙跳到床头挡在小石头面前。

不过女人什么都没做，缓慢地把枕头放到床上，转身要走，林枫气急了，问："你为什么要害小石头？"

"我们家的事不要你管!"

女人突然转过身冲他大吼,头发甩了起来,林枫被她的气势逼得往后一晃,他看到了女人左眼一整圈都发青了,嘴角也有一块乌青,明显是被打的。

女人吼完又恢复了悄无声息的模样,转过身,木然走出去。

一名护士闻声赶过来,询问出了什么事,女人置若罔闻,林枫看她要溜掉,想把刚才的事说出来,小石头冲他拼命打手语,让他不要说。

林枫看懂了,只好对护士说是小石头做噩梦了,小石头用力点头配合,护士见没事,就出去了。

等护士也离开了,林枫走到病床前,小石头已经缓过来了,怯怯地看他,又打手语说妈妈是无辜的,是继父打她,导致她精神混乱,请他不要说出去。

小石头应该经历过很多次类似的事件,所以此刻他比林枫要冷静得多,他的态度影响了林枫,林枫几次深呼吸让自己平静下来。他重新注视小石头,终于明白了,小石头经常发烧可能是潜意识中不想回那个家。

他怕有人偷听,没敢说话,打着手语问——那晚是你继父推你下水的,对吗?

他打得不流利,还错误百出,不过小石头看懂了,犹豫了一下点点头。

——为什么?

——大概不喜欢我吧,我身体不好,又不能说话,他觉得我占了弟弟的资源。

林枫连猜带蒙,看懂了小石头的意思,摸摸口袋,"啊"地叫出来——他刚才忘了用手机录音了,如果有录音,至少也算拿到了证据。

他掏出手机,懊恼地想。小石头歪头看他,又继续打手语——妈妈说过两天就让我出院。

——可是你还没有好啊。

——继父说既然住院也不好,那还不如回家,他打妈妈,妈妈不敢不听他的。

　　林枫犯愁了,如果小石头出院,他继父可能又要害他,至少会暴力对待他。

　　像是看出了他的担心,小石头拉拉他的衣服,向他打手语说——别担心,他是孬种,他知道你看到了,肯定不敢再动手的,我妈妈也会护着我。

　　林枫不太理解这样的感情,既然他妈妈会护着他,那刚才为什么又伤害他,至少在林枫的人生中,他没有遇到过这样的母亲。

　　——我们明天出去玩吧,我听护士姐姐说后山有好多好玩的!

　　林枫不想去,他怕小石头的身体受不了,可是见他兴致勃勃的,只好问——你不怕吗?

　　——不怕的,有人会保护我。

　　小石头一脸认真,林枫心想他真的很相信他母亲,希望他母亲只是一时魔障了吧,说——好,我叫上萧萧姐,我们一起去玩。

　　萧萧接到了林枫的短信,说明天有事,改成后天行不行。

　　后天刚好是周末,林枫觉得周末更好,就同意了。

　　周六一大清早萧萧就过来了,还带了水和小零食,她特意打扮过了,不过林枫还是看出她精神不佳,像是没睡好。

　　"出了什么事吗?"他担心地问。

　　"昨天有个同学突然走了,我们去送别,头一次发觉生命有多脆弱。"

　　萧萧似乎不想多说,林枫便没多问,叫上小石头上山。

　　有萧萧掩护着,林枫和小石头轻松就溜到医院后门。

　　后面是灰蓬蓬的水泥院墙,墙上拉了铁丝网,走近后,林枫听到外面有说话声,有人进进出出的,好像在搬东西。

　　萧萧机灵,拉着两个少年藏到了角落,探头去看。

　　进出的都是医院职工,没注意到他们,把东西搬出去后就离开了。

听脚步声走远了，林枫给萧萧和小石头摆摆手，拉开门跑出去。

院墙外有个板房，看上面的标记是用来放置医疗废物的，门上了锁，没什么好看的，倒是板房旁边的窨井盖引起了林枫的注意。

这个窨井可能已经废弃了，周围都生了锈，上面不知被谁喷了个白漆骷髅头。

喷漆手艺太烂，骷髅头胖胖的看着很搞笑，林枫想多半是住院的孩子调皮留下的，说不定还掀开过，打算进去冒险。

窨井盖两边拴了拉环，林枫试着拉住拉环想提起来，谁知盖子上了锁，他栽了个跟头，萧萧姐在旁边咯咯直笑，小石头也笑了，林枫抹不开面子，嚷道："有什么好笑的？"

小石头眨眨眼，像是怕他生气，急忙冲他打手语，说骷髅头很好玩，打完又歪歪头，觉得不太对，晃晃手，做出用橡皮擦的动作，把刚打完的手语擦掉了，又重新打。

——因为很开心呀。

林枫被他的反应逗笑了，萧萧上前一手拉一个，催促说："别玩了，快走吧，要是被医生发现你们跑出来了，肯定要骂我。"

为了防止有人私自上山，去后山的小路拉了铁丝网，不过年深日久，有不少地方都裂开了，露出很大的洞，像是邀请他们上去似的。

三人依次从铁丝网的洞里钻过去，顺着小路上了山，林枫担心小石头的身体，走到半山腰，拣了个平缓的地方坐下，萧萧拿出事先准备的塑料布铺好，拿出水和小零食，权当是野餐了。

小石头大概很少出来玩，他很兴奋，在草丛里跑来跑去，林枫提醒他他也不听，只好陪着他一起玩，又顺手摘了些野花，没几分钟就编出了一个漂亮的花冠。

他来回摆弄花冠，总觉得还少点什么，看看周围有不少桔梗，眼睛一亮，采了一些编在花冠上。

两人回到野餐的地方，林枫把花冠送给萧萧，萧萧很开心，戴到了头上，小石头在旁边歪头看着，忽然打手语对林枫说——你是不是喜欢她呀？

林枫的脸腾地红了，回道——别瞎说。

——才没瞎说，你看你的脸都红了。

萧萧看不懂，问："你们在说什么？"

"没什么没什么，我是想问他垒这么多石头是要盖房子吗？"

小石头脚下有不少大大小小的石块，都是他捡回来的，刚好成了林枫的借口。

萧萧也很好奇，走到小石头面前蹲下来，问："这是用来做什么的？"

小石头冲他们一笑，拿起石头一块块摞起来，又冲他们打手语，林枫用他那不是太丰富的手语知识琢磨了半天才搞懂。

"你是想用石块玩叠叠乐？"

小石头用力点头，林枫笑了，说："那我帮你，我们一起玩。"

他兴致勃勃地说，萧萧也参加进来，三人摞了一会儿又开始一块块抽，林枫第一个输了，被罚做鬼脸，萧萧看着直笑，小石头也笑眯眯地歪头观望，不过他身体太弱，玩了没多久就打起了哈欠，往塑料布上一躺就睡着了。

听他睡沉了，林枫拉着萧萧去到一边，小声说了昨晚发生的事，萧萧说："他妈妈的精神好像有点问题啊。"

"如果整天被打，正常人都会出问题的，叫那个什么斯德哥尔摩综合征。"

"我想她被你吓了一次，可能不敢再对小石头动手，你要是还不放心，可以再诈唬她一下。"

"怎么诈唬？"

萧萧的表情突然变得严肃，压低声音说："I Know What You Did This Summer！"

被她直勾勾地看着，林枫一惊，心脏不受控制地慢了半拍，萧萧马上笑了，说："被吓到了？我是让你学那个电影啦，这段英文就是电影名字。你可以不定期地发匿名短信给小石头的父母，别说具体的事，就让他们疑神疑鬼，虽然这样做不太正当，不过至少可以保证小石头的安全。"

"萧萧姐你真聪明!"

"聪明的不是我,是导演。"

萧萧摆弄着花冠随口说,她兴致上来了,看看小石头还在睡觉,便拉着林枫跑进花丛,说:"我想自己编一个,你教我。"

林枫的手被握住,心脏跳得更快了,是不同于刚才害怕时的另一种快。

他帮萧萧摘花,看她随手拽下一段花蔓,急忙说:"这个不行不行。"

"为什么?"

"有些花草看着漂亮,其实是有毒的,你看那个香菇好像很好吃,但要是真吃了,得去医院洗胃了。"

林枫指着不远处树下的蘑菇说,萧萧很惊奇。

"你知道的可真多。"

"以前放假去山上玩,跟着大人学的,看多了就记住了。"

可惜现在再也没有那个机会了。

想到这半年来家里的各种变故,林枫心情有些低沉,萧萧发现了,忙转换话题,指着其他的花草向他询问。

两人边走边采,不一会儿花冠就编得差不多了,萧萧看到道边的绿蔓,伸手要摘,被林枫拦住了。

萧萧很惊讶,"这种绿色植物也有毒?"

"是的,内服会中毒,茎叶里还有白色汁液,要是弄到眼睛里,眼睛会瞎的。"

"哇,这么可怕!"

"是啊,不过它有个特别好听的名字。"

"是什么?是什么?"

"猫儿眼。"

陈一霖把车开进停车场,快七点了,照刘叔的习惯,这个时间他通常会离开公司,也是陈一霖向他打听陈恕情况的好机会。

出来时他向陈恕杜撰了个回家取衣服的借口,说很快就回来,让他不要随意出门，陈恕答应了。

陈一霖的计划是问了情况后就马上回去，外面在下雨，他想陈恕很懒惰不会外出，只要不出去，危险系数就近乎为零。

刘叔还没出来，陈一霖坐在座位上翻看魏炎传给自己的资料——陈恕十岁开始做配音，他很有天赋，如果不是十四岁那年发生意外，他之后的路可能会一直在配音方面发展。

父母车祸过世后，陈恕被祖父母收养，那之后很久他都没再参与配音工作，直到两年后他跟着刘叔开启了演艺圈生涯。

可以说十四岁是陈恕人生的转折点，之前很平淡，之后也很平淡，唯有那一年……

资料定住了，陈一霖滑滑手机，发现翻到底了，再详细的资料魏炎没有传过来，让他自己回局里调档案看。

陈一霖放下手机，心想资料文件都是死的，想要知道有关陈恕更多的信息，想知道他到底是精神分裂还是车祸导致的癔症，最应该询问的是他身边的人。

刚过七点，刘叔就从公司出来了，朝车位走去，陈一霖正要下车，一个人突然从停车场的柱子后面蹿出来，他低着头，帽檐压得很低，迎着刘叔跑过去。

陈一霖临时改变主意坐回车上，刘叔应该和那人认识，并且是约好了的，看到他来，刘叔从皮包里掏出一个信封递过去。

男人接了，两人说了几句话，刘叔拍拍他的肩膀，他点点头，转身离去，又下意识地左右看看，像是在查看周围的情况。陈一霖刚好看到了他的脸，怕被他发现，急忙把靠背往下移。

这人怎么感觉像做贼？

陈一霖保持身体倾斜的状态，举起手机隔着车窗按了快门，等他重新坐起来，男人已经离开了，刘叔也坐到了自己车上。

陈一霖调整好座椅，正想找个借口跟刘叔打招呼，手机响了，是赵青婷的来电。

她的声音听着很急，一副快哭出来的样子，问：“你们和楚伯伯是不是谈崩了啊，恕恕是不是被他骂了？”

135

"没有,挺好的,怎么了?"

手机那头随即传来卢苇气急败坏的叫声。

"静静被人推下楼了,是不是你们做的?因为出车祸我们没帮忙,所以你们就暗中报复?"

"你说庄静?她出事了?伤得怎么样?"

卢苇不回答,只是冷笑,陈一霖说:"请相信我,不是我们,你们在哪里,我尽快赶过去。"

手机被赵青婷拿回去,告诉陈一霖说还是安和医院,同一个病房,庄静只是脚踝崴伤,不严重,让他别担心。

陈一霖安慰了赵青婷,挂了电话后又转打给陈恕。

手机响了半天没人接听,陈一霖的额头冒汗了,就在他打算飙车回去时,手机终于通了。

"陈恕你没事吧?"

他先听到了对面的淅沥雨声,立刻问,那头没回应,他又问:"你是不是不在家?"

"哦……没事……"

不知是雨声太大还是陈恕的声音太小,陈一霖几乎要竖着耳朵听,说:"我马上回去,我回去之前千万别出门!"

他说完挂了电话,嘟嘟嘟响声传向陈恕的耳廓,让他惊然回神。

目光落到脚边,脚下有块很大的石头,石头尖锐的地方沾着一层红色液体,雨水落下来,液体和雨水混到一起流向地面。

再往前看,草丛里躺着一具小小的躯体,他记得那只小狗,这种小型犬都非常神经质,他刚搬来时还差点被咬到。不过它再也不会神经质地叫了,它的躯体大概已经僵了,白色毛发一缕一缕地耷拉着,上面有血液也有雨水,残缺的头部被草挡住了,昏黄灯光下,凄惨又可怖。

陈恕忽然一阵作呕,他伸手想捂嘴,却看到了自己手指上的血迹,不由又是一抖。

"毛毛!毛毛!"

不远处传来女人尖锐的叫声,小狗的主人赶过来了,陈恕下意识地往后退了两步,随即头也不回地朝楼栋跑去。

陈一霖回到公寓,跳下车,直奔他们住的那栋楼。

时间不早了,外面还在下雨,楼对面的小花坛却围了一圈人,老远就听到女人的号啕大哭声。

陈一霖凑过去,看到里面还有两个社区民警,他问了看热闹的人才知道小区里的狗被虐杀了,有人拍了照片,陈一霖瞥了一眼,不由得皱起眉头。

"我家毛毛特别听话,一定是变态杀的,他今天杀狗,明天就会杀人,你们一定要早点抓住他啊!"

听着女人的哭诉,陈一霖想起毛毛就是那只曾经差点咬到陈恕的京巴,想到刚才通电话时陈恕的反应,他心头的不安更加重了,拨开人群跑回了家。

客厅开着灯,陈一霖刚进去就听到了铃铛声,窗户关着,楼下的嘈杂声传不上来,陈恕穿着睡衣,盘腿坐在地上晃动逗猫棒,小猫随着逗猫棒站起来,很熟练地原地转圈圈。

"你在干什么?"陈一霖问。

陈恕一脸悠闲,"在训练杠杠,它这么聪明,可以拍小电影了。"

"我是问我给你打电话的时候你在干什么?"

陈一霖的话声变得凌厉,陈恕抬头看他,小猫趁机跳起来把逗猫棒抓走了。

陈一霖和他对望,冷冷地说:"你不在家,你在楼下,就是那只京巴被虐杀的地方,如果你现在去窗前,可以看到下面全都是人,大家都在谈论小区有变态。"

陈恕收起了悠闲的表情,站起身去拿水杯,陈一霖注视着他的背影,说:"我知道不是你做的。"

陈恕讶然回头,陈一霖说:"小动物对危险的感知最强烈,尤其是像杠杠这种聪明的猫,如果你虐杀动物,它不可能这么黏你。"

陈恕拿起水杯,倒着水,冷冷道:"既然你知道不是我,那还问什么?是想借戳穿谎言来证明你更聪明吗?"

"我没那么无聊,我想说的是既然不是你,那你就不需要多想,更不需要故意隐瞒……"

"那我该怎么做?!"

陈恕把水杯重重放到桌上,大声说道:"我说的话没人信,我看到的东西别人看不到;我喜欢的初恋实际上压根不存在;我以为凌冰是我杀的,但所有人都告诉我那不可能!警察认为我撒谎,精神科医生认为我有癔症,我在妄想,我也希望我是妄想,那样我就不用一天到晚提心吊胆疑神疑鬼了,我他×的可以堂堂正正住精神病院,想干什么就干什么!"

愤懑在心头盘桓,压抑太久了,一旦爆发,他几乎无法控制自己的感情,心头胀得满满的,充满了自嘲、愤怒甚至是杀机,有股怒火在胸腔猛烈燃烧,喷薄欲出,他一个没忍住,又挥拳重重擂在桌上,木桌砰的一声,在旁边玩逗猫棒的小猫吓到了,抬头看过来。

外面雨停了,屋里寂静,只有他自己重重的呼吸声。

陈一霖注视着他,半晌忽然笑了。

"哦,原来你也会说脏话的。"

陈恕一愣,陈一霖耸耸肩。

"从我第一次见到你,你就一直都是笑脸,好像除了笑容外,你没有其他喜怒哀乐,我还真以为你完全佛性了,现在看来都是演技啊。"

他这满不在乎的调调太欠打了,陈恕瞪着他,又挥起了拳头,小猫反应过来了,冲到他面前立起来,嗷的一声叫,像是在警告他别再吵了。

陈一霖马上说:"你看你看,你把杠杠吓到了,生气就生气,捶什么桌子啊,手不疼?"

陈恕本来没感觉,听他这么一说,突然发现还真疼,他嘶着气用力甩手。

陈一霖摇摇头,取了毛巾裹上冰块递给他,说:"有心事就说出来,你不说又怎么知道别人不信。"

"正常人都不会信的。"

"那正巧了,我就属于不正常的那个。"

陈恕本来想反驳,又想想换了别人,遇到这么多离奇事件,大概早辞职了,这么说来陈一霖确实不正常。

愤懑发泄了出来,陈恕的心情好了很多,他走到窗前,看热闹的人已经散了,只剩几个帮忙处理现场的人,雨后,连灯光都透着朦胧的气息,很难想象前不久那里曾发生过残忍的虐杀事件。

"说说看,你为什么会冒雨跑下楼?"

"因为我又看到了那个穿黑雨衣的人。"

陈一霖眉头微皱,走到窗前,问:"在哪里?"

"跟上次一样的地方,但我不知道那是不是我的幻觉。"

陈一霖走后,陈恕在浴室看完剧本出来,看到小猫趴在窗台上,他过去抱猫,鬼使神差地往外瞄了一眼,顿时汗毛都竖起来了。

那夜在暴雨中出现的雨衣人就站在对面绿色植物丛中,仰头朝这边看,位置一模一样,姿势也一模一样,可惜他背着光,陈恕无法看到他的面庞。

看到雨衣人的那一刻,陈恕的脑子嗡的一声,恐惧和气愤交织涌了上来,他无视陈一霖的提醒,拔腿跑出了家。

陈恕一口气跑到楼下,雨衣人已经不见了,他只看到草丛里的石块,他也不知道为什么会去捡那块石头,只觉得脑袋昏昏沉沉的,下意识地做出了那个动作,直到陈一霖的电话打过来,他才惊然回神。

石头落在了地上,他顺着零星血渍看到了不远处小狗的尸体,一瞬间他几乎以为是他用石头砸死了小狗。

"相信我,不可能是你做的,一定是那个偷窥狂。"

"我不知道,当时我就像是魔怔了,只觉得那狗又吵又爱咬人,我砸死它一点都不稀奇,可又觉得我没那么残忍,所以当听到有人过来,我不敢留下,只想着赶紧逃掉。"

"别在意,这是正常反应,换了是我,也会跑掉的。"陈一霖安慰道。

陈一霖以前处理过不少跟踪狂案件,他理解这种被跟踪窥视、随时处于高度紧张状态下的不安和恐惧,虽然陈恕是男人,但理智被恐惧占据后,男女的反应是一样的,更何况陈恕最近身边事件不断,他没歇斯底里地发作已经很厉害了。

"你记得他的长相吗?"他问。

"他背着光,看不清,我唯一能确定的就是他是个男人,长得很壮实,个头也很高。"

陈恕走到沙发边坐下,小猫像是感觉到了他的不安,凑到他腿上来回蹭动。

陈恕摸着它的脑袋,问陈一霖。

"你刚才突然打电话,是不是发生了什么事?"

陈一霖犹豫了一下,陈恕自嘲道:"有事就说吧,现在已经很糟糕了,不可能比这更糟糕。"

陈一霖觉得这句话还挺微妙的,看看陈恕的脸色,他简单说了庄静的情况。

陈恕听完马上站起来,说道:"我们去医院。"

"很晚了,明天去吧。"

"不,我想知道是怎么回事,是谁在陷害我,为什么要害我。"

陈恕说做就做,大踏步走出房门,陈一霖只好跟上,小猫也想跟着,被他揪回房间,说:"我们要去医院,你留守看家,看到老鼠记得捉哦。"

他也不管小猫能不能听得懂自己的话,交代完,带上房门离开了。

两人来到医院的病房楼,刚好李助理母亲的护工经过,护工对陈恕的印象颇好,看到他,主动上前跟他打招呼。陈恕心里有事,随口回应了两句就匆匆走掉了。

"这么晚了,是来看谁啊?"

看着陈恕走远,护工有些奇怪,一个中年女人走过来,她也看到了陈恕,说:"小伙子长得挺帅的,你认识?"

她是病人家属,最近常来,很健谈,护工也没往心里去,说:

"认识啊,我照顾的那位老人,她女儿和他是同事,他人可好了,长得帅又有礼貌,还有钱,简直完美。"

听了这话,女人的眼睛亮了,盯着陈恕远去的背影,若有所思。

陈恕来到庄静的病房,他敲了门,刚要进去,迎面就被卢苇拦住了,伸手揪住他的衣领,把他推到走廊上。

"你说是不是你找人害我们的?你到底想怎么样?"

"我来就是要澄清你们出事与我无关,我已经和楚先生联络上了,我没必要动手脚。"

"不是你还有谁?楚陵出事了,青婷也受伤了,现在轮到了静静,接下来是不是该我了,你打算怎么害我,你这个孬种,你敢做,怎么不敢说?"

大概被恐惧支配了,卢苇一扫之前的优雅,他揪着陈恕的衣领,气急败坏地质问。

赵青婷跟出来,提醒卢苇小声点,他只当没听到,更不听陈恕的解释,挥起拳头想动手,被陈一霖一把攥住了。

卢苇转头瞪他,陈一霖说:"这里是医院,还请安静,"他顿了顿,又说,"加冷静。"

他看起来没使力气,卢苇却偏偏没法挣脱,只得松开了手。

陈恕向后退开两步,整整被拽得变形的衬衣,说:"我这衣服是特别定制的,弄坏了你可没法赔。"

"呵,在你眼里,我朋友的命还不如你一件衣服?"

"命当然比衣服重要,但问题是她们受伤又不是我造成的,后果不该我来承担。"陈恕稍微一停,又慢悠悠地说,"很多时候,生气源于恐惧,你这么气愤,比起担心朋友,你更怕的是下次出事的是自己吧?"

卢苇想反驳,对上陈恕的目光,本能地移开了,悻悻的表情证明陈恕说中了。

陈一霖趁机向赵青婷询问庄静的情况,赵青婷说庄静只是轻伤,休息几天就没事了,只是没法参加原本定好的走秀活动。

"那楚陵又是怎么回事?"陈恕问,"他不是在家闭门思过吗?"

卢苇貌似冷静下来了，说："他其实是第一个出事的，五天前他在等红灯时被人推到了马路上，幸好车停得及时，有惊无险，当时人很多，他以为是太拥挤造成的，也没多想，还是今天静静出了事，我打电话提醒他，他才说的。"

陈一霖心想五天前，那就是紧跟着陈恕出车祸后发生的，车道人流多，现在去查恐怕查不到什么，他又问起庄静，赵青婷说庄静是在健身房大楼出的事，楼梯拐角没监控，庄静只看到是个穿了一身黑衣服的人，好像还戴了帽子。

"一个接着一个地出事，简直就像是诅咒。"卢苇恨恨地说。

陈恕脑子里恍惚了一下，似乎以前有人也说过类似的话，他皱皱眉，想记起是听谁说的，可记忆就像是蒙了一层灰尘，想了半天都无从记起。

他唯一想到的是那个雨衣男，他总是潜伏在雨夜，沉默地等待猎物的出现，然后一个一个地狙杀。

"怎么了？"看他脸色不好，陈一霖问。

陈恕摇摇头，他掩饰住动摇的心绪，提议道："先进去问问庄静吧，也许她会记起什么。"

卢苇看陈恕的反应不像是撒谎，他托托眼镜框，恢复了平时优雅的做派，带他们进去了。

庄静躺在那里像是睡着了，赵青婷叫她，她毫无反应，又拍拍她肩膀，她也是一副没知觉的模样。赵青婷脸色变了，抓住她的胳膊，慌慌张张地叫："静静！静静！"

卢苇站在旁边一动不动，陈一霖一把推开他，上前触摸庄静的鼻息，居然没有呼吸，不过肌肤温暖，他心里便有数了。果然，就在陈恕伸手要按呼叫铃时，庄静突然睁开了眼睛，直勾勾地盯着他，用僵硬的声调说："I know what you did！"

陈恕一惊，不由自主向后晃去，看到他狼狈的模样，庄静咯咯咯笑起来。

赵青婷这才反应过来，气得拍了她一巴掌，说："大家都在害怕，你还在这儿搞恶作剧。"

"卢苇说这样可以观察陈恕的反应,看他是不是凶手,男朋友都这样说了,我还能说什么呢?"庄静坐起来,整理着头发,满不在乎地说。

其他三人的目光同时看向卢苇,卢苇扶了扶眼镜框,用轻咳来掩饰尴尬,见庄静还一脸促狭地笑,他也只好无奈地笑。

"你怎么就直接说出来了?"

"因为我现在已经确定恕恕不是凶手了。"

庄静注视着陈恕,眼神中毫不掩饰对他的好奇。

庄静和赵青婷都很漂亮,不过是两种不同类型的美,赵青婷的美青春阳光,而庄静则是光彩照人,哪怕受了伤躺在病床上,她依然很精神,化着精致的妆,像是准备随时登上舞台走秀。她还俏皮地冲陈恕眨眨眼,露出计谋得逞的笑。

换了其他人,一定会为她的美貌所倾倒,可惜陈恕平时看多了大美女,他毫无反应,淡淡地问:"你真的确定吗?"

"嗯,大概率不是你,长得好看的人通常心底都不会太坏。"庄静看着陈恕,笑眯眯地说。

只怪陈恕在娱乐圈的存在感太低了,她以前都没注意到他,唯一一次接触还是在发生车祸后。

外形好演技好,却一直都没红,只能说是命吧。庄静有点同情陈恕,心想要是她在演艺圈混十年都没混出名堂来,她一定会疯的。所以从某种意义上说,她挺佩服陈恕的。这么一想,她对陈恕就更感兴趣了,上下打量陈恕,眼神火辣辣的。

卢苇看出来了,咳嗽了两声,庄静也不介意,赵青婷见卢苇脸色不好看,忙岔开话题。

"你那句话是连载故事里的吧?你还真会活学活用。"

陈一霖问:"什么故事?"

"就是这个,推理探案类的,是我男朋友推荐给婷婷看的,婷婷又推荐给我,让我打发时间,还挺有趣的。"

庄静探身拿过桌上的晚报,小说一栏的连载故事就是那句英文标题,陈一霖看向赵青婷,赵青婷脸红红的,他问:"你还喜欢看推理小说啊？"

赵青婷的脸更红了，小声说："也不是很喜欢，就是我们学校有个推理研究交流协会，人数不够，把我拉去充人头，所以我平时会看看这类书，否则讨论起来什么都不知道，就很尴尬了。"

"那也拉我进去吧，我看了这文，突然觉得推理挺好玩的，说不定我也能当回侦探，找出害我的人呢。"庄静兴奋了，拉着赵青婷说。陈一霖看她这模样，不仅没把受伤当回事，还苦中作乐，都有点佩服她的乐观精神了，问："被人推下楼，你不怕吗？"

"怕啊，可是就算怕，事情也发生了，还不如想想怎么化危机为转机，比如……"

庄静的目光又落在了陈恕身上，说："要不你来保护我好了，既然那人对付你又对付我，那最好的办法就是我们合作，一起推理找凶手。"

卢苇继续咳嗽，庄静白了他一眼："你不高兴还是怎么了？我让你陪我，是你自己说工作忙，没时间。"

陈一霖怕他们情侣闹别扭，要是吵起来那就真没完没了了，他赶紧让庄静描述被推下楼的经过，庄静貌似很中意陈恕，她非常配合，说得也很详细，可惜帮助不大。

等他们询问完，告辞离开，庄静还恋恋不舍，说自己会在医院多住几天，权当是休养了，让陈恕有时间过来找她玩，说不定聊着聊着就发现线索找出凶手了。于是陈恕就在卢苇不悦的注视下走出了病房，直到进了电梯，他才吐出一口气。

陈一霖揶揄道："卢苇一定讨厌死你了，另一种意义上的。"

"我也是头一次体会到了长得帅的苦恼，"陈恕自嘲完，说，"如果是同一个人做的，那他可真够赶场的。"

"不是同一人，也不是同伙，因为手法完全不一样。虐杀动物的人性格直接暴戾，而针对庄静他们三人的手法更像是恐吓警告，如果是虐杀动物的那个人做的，他们绝对不可能只是轻伤。"

"可这到底是怎么回事？我和他们四人之间完全没联系，唯一的一次接触就是那个车祸。"

"对，你们的接触点就是车祸，所以车祸是关键……你别急，我先让朋友帮忙看看庄静出事时附近的监控，也许就柳暗花明了呢。"

陈一霖没想到事情的发展让他说中了，还真柳暗花明了。

庄静在医院住了一天，陈一霖的手机就被整整吵了一天，陈一霖被吵得烦了，不顾陈恕的意愿，硬是拉着他去了医院。

他们来到三楼，刚进走廊，就看到有个人在庄静的病房前探头探脑，他穿着黑衬衣，戴着棒球帽，举止十分可疑。

陈一霖立刻跑了过去，对方听到脚步声，转头看了一眼，掉头就跑。

前面就是楼梯，那人推开门一口气冲下楼梯跑去二楼，却迎面撞上陈恕。原来陈恕抢先从大楼中间的楼梯跑下去，专门在这儿等着他，他只能反身再跑，却被追上来的陈一霖逮个正着，揪住他的手腕往后一拧，把他按在了墙上。

"呀！"

女人的尖叫声传来，陈一霖靠得太近，耳膜被震得发痛，他皱着眉摘下她的帽子，居然是个相貌清纯的小姑娘，因为手腕被攥疼了，眼睛红红的像是快要哭出来了。

陈一霖松开了手，陈恕跑过来，看到是个女孩子，也怔住了。

还是陈一霖反应快，沉着脸问："你在病房前鬼鬼祟祟地干什么？"

"没、没什么。"女生结结巴巴地说，眼神飘忽，一看就是心里有鬼。陈一霖灵机一动，试探着问："庄静出事与你有关吧？"

"啊！"

女生瞪大眼睛看他，那模样像是看到了鬼。陈恕也很惊讶，想问陈一霖怎么看出来的，再看看女生的表情，他忍住了。

秘密被戳穿了，女生的戒备顺利瓦解，不用陈一霖多问，就抽抽搭搭着全部都说了。

她叫沈美薇，和庄静是校友，又在同一家签约公司，甚至比庄静早签约一年，可庄静的资源比她多很多，她私下听人说庄静是通过某些手段把资源弄到手的，这次的走台沈美薇也是因此被刷下来的。她一时气愤,就跟男朋友抱怨了两句,说希望庄静吃个亏,参加不了走台,男朋友答应帮她出气,她只是说说过嘴瘾,谁知男朋友居然真动手了。当她听到庄静出事,吓得魂都飞了一半,生怕变成刑事案件,自己会留案底。

"比起留案底,你就不担心一个弄不好会出人命吗?"陈一霖冷冷道。

沈美薇一边抹泪一边说:"我也没想到会闹成这样,我想来跟她道歉,又不敢,我知道错了,求你们别抓我。"

陈一霖倒是想抓,可惜现在他的人设是小助理,便问:"你男朋友的姓名、职业?"

"能不能不抓他啊,他也是为了给我出气,都是我的错,我不想连累他,我想和当事人和解,可以吗?"

沈美薇泪眼汪汪地看他,陈一霖还想再说,陈恕开口道:"这件事还是交给庄静自己来处理吧。"

陈一霖微微皱眉,以他的经验,这种情况,当事人通常会选择和解。

沈美薇急忙靠近陈恕,用力点头附和,她有点怕陈一霖,觉得比起他来,庄静应该更好说话。

半小时后,听完了沈美薇夹杂着哭泣声的解释和道歉,庄静点点头,表示知道了。

沈美薇继续抽抽搭搭地抹泪,反复说只要她同意和解,让自己做什么都行,庄静看看站在旁边的两位男士,眼珠转了转,叹气说:"你都这样说了,那我还能说什么呢。"

沈美薇立刻抬起头看她,庄静却伸手一指陈恕。

"不过还是要看他的态度。"

她这一句话让三个人都震惊了,陈恕手指自己,问:"我?"

沈美薇上前抓住陈恕的胳膊,哀求道:"你是静静的男朋友吧,求求你让她别追究了好不好?求你了!"

"不是,我不是……"

无视陈恕的解释，庄静翻着报纸，慢悠悠地说："只要恕恕答应和我共餐，我就同意既往不咎。"

沈美薇一听，继续求陈恕。

"你就跟静静去吃饭吧，静静这么漂亮，人这么通情达理，上哪儿去找这么完美的人啊。"

陈一霖在旁边都看傻眼了，心想你可真会演戏，为了自己不被追究，什么话都敢说啊。

陈恕也很无奈，他对庄静完全没兴趣，可是被一个大美女这么恳求，人家都哭得梨花带雨了，这还怎么拒绝？只得点头表示同意，心想早知如此他一开始就不该跟着陈一霖过来，你看搞出这么多事。

他气得瞪着陈一霖，陈一霖摸摸鼻子当没看到。

见陈恕点了头，庄静笑了，沈美薇也笑了。沈美薇生怕他反悔，向庄静道了谢，转了医药费给她就跑走了。

听着脚步声跑远，陈恕叹了口气，转头看庄静，庄静一脸计谋得逞后的笑。

陈恕没好气地问："其实你从一开始就没打算追究吧？"

所谓凡事留一线，日后好相见，换了陈恕自己，他也不会追究，借这个机会让对方领个情，说不定什么时候就派上用场了。

庄静坦然承认了。

"是的，可是如果你不点头，我也可以选择追究，反正不管怎么做对我来说都没坏处，可是对她就不一样了。如果你不点头，她记恨的不是我，而是你，毕竟只是吃一顿饭的事，你都不肯帮忙，你才是恶人。"

陈恕听得无语了，陈一霖也揉揉额头，叹道："女人真可怕。"

陈恕感同身受，"漂亮的女人更可怕。"

"谢谢你称赞我漂亮。"

庄静眉开眼笑，陈恕揉揉额头，心想这重点都偏去南极了。

"其实男人才更可怕吧，你们看，写这种恐怖小说的可是男人。"

庄静把报纸扔到床上，陈恕瞥了一眼，估计她每天待在医院太闲，还在追那篇推理连载小说。

庄静说："既然要约吃饭了，那给我个联络方式吧，不是你助理的那个，太没诚意了。"

陈恕懒得再跟她纠结，两人交换了手机号，庄静笑吟吟地加了。

"到时我联络你。"

趁着她心情好不啰嗦，陈恕告辞离开，陈一霖在门口问："你真不打算追究？"

"算她走运，不追究了，我接了个新企划，正好趁着休息好好想想怎么转型。"

两人走出病房，听到庄静给卢苇打电话，第一句就是埋怨他胡思乱想，把原本很简单的事搞得那么复杂。

真的只是卢苇想多了吗？

真相来得太快，陈一霖还有点无法接受。陈恕打断他的思绪，说："扣你一个月薪水。"

"为什么？"

"要不是你硬把我拉过来，我就不会被庄静缠上，还要跟她吃饭。"

"只是吃顿饭，又不是约会，恕哥你也别多想了，虽然你很帅，但人家有男朋友的，而且男朋友也很帅。"

"呵呵，"陈恕哼了两声，"不管怎么说，谜题解开了，庄静的事只是碰巧。"

"她是碰巧，那楚陵和赵青婷呢？五个人当中四个人出事，就只是碰巧？"

"至少没有卢苇说的那么严重，你自己也说过对付卢苇他们的和虐杀动物的不是同一个人。"

"可是总觉得哪里不对劲。"陈一霖低声嘟囔。

最让他在意的其实是虐狗事件。

他曾向区派出所的同事询问过调查后续，可惜小区的监控没拍到可疑的人，警察怀疑施虐者是小区住户，了解摄像头位置，巧妙地避开了，所以他们现在能做的就是提醒住户多加留意，发现问题及时报警。

很多杀人案的凶犯都是从虐杀小动物开始的，但陈一霖不确定这起虐杀事件与陈恕还有赵青婷等人的遭遇有没有关联。

他看向陈恕，碰巧陈恕也看过来，目光深邃。

"难怪赵青婷总说你像警察，刚才看你抓人还有质问的架势，还真有几分警察范儿。"

陈一霖一惊，急忙堆起笑。

"恕哥你想多了，那都是跟着你混出来的，都是演技，没有那气魄怎么镇得住人？"

两人聊着天经过一楼的休息区，一个女人看到陈恕，立刻跑了过来，正是之前向李妈妈的护工打听陈恕的那个人。

"人都聚齐了。"

看着陈恕的背影，女人脸上浮出贪婪的笑，"这次，你可跑不掉了。"

又过了两天，陈一霖接到常青的电话，说按手扶梯紧急按钮的人抓到了。

动手的是住在附近的一个叫张赫的小混混，一条腿有残疾，据他说那天他和几个哥们儿在商场门口转悠，被保安警告了，还嘲笑他是瘸子，商场保安狗眼看人低，他一时气不过就想搞点事。

由于没有发生重大意外，再考虑到当事人的身体状况和事件起因，区派出所在与商场方面沟通后，对当事人做了行政拘留处罚。

陈一霖看了常青传过来的资料，心总算稍微放下了。

看来赵青婷和庄静只是走霉运而已，至于楚陵，依照他那么喜欢惹事的性格，会被人嫉恨暗算也不奇怪，未必与陈恕的案子有关。

陈一霖接到消息的当天，庄静的邀请也过来了，选了某家高级餐厅，约陈恕七点见面。

陈一霖开车送陈恕过去，陈恕说饭后自己叫车回去，让他先回家。陈一霖嘴上答应，却在走廊上转了一圈又回去了，打算找个既可以观察到陈恕又不会被他发现的位子。

陈一霖刚选好合适的位置，正要过去，肩膀被轻轻一拍。

他转过头，身后居然站着赵青婷，手里举着手机，眼睛亮晶晶的，一副粉丝见偶像前雀跃的样子。

陈一霖一把把她拉到了观赏植物后面，问："你怎么来了？"

"作为粉丝，来观察恕恕的日常啊。"

赵青婷说完，见陈一霖脸色不太好，摆摆手，说："其实我是为了帮卢苇才过来的，他不想静静来，但又没法阻止，我怕一顿饭影响他们的感情，就跟卢苇说我过来好了，到时给他实况转播。"

"你老实说，你是为了帮朋友？还是为了自己看偶像？"

"嘿嘿，一半一半。"

心思被戳穿了，赵青婷吐吐舌头，又探头看对面，陈恕已经坐下了，服务生正在跟他说话。

赵青婷趁机跑到角落里坐下，又冲陈一霖挥挥手，陈一霖很无奈，只得跟了过去。

服务生过来上茶，看看他们，开口就介绍当日套餐，陈一霖目瞪口呆，正想拒绝，赵青婷抢先要了两份。

"吃什么不重要啦，我们的目的不就是为了近距离观察吗？"

"吃什么不重要，价格才重要。"

看了下套餐的价格，陈一霖感觉自己的心都在滴血，心想现在的小年轻啊真不知道赚钱的辛苦。

正感叹着，胳膊被拍了拍，赵青婷小声说："来了！来了！"

她拿起手机想拍照，被陈一霖一把按住，转头看去，一个穿白色连衣裙的女子走向陈恕，她纤瘦高挑，连衣裙恰到好处地突出了她窈窕的身材，扎着马尾，淡施粉黛，当看到她的脸后，陈一霖愣住了。

赵青婷也呆了，"咦？不是静静。"

来的女生不是庄静，而是一个意想不到的人——江茗。

陈一霖和赵青婷面面相觑，不过陈恕好像一早就知道，看到江茗到来，他起身帮忙拉开椅子，又叫来服务生点餐。

"怎么回事？"

陈一霖看赵青婷，赵青婷说："我怎么知道？"

她观察着对面的情况,打庄静的手机,一接通就问:"今晚你不是要和恕恕吃饭吗?"

"取消了,他刚打电话跟我说临时有工作插进来,要另约时间,啧!"

庄静听起来很不高兴,任谁被放鸽子,都不会高兴的,不用赵青婷多问,就噼里啪啦一大堆埋怨,连她追的晚报连载停止更新也成了埋怨的对象,说故事都快到结尾了,怎么能在这种地方断掉,问赵青婷能不能猜出谁是凶手。

赵青婷不敢说她这两天一直在追陈恕的电视剧,压根就没看连载小说,敷衍着说了几个配角的名字,又借口说有电话进来挂断了。

"我觉得恕恕有点渣,要是真有工作也罢了,明明是另外有约。"看着对面陈恕和江茗聊得挺开心的,赵青婷说,顺便给卢苇留言,简单说了情况,卢苇回了感谢的动图,说马上过去陪庄静。

赵青婷放下手机,又说:"不过静静也渣,卢苇对她特别贴心,她却常常和别的男人约会,还让我帮忙打掩护。唉,这种事我们当朋友的也不好多说……等等,那女生是谁啊?看着有点眼熟。"

"楚陵的姐姐,你们应该见过。"

一听江茗的名字,震惊之下,赵青婷捂住了嘴。

她见过江茗,不过不熟,而且江茗平时的穿衣风格也不是这样,她今天这打扮说是大学生也完全没有违和感。

"我头晕了,这是怎么回事?"

她问陈一霖,陈一霖也不知道,他唯一能想到的就是——陈恕是为了江茗拒绝了庄静的邀请,能让他临时改变计划,只有一个可能。

那就是有紫色的消息了。

陈一霖没猜错,陈恕是在出门前接到江茗的电话的,说紫色的事比较复杂,希望见面谈,他就同意了。

江茗来了后,直接调出同学群里的对话给他看,里面除了少数几个外,大部分的人名陈恕都对不上号,他看了大家交谈的内容,都说对油画里的小姑娘没印象，可能只是某个组员的随笔写生。

江茗又问他们记不记得组里有叫紫色的女孩，大胖说绝对没有，不过他们小组组名叫彩虹，所以组员都各自选了个颜色当昵称，紫色可能是组员的昵称，是谁他就不记得了。

其他组员也这样说，陈恕滑了好久才把对话滑到底，没看到有用的情报，他有点失望。

江茗观察他的表情，说："我约你出来，就是觉得比起我的转述，看大家的留言比较直观，抱歉，没有帮上你的忙。"

"不，不关你的事，是我自己想太多了，或许只是我的臆想吧。"

"我觉得不是，毕竟这幅画是存在的，只是模特可能不是我们小组的成员，所以大家才没印象。"

江茗说完，犹豫了一下，问："这个叫紫色的女生对你这么重要吗？"

陈恕微微皱眉，不知道该怎么说。

应该是重要的吧，否则为什么只是看到一幅画，这几天他的心情就一直莫名地烦躁不安？

可如果真那么重要，那为什么这十几年里，"紫色"这个名字从来没有出现在他的记忆中？

答案只有一个——他想找到的或许不是那个女孩，而是那段失去的记忆。

"我不知道……我只是觉得特别想见到她。"

他给了个模棱两可的答复，江茗说："我懂了，那我再问问其他同学，只要她是校友，就肯定有同学记得她。"

"不好意思，因为我的事让你特意跑一趟。"

"没事，我帮朋友照看画廊，工作本来就很轻松，大宝……就是我儿子，有我妈和保姆照顾。"

"你现在还画画吗？"

"早就不画了，很久之前我就发现自己不是那种会为了喜爱而付出一切的人。"

两人吃着晚餐，江茗给陈恕看画廊的照片，她聊完自己，又说起陈恕出演的影视剧和话剧，两人越说越投机，等吃完饭，已不像最初那么拘束了。

饭后，江茗要付账，陈恕抢先付了，江茗不好意思，说："那要不下次我回请你好了。"

"好，正好我也想去参观下画廊，不管怎么说给学姐们当过模特，也算是和艺术沾了个边。"

出了餐厅，陈恕提议送她回去，她说："不用了，我妈的司机会来接我，我去前面车位等就好了。"

"那我送你过去。"陈恕也不知道为什么道。

脱口而出，江茗有些诧异，随即就笑了，点点头同意了。

两人朝前走着，江茗问："你有女朋友吗？"

"有过，分了。"

"就是……那个嗑药意外过世的明星？"

陈恕点点头，江茗好奇地问："为什么会分手啊？"

她说完，觉得太唐突，忙说："我就这么一问，你别在意，也不用回答的。"

陈恕并没有在意，其实他也不太记得分手的原因了，因为凌冰脾气太差，每次都提分手，就自然而然分了，他没想到真分了手，凌冰又主动来找他，说有了他的孩子，想要复合。

真是好笑，他们那段时间都没在一起，她怎么可能有他的孩子？那女人连撒谎都撒得毫无诚意。不过不管那孩子是谁的，都是一条生命，所以当凌冰以接不到戏不得不打胎来威胁他时，他转了钱过去。

他不是善人，他只是经历过死亡，所以不希望孩子因为母亲的任性而离去。遗憾的是最后他还是没留得住那条小生命。

一直不见陈恕回答，江茗更不好意思了，连声说："抱歉，我不该问这么敏感的问题。"

陈恕回过神，不知什么时候两人都停下了脚步，夏风拂过，几缕发丝掠到了他脸上，痒痒的似有似无，仿佛有只小手在他的心头俏皮地挠动。

陈恕的心突然忽上忽下地跳起来，他注视着江茗，鬼使神差地撩起发丝，帮她别去了耳后。

江茗怔住了，呆呆地看着他不说话，陈恕和她四目相对，也不说话，周围很静，似乎连空气都变得甜甜的，黏在了一起不想分开。

最后还是江茗先回过神，看到自家的车驶进了车位，她随手一指，说："我的车来了，再见。"

她说完就慌慌张张往对面走，恰巧一辆车驶过来，车速很快，还好陈恕及时拽住她，把她拉回道边。

陈恕用力过猛，江茗整个人扑到了他身上，陈恕揽住她的腰扶住她，再转头看那辆车，轿车已伴随着司机的叫骂声跑远了。

"自己开那么快还敢骂人。"

陈恕气得皱起眉，江茗借着他的力量站稳了，说："可惜没看到车牌，没法投诉。"

"有没有崴到？"

"没有，幸好鞋跟不高。"江茗侥幸地说，看到陈恕的目光投来，她慌忙闪开眼神，低声说"谢谢"。

"不谢，只是本能。"

陈恕见她没事，松开了手。江茗低头捋捋头发，像是在掩饰尴尬，很快又抬起头，看着陈恕说："我明白你的心情，但其实以前的回忆再美好，也都已经过去了，就算找到了她，也不会是你记忆中的那个人了。"

"我知道，不过……"

陈恕的话半路断掉了，江茗忽然抓住他的领带，他还没反应过来，就嘴唇一热，江茗的吻落在了他的唇上。

陈恕怔住了，呆呆看着江茗后退，江茗冲他一笑，"或许你可以考虑下我，我的条件也不错的。"

"哈……"

"不过放心，我会努力帮你找到紫色，也许你看到了她，会觉得我更好呢。"

江茗冲陈恕调皮地眨眨眼，上车离开了。

陈恕站在道边看着车跑远，他伸手触摸唇角，还没从刚才的突发状况中缓过神来。

在不远处跟踪的两个人都怔住了，半晌，赵青婷用力拉陈一霖的衣服，问："你看到了吗？你看到了吗？"

"我都看到了，姑奶奶！我又不瞎！"

事实上从陈恕和江茗出来，他们就一直跟在后面，也看出了两人之间的暧昧气息，陈一霖还以为是自己太敏感，谁知迎面就是一记暴雷。

陈恕忽然转过头，赵青婷忙拉着陈一霖往旁边躲。

"快走，我们被发现了。"

"是你被发现了！"陈一霖没好气地说。

叫得那么大声，聋子都听到了，现在再躲也没意义，所以陈一霖反手把想要逃跑的赵青婷拉住了。

听到陈恕的脚步声在自己身后停住，赵青婷只好转过头，堆起讨好的笑。

还好陈恕什么都没问，说："如果庄静问你，你知道该怎么说。"

"知道知道，请放心。"

陈恕给陈一霖摆了下头，让他送赵青婷回去，赵青婷连连摆手。

"我要回学校，打车就好了。"

她走出两步，又转头问："恕恕你真的和江茗姐谈上了？"

陈恕不回答，只是盯着她看，赵青婷马上说："我懂了，我什么都没看到，什么都不知道。"

她说完掉头就跑，速度飞快，转眼就跑没影了。

陈恕叹了口气，"真是个惹事精。"

"还好，她挺聪明的，应该不会乱说话。"

两人上了车，陈一霖一问才知道江茗出现的原因，他埋怨道："你应该一开始就跟我说的，我要是知道，就不会让赵青婷跟着了，她还拍了几张你和江小姐的照片，被我截下了。"

"本来就是吃个饭而已，我怎么知道那位大小姐会过来。"

陈一霖把照片传给陈恕，陈恕看了一下，居然拍得还不错，只是江茗亲他的那张有点模糊，大概是赵青婷太震惊，手晃了。

不过路灯的橘黄光芒给画面增添了一层朦胧感，稍微的模糊反而别有味道，不知出于什么原因，陈恕把这张照片设成了桌面。

"看来是没问到紫色的消息。"陈一霖在前面开着车说。

陈恕抬头看他，他耸耸肩，"如果问到消息了，你还会和江小姐暧昧吗？"

"是不太顺利。"

陈恕简单说了情况，陈一霖安慰道："这事不急，反正你们已经十几年没见面了，也不差这一时半会儿的。"

陈恕点点头，深有同感。

"你最近撞桃花运了，身边几个大美女都对你有意思。"

"我的桃花运一直都不错。"

"真是旱的旱死涝的涝死，说起来江小姐条件真不错，又漂亮又有钱，还有个四岁就会弹钢琴的神童儿子，简直太完美了。"

陈一霖感叹完，不见陈恕说话，他透过后视镜看了看陈恕，问："你不会是来真的吧？"

陈恕不知道，回想刚才那个吻，似乎不讨厌，甚至觉得有点甜蜜。

他有过很多女朋友，但是记忆中甜蜜的感觉似乎从来没有过，不是那些人不够好，而是他找不到那种可以让自己怦然心动的感觉。

但是在江茗亲他的那一瞬间，他有了。

难道这就是所谓的爱情？

陈恕伸手摸摸心脏，自己也感到好笑，说："还是等把麻烦解决了再说吧。"

之后的几天都很平静，庄静打过几次电话约陈恕吃饭，都被他用种种借口回绝了，还提醒她可能还有危险，凡事要小心，被她骂了一顿后直接拉黑了。

赵青婷来找过他们，说楚陵终于恢复了自由，因为家里帮他走关系，在某个剧里跑龙套。陈恕随口问剧名，没想到居然是《杏花枝头》，楚陵扮演小厮，是一个特意加进去的角色，需要进剧组熟悉戏里的感觉。

陈恕都无语了，只能说楚家有钱，为了儿子达成梦想往里砸钱吧。

剧里属于陈恕的戏份差不多都完成了，他这两天专注话剧的排练，这才是他主要的工作，这天下午排练提前结束，在回去的路上，经过某条街道，陈恕突然想起江茗说的话。

她工作的画廊似乎就在这附近，陈恕让陈一霖开着车转了一圈，很快就找到了那家叫星月的画廊。

陈一霖停好车，抬头看去，画廊夹在几栋商业大楼当中，是独立的一栋房子，门口有个精致的青铜拱门，门上缠绕着青藤植物和一些叫不上名字的小花，带给人清清爽爽的感觉。

"看来你是对人家有想法啊。"他说。

"不，"陈恕一脸严肃，"我只是想找个人聊聊艺术。"

那晚过后，江茗没再联络他，像是在特意回避，这反而让陈恕很不自在，就像小猫在心口挠痒痒的感觉，一下一下地，说不上是在意还是喜欢，或是其他某种说不上来的情愫。

陈恕下了车，走进去，陈一霖远远跟在后面，既不打扰到他们约会又能保护陈恕的安全。

画廊不大，不过天花板颇高，不会给人狭窄的感觉，四面墙壁挂着不同风格的作品，陈恕看了下名字，他都不认识。

一名工作人员正和两位客人交谈，陈恕经过他们想上楼转转，噔噔噔脚步声传来，一个小孩子从上面跑下来，跑得太快，一头撞在了他腿上。

陈恕扶住他，孩子穿了件休闲衫，眼睛大大的，很可爱，肩上还背了个小背包。

"大宝！大宝！"

江茗从楼上跑下来，看到陈恕，她一愣，说："这么巧。"

"不巧，我是特意过来看画的。"

"不好意思，我今天比较忙，没法接待你……"江茗把孩子拉过去，叫："叫叔叔。"

"哥哥！"孩子叫完，对母亲说，"我们老师说了，好看的都叫哥哥，不好看的才叫叔叔。"

江茗被他说得不好意思了，陈恕也笑了，摸摸孩子的头，对她说："你儿子真聪明。"

一位年轻员工从二楼跑下来，轻声叫江茗，江茗犹豫了一下，问陈恕："你能帮我看下孩子吗？"

"啊？"

"有个客户指定让我接待，我本来是要下班的，"江茗看看表，"不会耽误你很长时间，最多半小时，可以吗？"

"我可以哒，我可以哒！"

陈恕还没开口，小孩先应下了，他只好笑笑。

"没问题。"

江茗又说了句"抱歉"就匆匆跟随员工上楼了，陈恕看看眼前这个小不点儿，又看向对面，陈一霖在对面都看到了，别开头忍俊不禁。

"聊聊艺术？哈！"

大宝人小鬼大，陈恕说带他去附近的咖啡屋，他拒绝了，指着道边的移动冷饮车说想吃冰淇淋。

陈一霖不远不近地跟着，看着这一大一小，正觉得有趣，冷不防后面有人跑过来，撞到了他，说了声"对不起"又继续朝前跑，那人穿着运动服，脖子上搭了条毛巾，上面印了澡堂的花纹。

有个打扮类似的人在前面等红灯，大热天的也在脖子上挂了条毛巾，两人好像认识，聊了起来。

这片儿喜欢跑步的人还真不少。

陈一霖感叹地想，又抬头看对面。

对面是个小公园，陈恕给大宝买了个小号冰淇淋，孩子拿着冰淇淋跑去公园长椅上，还拍拍椅子，示意陈恕也坐。

看他的样子应该经常来这里玩，陈恕坐去他身旁，一大一小一起吃冰淇淋。

这小孩很爱聊，吃着冰淇淋，小嘴叭叭叭地说个不停，不一会儿陈恕就知道了他爸爸从来不打电话给他，姥姥说爸爸不要他们了，是坏人，现在他和母亲一起住，偶尔会回姥姥家，姥姥和舅舅对他不错，不过他不喜欢舅舅的爸爸，因为他会很大声地骂人，还打人。

孩子说的应该是楚卫风，陈恕不太能想象以楚卫风的城府，会对继女的孩子恶言相向，问："他真打你了？"

"没有，是差点就打上了，还好我哭得快，他就没敢打。"小孩舔着冰淇淋扬扬自得地说。

陈恕觉得现在的小毛头简直没法教了。

"肯定是你做坏事了。"他故意说。

"才没有，我就是去书房玩，摸了摸书呀。"

楚卫风是个爱书之人，他肯定不希望小毛头乱动自己的藏书，一着急骂两句，谁知就被记恨上了。

陈恕感到有点好笑，突然听大宝问："哥哥，你是不是我妈妈的男朋友？"

陈恕一个没防备，被冰淇淋呛到了，急忙掏纸巾擦拭，孩子歪头看他，认真地说："你当我妈妈的男朋友吧，我妈妈有好多人追，可是长得都不如你好看，我不喜欢。"

"小朋友，你们老师没教你以貌取人是不对的吗？"

"教过，可我们老师对我就比对其他小朋友都好，因为我好看！"

孩子很自得地拍拍胸脯，陈恕被他逗笑了，两人吃完冰淇淋，他给孩子擦了手，看看时间差不多了，带他回画廊。

孩子牵着他的手，路上又开始叭叭叭地说个不停，告诉他妈妈喜欢什么，让他下次过来时记得买。

陈恕哭笑不得，随口应和着，走到公园的卵石小路上，有个女人和他们擦肩而过。

陈恕没留意，对方却在他身后停下脚步，说："好久不见。"

陈恕诧然回头，那是个中年妇女，体形偏肥胖，大半头发都白了，随便扎在脑后，她化了妆，却很蹩脚，粉太厚了，导致皱纹特别明显。

陈恕不认识她，女人看到他的反应，咯咯笑了，笑容带着揶揄的色彩，看看陈恕，眼神又扫过大宝，感叹道："这么多年不见，没想到你成了大明星，这是你儿子吧？"

非常独特的笑声，陈恕心一跳，突然想到她是谁了。

他重新打量女人，她竟然老成这样了，让人好奇这些年她都经历了什么。

大宝也仰头看她，突然问："你是谁呀，你认识我爸爸吗？"

这什么孩子啊，这时候还添乱。

陈恕一把捂住小孩的嘴巴，有点理解楚卫风想打他的心情了。

女人看在眼里，又咯咯笑起来，弯腰对大宝说："我和你爸爸是亲戚啊，关系特别好的那种。"

陈恕没理她，拉着大宝就走，女人也不在意，说："你还是跟以前一样没礼貌，再怎么说我也是你亲姑姑，你连叫一声都不会吗？"

"我跟你没关系。"

"我知道，你发达了，不想跟穷亲戚来往，不过可惜，血缘这种事不是你说没关系就没关系的。"

陈恕没理会她的嘲讽，继续往前走，女人突然说："我知道是你干的！"

陈恕的脚步微微一顿，女人追上来，瞥瞥孩子，说："在小孩面前说这些不太好，不过我手上有证据可以证明你就是凶手。"

"别在这儿胡说八道。"

陈恕说完要走，女人上前拦住，靠近他，压低声音说："我知道你不想再见到我，说实话我也不想见你，不过我老公住院了，我儿子要留学，都需要钱。我要的不多，一百万，我就把证据还你，你好好想想，你随便演个剧就上千万了，一百万算什么？"

"我什么都没做，你别想诬陷我。"

"做没做你自己心里清楚。"

女人恶狠狠地瞪他，眼神中充满了恶毒和贪婪，陈恕打了个寒战，时隔多年他对这眼神依旧记忆犹新，一时间竟无法反驳。

一张纸条塞进了他手里，女人说："二十四小时内我要见到钱，钱到账，我就把东西给你，到时还在这个公园见。"

她转身走了，陈恕展开纸条，上面写了银行账户资料，他哼了一声，想把纸丢进垃圾箱，犹豫了一下就收回来。

孩子仰头看他，问："是什么呀？"

"没事，恶作剧。"

"不喜欢恶作剧，不喜欢她。"

孩子的直觉都是很准的，陈恕也不喜欢那女人，他还以为他们不会再有交集，没想到她会突然出现在自己眼前。

仿佛是一种不祥的预兆。

第六章
讹诈者

"应该就是这里。"

车在道边停下,林枫探出头看去。

这一大片都是城中村,这里还好,再往里走路就变得很窄,车进不去。

今天天气不错,几乎每家都把衣服晾了出来,不知谁家开了窗户放音乐,整条街的住户都在免费听歌。

"你们先过去吧,我找个地方停车。"小姨说。林枫跳下车,又打开车后座车门,萧萧下来,手里还提了个大塑料袋。

"我来我来。"

林枫把袋子接过去,里面放着桃子和车厘子,是小姨来时路上买的,说他们来找朋友玩,不能空着手。

林枫拿着水果,萧萧看小石头画给他们的路线图,两人一边看图一边往里走,很快就看到了图上标的那家咖啡屋。

咖啡屋在道路拐角,装饰得有点俗气,它对面都是些平房,房屋之间拉了绳子,晾衣服的晒被子的都有,几个孩子在院子里玩,林枫一眼就看到了小石头。

小石头蹲在地上择菜,他面前的盆里放了一大捆青菜,有个小孩调皮,往他身上淋水,他也不在意,直到有人冲到他面前叫他小哑巴,他才抬头瞪过去。

欺负他的是个少年,个头比林枫都高,长得也壮实,被瞪眼,他上前拿起一捆菜就朝着小石头脸上身上一通拍。

"瞪啊瞪啊,看,他都变斜眼了,哑巴加斜眼,哈哈……"

他指着小石头冲其他孩子说,大家都咯咯笑起来,小石头矮他太多,不得不伸手捂头往后躲。

大家笑得更响亮了，少年没玩够，追着他继续拍，小石头的弟弟也在，不仅不帮他，还和其他小孩一起冲他伸腿使绊儿。

林枫看不下去了，把水果往萧萧手上一塞就冲了过去，萧萧叫都叫不住，急得直跺脚。

林枫过去把少年推开了，小石头看到他，眼睛立刻亮了，急忙冲他打手语，可惜林枫的手语是个半吊子，小石头打得又快，他几乎没看懂，指指萧萧，示意小石头去萧萧那儿，他对少年说："喜欢打架是吧，冲我来。"

"你有病啊！"

这种半大孩子都欺软怕硬，虽然林枫比他矮比他瘦，可看到林枫撸起袖子真要干架，少年就怕了，色厉内荏地吼。

话音刚落，啪嗒一声，一片大白菜叶便拍在了他脸上，顺便还溅了他一脸水珠。

几个孩子看得哈哈大笑，少年气坏了，抹了把脸，举起青菜就要回击，就在这时，对面门开了，小石头的母亲走出来。

林枫立刻指着少年，对她说："阿姨，他拿你家的菜玩，你看都弄烂了。"

女人看到林枫，先是一愣，接着看到少年手里的菜，她火了，冲少年叫："这有什么好玩的，你都多大了，你妈呢，把你妈叫来！"

"阿姨，不是我……"

少年想辩解，奈何菜就握在他手里，他只好老老实实把菜放回去，回家时用手指指小石头，小声说："小哑巴你等着。"

小石头怕他，躲到了林枫身后，小石头的弟弟觉得好玩，拿起那捆菜往小石头身上拍，被女人揪着衣领拽开了，让他别胡闹。

"你怎么过来了？"

女人看看林枫，就差把"讨厌"二字写在脸上了，林枫也不喜欢这女人，自从上次看到她对小石头动手，他就觉得她精神不正常。

"阿姨，我们来附近玩，听说小石头住这里，就过来看看他。"

萧萧及时走过来，把装水果的袋子递给女人，女人不认识她，不过看到一大袋子水果，表情明显变好了，说："你们还是孩子，买什么东西啊。"

"没关系没关系，是我小姨买给我的，"趁着女人心情还不错，林枫问，"我们可以和小石头玩一会儿吗？不走远，就在这附近玩。"

"啧，他沟通又不方便，有什么好玩的。"

女人不太愿意，小石头忙跑到她面前打手语，又指指对面的咖啡屋，表情迫切。

女人终于让步了，摆摆手说："去吧去吧，记得乖一点。"

小石头很开心，用力点头，拉着林枫和萧萧往对面跑，女人一推小儿子，让他也跟着一起去，孩子不愿意，说："我不要跟哑巴玩，大家都笑话我。"

林枫怕小石头听到，他故意大声咳嗽，萧萧也加快脚步，说："我给小姨打电话，让她来咖啡屋。"

小石头好像常来咖啡屋，进去后很熟练地掏出纸笔，跑去柜台前跟正在看电视的老板打招呼，林枫跟过去，就见他在本子上画了个卷发女人。

林枫看看老板，觉得小石头画得还挺像的，他还在下面写她又瘦了，更好看了，老板乐得合不拢嘴，要了他画的画，又问他们吃什么。

林枫看到了旁边桌子上的菜单，这里比起咖啡屋，倒更像是普通的小饭店，家常饭都有。他正好饿了，点了三个蛋炒饭，又要了个汤，要点饮料时，老板摆摆手说她请。

小石头拉他们俩去了靠窗的座位，坐下后刚好可以看到自己家，阳光下就见女人在哄小儿子，洗了车厘子给他吃，小孩子指指桃子，女人又开始洗桃子。

看到这里，小石头抿抿嘴，林枫感觉到他的在意，他扯开话题，说："我小姨一会儿也过来，你别怕，她就是嗓门大，其实人可好了。"

小石头的注意力被他拉了回来，听了他的话，吐吐舌头，萧萧也笑着说："其实我也有点怕小姨。"

林枫摸摸后脑勺，很不好意思。

导致小姨给他的朋友留下这样的印象，归根结底问题出在他身上。

上次三个人跑去医院附近的山上玩，可谓是尽兴而归，不过小石头很快就出院了，再接着林枫听说了萧萧马上要出国的消息，想到她这一走可能好久都见不着，便找借口约她出来，他怕单独约太显眼，便又叫上了小石头。

还好小石头有林枫的手机，要联系很方便，三人约了在林枫家碰头，聊天的时候说到了爬山，林枫看萧萧兴致很高，就主动提出再去山上玩。

这次他们去的是郊外山上，林枫从小跟随祖父上山采草药，爬山对他来说驾轻就熟，于是三个人稍作准备，就坐公交车跑去了山上。

这一玩就玩到了傍晚，被小姨发现了，把他们三人训斥了一顿，说三个孩子上山乱跑太危险了，尤其是林枫，要不是还有两个小伙伴在身边，他估计自己后脑勺一定会挨几巴掌。

不过小姨骂归骂，回头还是请他们吃了饭，说下次要是想上山就叫上自己，有大人跟着比较安全。

这就是林枫最喜欢小姨的地方，不会因为疼他就溺爱，也不会因为担心他就限制他的自由。

"这些送给你，上次在山上你说喜欢看这类书，正好我有收藏。"

萧萧从包里掏出几本生物学方面的书递给小石头，小石头一脸惊喜，冲她打手语道谢，又说会尽快归还，萧萧摆摆手说："不用还了，我马上就要出国了，这么多书带不走，本来也是要处理掉的。"

小石头一愣，又看看林枫，林枫解释说："萧萧姐的爸爸在国外，让她过去。"

小石头低下头，看起来样子很难过，林枫安慰道："没事，萧萧姐寒暑假会回来的，再说还有我呢，我会经常过来找你玩的，不让那些人欺负你。"

萧萧也直点头表示自己会常回来，小石头这才笑了，三个人聊着天，老板把蛋炒饭送过来，又说饮料有续杯，他们想喝再跟自己说。

等她走了，林枫小声问："老板阿姨对你真好，你是不是常过来啊？"

——嗯，忙的时候我来帮阿姨收拾卫生，还帮她照顾小孩，她从来不嘲笑我，阿姨是好人。

小石头很认真地打手语，眼眸亮晶晶的，像是对自己可以帮到别人很开心，林枫心里很不是滋味，说："你这么懂事，所以大家才对你好的，那些欺负人的家伙不要理他们。"

小石头用力点头，林枫的手机响了，是小姨的电话，他还以为小姨没找到咖啡屋在哪里，谁知小姨说朋友找她，要跟她咨询药物方面的问题，她先过去，让他们自己坐公车回家。

林枫说了小姨的情况，看萧萧和小石头都一脸失望，他故意说："我小姨不来，就没人骂你们了。"

——我不怕的，我知道小姨是为了我们好。

小石头打手语，林枫压低声音说："不过小姨不在，我们说话更方便，那个人有没有再欺负你？要是有，你一定要记得录音啊。"

他说的"那个人"就是小石头的继父，小石头明白，摇摇头，说最近继父都跑长途运输，不怎么在家。

没抓到证据，林枫有点遗憾，但又觉得如果继父做贼心虚，从此不再动手，那也算是个好结果。

他安慰小石头不要怕，如果发现有问题，随时打他的电话。

正聊着，一个四十出头的女人从外面进来，跟老板打招呼。

她手里拿了个篮子，说是老公上山采了不少野菜，自家吃不了，就周围邻居都分一分。

她嗓门很大，林枫看过去，感觉老板并不想要，婉言拒绝了几次，女人却硬是把菜篮放在了柜台上，说："咱们姐妹，你还跟我客气什么，山上的菜可鲜了，还有这蘑菇，你看多大只啊，你要是觉得不好意思，下次我来你这儿吃饭，你给算便宜点就行了。"

"那哪成啊，你这大胃口还要再算便宜点，那还不把我家店吃关门啊。"

老板像在开玩笑,却怎么听怎么像是大实话,林枫看到小石头低头笑,就想大概那女人常用这种方式讨便宜,所以老板才会那样说。

女人大嗓门像是喇叭广播,叭叭叭播完了转身就走,在街对面又和小石头的母亲打招呼,用同样的方式换了桃子和车厘子,兴高采烈地回家了。

——她是张哥哥的妈妈,张哥哥就是你刚才拿白菜叶拍的那个。

小石头看林枫一直看外面,便打手语跟他解释,又说女人的老公很喜欢采野菜和打鱼,家里人吃不了,就到处跟邻居换东西,大家都习惯了。

女人走后,又陆陆续续有客人登门,都是熟客,老板忙着招呼客人,跟小石头说要是想喝饮料,就自己去柜台倒。

不过三个孩子也没坐多久,因为小石头说还要帮母亲做事,在外面待的时间太长,以后母亲就会限制他出门了。

三人在咖啡屋门口分了手,回去的路上,林枫找了个去图书馆的借口和萧萧坐同一班车。

车上没座位,两人站在靠车门的地方,每次随着车身的晃动,林枫都能闻到萧萧发丝的香气。他紧张得喉咙都干了,张张嘴想再跟她约见面,又想到刚才她说还有很多东西要收拾,又怕打扰到她,纠结了一路,邀请的话始终没说出口。

快到站了,旁边才有座位空出来,林枫让萧萧坐,自己站在她身旁。

萧萧从包里拿手机,看到包里的一个信封,她"呀"地叫起来。

"怎么了?"

"这是上次我们照的照片,我本来洗了想给你们,刚才聊得太开心,给忘了。"

萧萧把信封递给林枫,说:"最近我可能没时间出来玩了,你帮我转给小石头。"

林枫接过来,车到站了,萧萧朝他摆摆手,下了车。

林枫站在车上,看着她窈窕的身影朝公寓走去,公交车重新启动,他听到对面两个乘客聊起案件,其中一个指着公寓说:"就是那栋楼出了人命案,尸体被分了七八块,可吓人了。"

"我也听说了,好像凶手还没抓到,妈呀,楼里的其他人家可真倒霉,进进出出的都有心理阴影了。"

周围的人被她们的对话吸引了,了解情况的也加入了聊天,七嘴八舌的发言不断传入林枫的耳朵,刺激着他的记忆,想起那晚倒在血泊里的躯体,他突然有些作呕。

没多久头部开始一钻一钻地痛,两耳嗡嗡作响,话声变得遥远,只觉得心跳得飞快,像是喘不过气来。他解开衬衣最上面的扣子,大口呼吸,又快步走到车门前方,握住旁边的栏杆,等到了下一站,车刚停下,他就冲下了车。

车站人不多,迎着吹来的凉风,林枫感觉好一点了,又几次深呼吸,缺氧感和耳鸣的症状才慢慢减退,取而代之的是周围车辆和行人的喧闹声。

终于回归正常了,林枫松了口气,走去斜对面的车站。

铃声传来,恍惚中他才注意到是自己的手机,是小姨打来的。

不得不说小姨细心,他只说了个"喂"字,小姨就觉察到了他的不适,问:"你嗓子怎么了?"

"喝饮料不小心呛到了。"林枫含糊道,还好小姨没怀疑,便说:"这孩子,总是冒冒失失的,也不知道像谁,你们还在小石头家吗?"

"已经离开了,怎么了?"

"刚才我看到公交车上有个小孩挺像他的,还以为你们又偷摸着去爬山了。"

"小石头说要回去帮他妈妈做事,我就和萧萧姐先走了,"林枫说完,又开玩笑说,"小姨你该对你的外甥多一点信任,我都下保证说不偷偷上山了。"

"行了行了,大概是我看花眼了。"

"那你有没有拍照?"

"就等红灯时随便扫了一眼,哪有时间拍照。"

电话挂断了,刚好林枫等的车也到了,他上了车,找个位子坐下，这才有时间看萧萧给他的信封。

里面有两张相同的照片，是三个人在牵牛花前的合照，林枫把其中一张另外放好，看看时间还很充裕，他返回了小石头的家。

孩子们不知道跑哪儿玩去了，门口安静了很多，林枫走到小石头家门前，他敲了门，过了好半天小石头的母亲才出来，看到是他，露出不耐烦的表情，像是在说——怎么又是你？

"阿姨，我有事想找下小石头。"

女人皱皱眉，小弟从她身后探出头，冲林枫撇撇嘴。

"小哑巴不在。"

"可是他跟我说……"

"你有什么事？"

女人打断他，问，林枫怕惹她不高兴，回头又拿小石头撒气，便将装照片的信封递给她，说："这是我们的合照，我刚才忘了给他。"

话刚说完就手上一空，女人把照片夺了过去，说了句"转给他"就咣当一声把门关上了。

林枫站在外面，看着光秃秃的门板，心里很不好受。

虽然他家也有不少奇葩亲戚，但他一直被父母和小姨疼爱，想到小石头的继父想害他，他妈妈又这么不靠谱，更觉得他可怜，往回走的路上给小石头发短信，他先敲了一些询问和安慰的话，又觉得不合适，最后全都删掉了，只说了送照片的事。

过了好久，小石头的回信传来，是用符号拼成的笑脸。

看到笑脸，林枫放了心，又拿出他们的合照。

照片里阳光正好，三个人笑容灿烂，连带着身后的牵牛花也变得绚烂起来，一簇簇繁花开满一隅，是那种漂亮到耀眼的紫色。

陈恕把大宝送回画廊，江茗的客户已经离开了，她对陈恕帮忙照顾儿子感到歉意，连声道谢，又说请他吃饭当做补偿，陈恕想回绝，孩子先开了口。

"好啊好啊，一起吃饭，我想让哥哥当我的爸爸。"

江茗猝不及防，脸顿时涨红了，低声训斥儿子，陈恕也有点尴尬，只有小孩子毫不在意，抓住陈恕的手就是不放。

陈一霖站在附近看到这一幕，差点笑出声，恰巧常青留言问情况，他回道——目标一切正常，就是莫名其妙多了个儿子。

最后在孩子的坚持下，晚饭是三个人一起吃的。

陈恕发现这小孩太会打小报告了，江茗很快就知道了他遇到了亲戚，亲戚还把大宝当成了他儿子。江茗听得直笑，陈恕也只能尴尬地笑，解释道："是多年没联络的亲戚，就搞错了。"

幸好江茗没多问，像上次一样聊了些画廊的趣事，听说陈恕在排练话剧，她很感兴趣，说等上演了，她一定带儿子去看。

等吃完饭，孩子已经靠在儿童座椅上睡着了，看着还挺可爱的。

这种小恶魔也只有在睡梦中才显得可爱。

陈恕感叹地想，把大宝背到了江茗的车上，江茗很不好意思，说："今天麻烦了你这么多，这孩子记事时我和他父亲就分开了，他大概是寂寞吧，才会那样说，你别在意。"

"不会的，他挺可爱的，有时间我再带他玩。"

陈恕关上车门，看着江茗的车跑远，脚步声传来，陈一霖出现了，看着车屁股，说："以后你来找江小姐有好借口了。"

"那只是个意外。"

"不不不，那个突然冒出来的女人才叫意外，她是谁啊？"

其实在女人偷偷跟踪陈恕时，陈一霖就发现她了，不过想知道她的目的，就没惊动她，没想到她居然主动和陈恕搭讪。

距离太远，陈一霖听不到他们说了什么，只看到陈恕表情阴暗，对女人的出现充满了抗拒。

他试探着问，陈恕摇摇头。

"一个很久没联络的亲戚，说儿子要出国想要钱。"

"你答应了？"

"怎么可能？"

陈恕心想她要是好好说，自己说不定会考虑，可是她想来威胁这套，那他是一定不会妥协的，因为这种要挟有了一次，绝对还有第二次第三次,他太了解这类人的做派了。

见陈恕不想多说,陈一霖也没再问,他们都没料到没过两天,那女人又出现在他们面前,并且就在哈斯娱乐公司的大厅。

陈恕是哈斯娱乐公司的签约艺人,他平时都不进公司,今天是刘叔刚拿到一个新通告,想问他有没有兴趣接,他就过来了。

这个综艺节目叫《你是谁?》,内容是大家一起找凶手的悬疑主线,很符合当下的流行风。

不过这个综艺主要是为了扶植新人,所以大部分都是新面孔,再在当中加几个脸熟的老人,其作用是充当绿叶来衬托新人,定位比较尴尬,又是去小渔岛上拍外景,可能生活上也不是很舒适,而且播放的网络平台也不够大,所以有点人气的艺人都不想接。

陈恕也不太想接,他倒是不在意自己的人气,而是最近突发事件太多,以他的精神状况不太适合接出外景的综艺。看看综艺节目的档期还不急,最后陈恕决定先考虑一下再说。

陈恕和刘叔讲完工作离开,刚走到大厅就被那女人堵住了,女人手里拿了个保温杯,冲过来就往陈恕脸上泼,要不是陈一霖挡得快,红红的液体就全泼他脸上了。

女人一看没泼到陈恕,又扑上来想抓他,被陈一霖护住,旁边还有个年轻男人举着手机拍,保安及时赶了过来,控制住女人,她没法靠近,便大叫道:"杀人了!杀人了!"

她举止疯狂,保安怕她真有病,也不敢过于用力,有人提议报警,女人马上说:"报警啊!你不怕你就报警啊!"

陈恕制止了保安报警,走过去问她。

"你到底想干什么?"

"我想要什么上次都跟你说了,我有的是时间,你不想身败名裂就跟我耗吧!"

陈恕被她气笑了,"我头一次看到有人搞讹诈搞得这么猖狂。"

"这不是讹诈,是通知。"

女人看看周围,大厅里人越聚越多,她也不想把事情闹大,停止了挣扎,陈恕示意保安松手,女人对他说:"我没跟你开玩笑,我有证据的,你要是不信,可以去我家看,你好好考虑一下吧。"

她冲拍摄的男人摆摆手,两人离开了,陈恕对围观的人说只是私事,让大家都散了,一转头,居然看到了赵青婷,她好像吓到了,捂着嘴巴呆呆地站在那儿。

陈一霖站在赵青婷旁边,刚才他为了护着陈恕,被泼了个正着,红色液体顺着发丝滴滴答答地往下落,像是受了伤,半边脸都被血染红了。乍看到他这模样,陈恕一阵心慌,额上冒出了虚汗,连赵青婷怎么会在这里都没力气发问。

陈一霖误会了他的反应,说:"没事,只是红墨水。"

保洁阿姨跑过来清理地板,陈一霖往洗手间跑,陈恕跑得比他还快,冲进洗手间,对着盥洗台就是一阵干呕。

陈一霖跟在后面,等他把头发和脸洗干净,陈恕还在旁边捂着嘴,因为难受,眼睛都红了。

"我说……"陈一霖抽出纸巾擦着脸,问,"你是怀孕了吗?"

陈恕正难受着,听了这话,他没好气地把刚掏出来准备擦脸的手绢拍了过去。

陈一霖捡了个漏,擦完脸又接着擦头发,陈恕双手按在台子上盯着镜子不动,镜子里的人像是刚大病了一场,脸色异样的白。

他承认自己被陈一霖那张满是血的脸吓到了,一瞬间,陈一霖的脸和某个人的脸重叠到了一起,似乎是凌冰的,似乎又不是,头晕沉沉的,想努力回想起来,却被突如其来的疼痛刺激到了,他呻吟着发出声。

看到他的反应,陈一霖收起了嬉笑,问:"是不是撞车后遗症?"

"可能吧,伤口有点疼。"

陈恕用力按太阳穴,还好刺痛很快就过去了,他抬起头,问:"你没事吧?"

"我没事,现在有事的好像是你。"

陈一霖用完手绢,想还给陈恕,看了下手绢一角上的名牌LOGO,他叠了叠,塞进自己的口袋当没这回事。

"刚才谢谢你。"

身旁传来陈恕的声音，陈一霖说："我是你的保镖，这本来就是我的工作，幸好不是红油漆，否则我就要剃光头了。"

陈一霖本来想问那女人的情况，听到外面有响声，他停止发问走出去。赵青婷站在外面探头探脑，看到他，"啊"的一声，一脸心虚。

"小姐你很闲吗，怎么到哪儿都能遇到你。"

"我没跟踪你们啊，真的是碰巧。静静的经纪人带她来谈个什么通告，她的腿还不太方便，我就陪她一起来了，他们谈事，我一个人瞎溜达，刚好就看到了……"

陈恕走出来，赵青婷瞅瞅陈恕的脸色，叹道："这些追星族真可怕，都堵到门口了。"

见她误会了，陈恕也没多说，问："你没拍照吧？"

"没有，我还没反应过来就结束了。"

"这事别对庄静说，就当不知道。"

"好的好的，上次你放她鸽子的事她还气着呢，要是跟她讲了，她一定会说活……"

赵青婷临时把"活该"两个字咽了回去，她的手机响了，紧跟着陈恕的手机也响了，是刘叔的电话。

刘叔什么都没问，只说让陈恕别担心，他自己会处理好，不让对方录的视频在网上散播。

等陈恕接完电话，赵青婷已经走了，陈一霖告诉他是庄静的电话，估计是工作谈完了，叫她离开。

两人坐上车，陈恕一言不发，陈一霖安慰道："你别担心，有刘叔呢。"

陈恕摇摇头，他太了解那女人了，一旦被她盯住，没尝到甜头，她绝不会轻易罢手。

"她叫林晓燕，从辈分上来论，我该叫她姑姑。"

没想到陈恕会主动提起，陈一霖一愣，透过后视镜看过去。

陈恕摆弄着手机，说："她年轻时就因为骗钱被拘留过，她说的话没一句是真的，她哥哥、就是我该叫叔叔的人和她是一丘之貉，坑蒙拐骗什么都做，后来被人杀了，凶手畏罪潜逃。她不知从哪里打听到了我，跑来跟我说是我杀的人，她还有我杀人的证据，真是好笑，那男人被杀的时候我出车祸了，在床上昏睡了一个多月，怎么杀人？"

"她没说是什么证据？"

"她没说，我也没问，她肯定是为了弄钱随口说的，赌我怕丑闻曝光，一定会任她予取予求，呵呵，我不会如她所愿的。"

说到这里，陈恕转动手机的手停住了，眼中射出冷光，陈一霖看到了，不是错觉，他在陈恕的眼神中读解到了杀意。

如果陈恕有精神分裂的话，他相信分裂出来的人格会毫不犹豫干掉林晓燕。

"你打算怎么做？"他不动声色地问。

陈恕掏出楚卫风的名片打了过去。

"这么好的机会，本来不想马上就用到的，唉，没办法。"

楚卫风的手机很快就接通了，他开门见山说："你一直没来联络，我还以为你要另外找途径解决。"声音不怒不喜，陈恕猜不出他的想法，便说："抱歉，我遇到点麻烦。楚先生应该也听说了，你儿子和几个朋友遭遇的意外与我没关系。"

这句话把楚卫风逗笑了。

"我一开始就没信那个说法，那么做对你又没好处，不过是不是意外很难说，毕竟都凑在了一起。"

"你是不是查出了什么？"

"什么都没有，"楚卫风的声音听起来很不甘心，"所以只能把它当成是意外。"

陈恕相信关系到儿子的生命安全，楚卫风一定查得很细，既然他什么都没查到，那一切可能真的只是凑巧。

他把话题拉回来，说："有关你之前的提议，我考虑过了，最近我遇到个不大但也不算小的麻烦，估计近期我会被黑几波，只要你帮忙压下去，车祸那事就一笔勾销。"

陈恕简单说了被林晓燕威胁的事，楚卫风听完笑了。

"这也算是个事儿吗,我知道了,我会让人安排的,顺便再帮你弄几个热搜……"

"不用,"陈恕打断他,"我现在就挺好,闹腾得太大,就没自由了。"

"你这人可真奇怪,别人都巴不得上热搜,你倒好……你是老刘带的吧,真不知道他是怎么想的,任由你折腾。"

电话就在楚卫风满是不可思议的话声中挂断了。

陈恕没猜错,接下来的几天微博上冒出了不少影射攻击他的帖子,还提到了他的家庭以及凶杀案,不过这些帖子很快就被压下去了,连个水花都没打出来,刚好宋嫣的新剧要上了,微博上铺天盖地都是新剧宣传和她的新恋情的爆料,像陈恕这种十八线小明星的新闻根本没人理睬。

倒是赵青婷发现了那些短命帖,给陈一霖微信上留言,让他转告陈恕别担心。陈一霖看了留言,再看看在对面专心逗小猫的当事人,想说赵青婷想多了,陈恕这两天忙得要死,比起网上那些黑人的帖子,他更头痛怎么去应付庄静。

庄静大概是接到了满意的通告,心情很好,把陈恕又从黑名单里提了回来,约他周末聚餐。陈恕原本想回绝,听她说地点在卢苇的工作室,除了赵青婷和楚陵外,还有一些平时玩得来的朋友,他便改了念头。

虽然和庄静接触不多,但他看得出来依照庄静的个性,如果自己不答应一次,她会锲而不舍地来邀请,这种女生最在乎面子了,她要的也不是真的交往,她只是不能接受被异性拒绝的这个事实。只要一旦成功,她就会失去兴趣,一脚踹开,就像卢苇,陈恕觉得他离被踹已经不远了。所以陈恕考虑过后答应了,反正只是吃顿饭而已,而且车祸四人组里他见到了三个,他也好奇想见见楚陵这个人。

就这样,周末陈恕把小猫留在家里看门,由陈一霖开车去卢苇的工作室。

路上，陈恕的手机响了，是陈冬的来电。

手机一接通，陈冬就问他最近是不是得罪了一个叫林晓燕的人，他有个同行被林晓燕拜托调查陈恕，碰巧让他知道了，怕陈恕吃亏，就提醒他一下。

对于林晓燕的做法，陈恕一点都不惊讶，那本来就是个贪婪又小心眼的女人，之前两次自己没给她好脸色，她一定不甘心。

"没事，就是以前有点矛盾，谢了。"

他糊弄过去了，挂断电话，陈一霖开着车，说："直觉告诉我，不是什么好消息。"

"嗯，陈冬说林晓燕请了侦探要挖我的底，看来她不弄到钱誓不罢休。"

陈一霖听完，沉默了一下，说："我去找找关系，让她别再纠缠你。"

卢苇的工作室到了。

这是一栋白色的三层住宅，偏离繁华区，环境静谧，一楼是普通住家，二三楼是工作室，楼栋正面墙壁是玻璃装潢，夜幕下远远就看到了透出来的橘黄色的灯光。

陈一霖把车停下，庄静和赵青婷听到声音，跑出来迎接，两个女生都打扮得很漂亮，尤其是庄静，做了美甲，穿着低胸短裙，头发卷成大波浪，陈一霖作为"直男"，不太能看出她的妆容和平时有什么不同，但感觉得到她今晚更加艳光四射。

他打开另一边的车门，等陈恕下了车，他关门时，车窗传来响声，雨点啪嗒啪嗒落了下来。

"这鬼天气，每天都下雨。"

庄静嘟囔完，马上堆起笑脸面向陈恕，陈恕穿了一套铁红色西装，让她眼前一亮，上前亲热地挽住他的胳膊，说："大家都到了，跟我来。"

赵青婷还趴在车窗上往里看，陈一霖问："你在看什么？"

"杠杠啊，你们没带它来？"

"本来想带的，就怕它太野，到个新地方就跑没影了。"

陈一霖其实想说陈恕原本连他都不想带的，说楚卫风刚帮了他的忙，他只是去吃个饭，又不是鸿门宴，没必要带助理，被陈一霖一口否决了。

是不是鸿门宴暂且不谈，几个都遇到过意外的人凑到一起，天知道会不会发生更大的意外，所以为了杜绝这个可能的发生，陈一霖就充当司机跟过来了。

两名男士在工作室门口恭候，卢苇陈恕之前见过了，另一个比卢苇稍高的就是楚陵。

楚陵五官清秀，身材也不错，穿了套休闲衫，往那儿一站确实很吸引眼球，唯一不足的是他的气质有点浮夸，上台很难镇住场面。

卢苇像是忘了之前发生的不快，笑容可掬，主动跟陈恕打招呼。陈恕回了礼，又向楚陵伸出手，楚陵双手插在口袋没动，不咸不淡地说："大明星就是不一样，大家都到齐了，就等着你们了。"

"没事没事，都是朋友聚会，这边请。"

卢苇带他们进了客厅，客厅很大，十几个人在里面也完全不显拥挤，晚餐采取自助方式，两张长桌拼放在当中，摆满了餐点饮料，方便大家选用。

陈恕扫了一圈，客人们都很年轻，并且相貌出众，从衣着和首饰来看出身也都不错。

卢苇向大家介绍了陈恕和陈一霖，楚陵特意在旁边指着陈恕说他是大明星。看着大家纷纷上网搜寻，然后脸上露出遗憾的表情，楚陵的心情顿时好了很多。

陈一霖冷眼旁观，感觉楚陵把陈恕当成是假想敌了，就是这做法太幼稚，所以赵青婷都看不过去了，故意拉着陈恕去餐桌前，说："来吃东西吧，别理他。"

楚陵不甘被无视，看着赵青婷帮陈恕选餐，他又凑了过去，拿着餐盘随便夹着菜，故意说："只是普通聚会，穿得这么隆重是为了装帅吗？"

"我觉得接受女士邀请，穿得郑重是表示对对方的尊重。"

"还带保镖来呢，出一次车祸就这么怕死，啧啧。"

"不出车祸我也很怕死的，毕竟我和某人不一样，我这么优秀。"

"优秀到只能在十八线上混吗？"

陈恕本来看在楚卫风的面子上，不想跟个没脑子的富二代计较，奈何楚陵盯上他了，硬是主动往枪口上撞。

他选好餐，抬头看看一脸挑衅的家伙，微笑着说："我带保镖主要是为了以防万一，比如遇到了嘴贱的，直接动手就行了。"

楚陵的脸涨红了，看看陈一霖，陈一霖配合着做出按动手指关节和转动脖颈的动作，就差在脸上写"我很能打"四个字了。

陈恕拿着餐盘经过楚陵身边，说："你如果学过功夫，可以和他对打看看，他是个很优秀的陪练对象。"

楚陵不说话了，庄静跑过来凑热闹，对他说："你不是学过几年散打吗？打打看，看谁更厉害。"

"你喝多了，怎么能在朋友家打架。"楚陵敷衍道，正好对面有人叫他，他便趁机溜掉了，庄静对陈恕笑道："别怕，他就是个花架子，嘴上说说而已。"

她还想拉着陈恕再聊，卢苇举杯向参加宴会的朋友道谢，又让她致辞，她只好拿着酒杯去了前台，陈恕就着她说的那些场面话把盘子里的菜都吃掉了。

庄静今晚心情很好，朋友们的敬酒她来者不拒，不多一会儿就有了醉意，又主动来找陈恕聊天，一个不小心把酒泼到了他身上，赵青婷赶紧跑过来把她拖走了。

陈恕去洗手间简单清理了酒渍，他一出来刚好和楚陵碰了个正着，刚才那一幕楚陵看到了，他阴阳怪气地说："啧啧，可惜了这套西装。"

"一套衣服而已。"陈恕微笑回道，眼神瞟瞟玻璃墙壁对面，楚陵本来还想再嘲讽两句，看到对面的陈一霖，他不敢嘴贱了，哼了一声掉头走开。

陈一霖冲陈恕摊摊手，做了个无奈的表情，隔着墙壁，陈恕只好给他打手语，说真无聊。

陈一霖：再忍忍吧，你好歹也是被邀请来的客人，我这个助理才更无聊。

陈恕：你无聊你有钱赚，我没钱赚的。

陈一霖的手僵在半空，想反驳却想不出合适的说辞。

陈恕笑了，身后也传来笑声，他转过头，卢苇走过来，陈恕感觉他都看懂了，谁知他问："这是什么新型游戏吗？"

"哦，是练拳的几个招式，剧里需要的，我们就隔空对打练习一下。"

陈恕随口敷衍，卢苇信了，说了和他们相同的话。

"看来你们很无聊啊。"

"没办法，三年一代沟，和他们在一起，都感觉自己老了。"

"你还不到三十呢，怎么能说自己老？"

卢苇哈哈笑起来，看向玻璃墙壁对面，大家都喝高了，开始玩游戏，不少人脸上贴了花花绿绿的荧光纸。庄静在和一个男人喝交杯酒，喝完后突然抱住他亲了他脸颊一下，然后转过头，冲他们眨眨眼。

陈一霖摇摇头，真的不理解现在年轻人的玩法，走到一边继续吃他的甜点。

卢苇扑哧笑了，去对面帮陈恕倒酒，陈恕拒绝了，自己倒了杯葡萄汁。在不熟悉的聚会上绝对不要碰酒精饮料，这是刘叔带他出道第一天就提醒过的。

卢苇挑挑眉，没有多问，和他碰了杯。

"其实一直想跟你说道歉的，上次那件事是我太敏感了，看着身边的朋友一个个出事，我没法保持冷静。"

"没事，当时那种情况，换了是我，我也会那样。"

"还有楚陵，你别跟他计较，他这人看着花心，其实对感情很认真的，他只交往过两个女朋友，前一个一声不响就把他踹了，回老家发展了，这次婷婷又因为车祸的事跟他提分手，他特别受打击。他对婷婷还是有感情的，看到婷婷跟你亲近，就把怨气都撒到你身上了。"

听了卢苇的解释，陈恕看向对面。

楚陵凑到赵青婷身旁和她聊天，赵青婷却似乎不想理他，转去和陈一霖说话，楚陵一脸气恼，可他不敢去挑衅陈一霖，拿着酒杯一脸纠结。

他不由莞尔，"我没放心上，毕竟像他这种表里如一的人不多见啊。"

哄闹声传来，庄静喝高了，和另一个男生抱在一起又唱又跳，胸口若隐若现。

陈恕看看卢苇，卢苇喝完了酒，又自斟了一杯，慢慢品酒，似乎对于女友的各种过激行为，他并不是很在意。

像是看出了陈恕的疑惑，卢苇耸耸肩，说："她就是故意想刺激我而已，这些人都是NPC（游戏中的非玩家角色），我要是嫉妒了，她就会很开心，觉得我重视她。再等等，等她玩得差不多了，我再适当地表现嫉妒就行了。"

回想之前几次庄静的表现还有卢苇的反应，陈恕觉得自己也是个NPC。

庄静是老手，卢苇也不遑多让，这两人还挺配的。陈恕想也只有像卢苇这种在社会上闯荡了几年的人才能接受她这样的性格。

反正陈恕自己是绝对接受不了的，幸好庄静今晚没怎么缠他，大概帅哥太多，不需要特意利用他这个NPC来刺激男友了。

看着他们闹腾，陈恕有点无聊，想找个借口离开，却发现陈一霖被几个女生围在一起，不知在聊什么，看起来还挺受欢迎的。

他的存在感还不如自己的助理，难怪混到了十八线啊。

陈恕自嘲地想，卢苇察言观色，说："要不要上楼看看我的摄影作品？虽然算不上大家，不过用来打发时间还不错。"

陈恕同意了，跟随卢苇来到楼上。

整个二楼都是开放式空间，除了正面的玻璃墙壁之外，其他三面墙壁上都挂着各类摄影作品，陈恕对摄影不在行，不过第一视觉冲击就震撼了他，对外行来说，这种感受很重要。

卢苇没有特意介绍自己的作品，任由陈恕去看，陈恕很快在角落里发现了几张获奖作品,他说:"你太自谦了,这都不算大家,那还有谁称得上大家?"

"因为我没长性,拍了动物和风景又想着拍人物,贪多嚼不烂,最近几乎都在拍人物,因为……赚得比较多……"

卢苇耸耸肩,露出无奈的笑,陈恕看看周围的作品,风景居多,卢苇说人物部分都在三楼,因为他希望把赚钱和爱好严格分开。

有人在楼下叫卢苇,卢苇跑下去了,让陈恕自己去三楼观赏。

陈恕走上三楼,正对着楼梯口的墙壁上就是庄静的大相框。

卢苇把她拍得很美,不管是采光还是取角都堪称完美,也拍出了她的特色,陈恕甚至觉得照片上的她比本人更好看。

陈恕走进房间,三楼的摄影作品没有二楼的多,除了庄静和几张朋友的照片外,余下的一看就是专业模特,因为不管是气场还是眼神都非常有镜头感。

陈恕看了一圈,正要下楼,目光掠过墙角一张照片,忽然心头猛跳,脚步不由自主顿住了。

照片不大,也没镶相框,按说很不显眼,可恰恰是这张照片带给了他前所未有的震撼。

那是张半身照,女人站在爬满绿藤的门前,侧脸面朝街道,晨光洒落她的半边脸颊,明亮而又柔和,长长的睫毛上似乎还沾着露珠,一段紫色发带从发丝间绕出,一直绕到颈部,鲜艳而又不落俗套的紫色沐浴在晨光下,让她整个人瞬间都鲜活了起来。

同样的侧脸,同样的颜色,一瞬间,照片里的女人和陈恕记忆中的水彩画女生重叠到了一起,她们似乎并不相似,可就是带给陈恕强烈的感觉——她们是一个人,并且这个人陈恕再熟悉不过了,正是江茗!

额头渗出虚汗,陈恕的心跳从未有过地快,他有些站立不稳,紧紧盯住照片里的人。

沉淀的记忆在复苏在翻腾在不断冲击着他的大脑,隐约捕捉到了一些碎片,想把它们拼接完整,却力不从心,两边太阳穴又开始作痛,他抬手揉头,却发现手心也满是虚汗,寂静空间中只有他一个人呼哧呼哧的喘息声。

脚步声响起，卢苇跑上来，看到陈恕这副模样，吓了一跳，急忙上前扶住他，问："是低血糖吗？你先坐一下，我去拿水。"

他要去楼下，被陈恕一把抓住，指着照片问："你怎么会有这张照片？"

"啊……"卢苇顺着陈恕的手看过去，"这是我拍的啊，她是楚陵的姐姐，有次我们去她的画廊玩，楚陵让我拍，我就拍了，好像还拍了好几张……"

卢苇去工作台前翻找，陈恕像是没听到，掉头就跑，卢苇拿出照片，看到他下了楼，忙在栏杆上探头叫他，随即也紧跟着跑下来。

陈一霖正站在角落跟常青通电话。在听说了林晓燕私下调查陈恕后，他就找了个机会打给魏炎，可魏炎的手机一直不通，其他几个同事也打不通，好不容易才联络上了常青。

常青说出了个大案子，可能与猫儿眼毒品有关，头儿正忙着做调查，没空理他。陈一霖好奇是什么案子，正要打听，就看到陈恕从楼上一路冲下来，表情阴沉跑出了屋子，他顾不得打电话了，挂了电话跑过去。

刚好卢苇也追了过来，陈一霖问："出了什么事？"

"我不知道，我下楼了一趟，回去他就这样了……"

卢苇话音刚落，陈一霖已跑出了大门。

外面雨下得更大了，陈一霖追着陈恕跑到停车的地方，陈恕已经上了车启动了引擎，他没想到陈恕有备用的车钥匙，拍打车窗，问："你要去哪里？你这状态不适合开车。"

陈恕定定神，打开车窗，说："我没事。"

"你这脸色怎么看都不像是没事啊！赶紧让开，车我来开。"

陈一霖想把他拽出来，就在这时，有人撑着伞跑过来，砰砰砰拍打车头。

两人同时看去，对方把伞举高，居然是林晓燕。陈一霖很惊讶，心想这女人可真是阴魂不散，她是怎么找过来的？

看到是她，陈恕的脸色更难看了，骂道："滚！"

林晓燕一点都不在意，呵呵笑了两声，说："放心，我不会缠着你的，我就是过来看看有钱人过的是什么生活，可别为了心疼一点小钱，就把今后的人生都搭进去了。"

她站在车前方，陈恕没法开车，冲陈一霖喝道："把她拉开！"

陈一霖觉得只要他一松手，陈恕绝对飙车离开，可这女人站在车头前也很危险，不得已只好过去拉她。林晓燕就在等这个机会，立刻撒泼大叫："快来人啊，有人非礼啊！"

陈一霖好歹也在派出所干过几年，对付这种泼辣女人有经验，无视她的怪叫，掐着她的胳膊轻松地把她拽开了，再一转头，果不其然，陈恕的车已经飙了出去。

"陈恕你这混蛋，快停车！"

他松开林晓燕追上去大叫，车已经跑远了，他不由气得一跺脚。

卢苇打着伞跑过来，想帮陈一霖撑伞，被林晓燕扑过来撞开，她抓住陈一霖大叫："你们合起来欺负我一个女人，要不要脸！"

"林女士请你自重。"

"呵呵，不知道自己斤两的是你，"林晓燕冲陈一霖冷笑，"你这不是帮他，是害他，别不把我当回事，我有证据的，到时爆出来，他们都要完蛋！"

他们？

陈一霖一愣，卢苇说："要不我报警吧？"

林晓燕不仅不怕，还挑衅道："报啊！报啊！不报你就是孙子！"

卢苇沉下脸，喝道："你们之间有什么问题我不管，不过这里是我家，你乱闯进别人的家还撒泼，够个行政拘留了！"

他掏出手机，林晓燕看到他真要报警，而且陈恕也不在，她怕了，闭了嘴，捡起伞骂骂咧咧地走了。

卢苇也没有真想报警，见把她吓走了，便算了，问陈一霖："她是谁？怎么跟个疯婆子似的？"

"我也不太清楚，大概是私生饭吧。"

陈一霖脸上全都是雨水，他抹了把脸，看看陈恕的车远去的方向，又转头看向卢苇，露出一个灿烂的笑。

"卢先生，请问你介不介意把车借给我用用？"

陈恕把车开到画廊门前，跳下车，刚好一道闪电划过，黑暗中的绿色植物被照亮了，藤蔓在暴雨下乱颤，迎着他张牙舞爪。

陈恕眼前眩晕了一下，他长吸了一口气，抬头看去。

画廊里面还亮着灯，他抹掉打在脸上的雨水，推门进去。

一位工作人员正在做清扫，看到他一身尽湿脚步踉跄，急忙上前拦住。

"不好意思，先生，我们已经关门了……"

陈恕没理她，径直走进去，工作人员还要再阻拦，江茗在楼上听到响声，探头看到陈恕这副模样，她吓了一跳，急忙跑下来。

"你怎么了？发生了什么事？"

她一脸惊讶，先示意同事自己可以处理，又转身去拿毛巾，陈恕叫住了她。

"你为什么要撒谎？"

"撒谎？"

江茗没听懂，转头看过来，陈恕盯着她，一字一顿地说："我在卢苇工作室看到你的照片了。"

江茗想了想，点头道："他是帮我拍过照片，有问题吗？"

"有问题吗？"

陈恕气极反笑，江茗这副坦然的作态让他反而不知道该说什么才好，他深吸一口气，说："你就是紫色，为什么你要隐瞒？你觉得耍着我玩很有趣吗？"

"我不是……"

"我看了你的照片，和那张水彩画的人一模一样！"

"你确定吗？"

陈恕一怔，激动的情绪攀到了顶峰，他突然有些茫然。

江茗和紫色是同一人——那是乍看到照片时的直观感觉，可是现在让他再回忆哪里相同，他反而说不出来了。因为当时跑得太急，他连照片都忘了拍，胡乱抓抓头发，企图整理好混乱的思绪，想起相同点。

江茗注视着他,说:"其实我本来也想联络你的,我找到我们绘画组组长了,她人在美国,因为时间差,拖了好久才联络上,她说了紫色的事。"

陈恕抓头发的手定住了,江茗掏出手机点开和组长的对话,递到他面前。

陈恕拿过手机,略掉开头那些寒暄的话,直接看有关紫色的部分。

组长说她有个同学叫林紫色,因为名字很特别,她记忆犹新。

林紫色患有先天性疾病,身体很差,性格也孤僻,所以她不可能是绘画小组的成员,后来她退了学,没多久就过世了,那张水彩画可能是组里的成员帮她画的。

陈恕看完呆住了,下意识地说:"不可能。"

"既然是组长的同学,那她不会记错……"

"我说不可能!"

陈恕的心脏突突地跳,忽然大吼出声。江茗没被吓到,而是静静地反问他。

"为什么你没想过其实是你记错了,这么多年了,你和她也不熟,记错了并不奇怪。"

"你说是我记错了?"陈恕喃喃地问。

他记得他们一起去山上玩,一起吃路边摊,一起在咖啡屋消磨时间,记忆中紫色永远都是那么开朗健康,永远都是一张笑靥,可是现在却有人告诉他说紫色是病人,不喜欢和人接触,所以他怎么可能相信这种鬼话!

难道他的那些记忆都是假的吗?如果连那么真实的记忆都有可能是假的,那还有什么是值得他相信的?

"我不可能记错的……"

一幅幅画面走马灯似的在眼前飞速闪过,他的脑子越来越乱,恍惚着反驳:"一定是组长说错了。"

"可是你连紫色长什么样子都不肯定,不是么?"

陈恕语塞了，大声说："可我记得别的事！我们常在一起玩，我出车祸受伤，她还去照顾过我……"

"为什么你这么在意一个不存在的人？"

"她没有不存在！她一直在我的脑子里！"

眼前闪过几个画面，陈恕马上说："对了，一起玩的不仅仅有她，还有其他朋友的，所以、所以一定有人记得她！"

"那你记得那人是谁吗？"

陈恕再次被问住了，抓抓头发，努力想想起其他人的模样，却徒劳无功。

周围太亮了，他只能看到几个影影绰绰的画面，景色如同光点在眼前快速跳跃着，心跳似乎也被影响了，一下一下，一下一下，无形中频率重叠到了一起。

画面终于定格了，他看到了漫山遍野的青葱绿色，看到了手拿花冠的女生，她弯下腰，伸手去摘道边的草蔓。

"猫儿眼！"他失声叫道。

"什么？"江茗问，陈恕没有听到，在叫出来的那一瞬间，他脑子断弦了，往后一晃什么都不知道了。

——患者表现焦虑、敏感多疑、情绪不稳定，怀疑是轻度精神分裂……

——经历过创伤性事件，出现分离性遗忘症状，有冲动伤人及毁物行为，抗拒就医，典型的癔症表现……

——患者短期内情感爆发行为过多，有片段的幻视幻听及思维障碍，初步判断为精神分裂……

坐在车里，陈一霖看着手里的资料，这些是几位精神科专家和心理医生的诊断记录，是他在看到陈恕突然激动发狂继而晕倒后向刘叔询问情况，刘叔给他的。

或许是因为他是陈冬介绍过去的，刘叔还算信任他，除了删掉了患者姓名外，诊断内容部分都没瞒他，说他和陈恕是同龄人，比较好沟通，让他好好照顾陈恕。

看完资料，陈一霖叹了口气。

他感觉得到陈恕的精神状态一直不稳定，只是没想到会糟糕到这种程度，而且每位专家的说法都不尽相同，他不知道哪个判断最接近真相。

现在回想一下，陈恕确实有不少古怪的行为，比如他说被人扔花盆差点砸到，但是他们把整个公寓翻了个遍也没找到嫌疑人；他说是他杀的凌冰，事实证明并不是；他几次说看到了雨衣人，可是自己没有看见过。

他所掌握的线索都是陈恕提供的，他选择相信陈恕，是直觉告诉他陈恕没撒谎，可是假如陈恕不是撒谎，而是精神状态不稳定而导致的幻觉呢？

不过他至少说对了一件事，包峰是存在的，并且几次想杀他。

所以事到如今，他也不知道是不是该继续相信下去了。

陈一霖合上资料，往椅背上重重一靠，一天一夜没好好休息，他的头开始隐隐作痛。

"你还好吧？"在前面开车的前辈严宁问。

陈一霖搓着额头苦笑，"不怎么好。"

"头儿让你做好心理准备，接下来会更糟糕。"

"为什么？"

"到了现场你就知道了。"

车祸事故现场在一个偏僻路段上，车道一边是河堤，一边是一些零散的房屋。雨还在下，隔了很远才能看到一个路灯，更别说道路监控了。

严宁停下车，穿上雨衣跑过去，陈一霖跟在后面，当看到魏炎和几位同事都在，他就知道这不是一起普通的交通事故了。

现场勘查已经结束了，陈一霖走近死者。

死者翻到了车道外面，半边脸受到严重撞击，往里凹下，但不难看出她的模样，在确定她是林晓燕后，陈一霖的脑袋嗡的一声响。

法医说死者被车从后面撞到，跌出去后头部又撞击地面，造成二次伤害，从车速和死者身上的撞击伤害以及倒地的位置来判断，这不是一起单纯的车祸，而是谋杀。

陈一霖观察死者的颈部，从扭曲状态看，他怀疑颈骨都断裂了，地面上散落着大量车辆撞击后的碎片，满地碎片透出了驾车人浓重的杀意。

昨晚林晓燕才当众威胁过陈恕，今天她就被撞死了，换了是谁都会怀疑凶手是陈恕。

可是……

他摊摊手，对同事们说："我知道你们怎么想的，不过这件事和陈恕没关系，他还躺在医院呢。"

常青说："也许他是趁着你不在偷溜出来的。"

"问题是我一直都在，他昨晚突然晕倒后就一直发烧昏迷，我在医院陪着，除了上厕所哪儿都没去，我出来时他还在睡呢，我让赵青婷……就是导致陈恕出车祸的那个女孩子陪着。"

常青本来还想说林晓燕的具体死亡时间，听了他的话，没再说下去。

严宁问："会不会都是提前策划好的，你不是说林晓燕提到过陈恕有同伙吗？也许林晓燕真的掌握了陈恕的杀人证据，所以他假装昏迷牵制你，让同伙下手？"

陈一霖不是二十四小时都跟在陈恕身边，不过作为保姆助理，他连陈恕穿什么颜色的内裤都知道，陈恕想在他眼皮底下藏手机联络同伴，陈一霖觉得这个可能性近乎为零。

"这个我会继续调查，"他说，"不过我倒觉得林晓燕更像是表演型人格，如果她手里真有物证，想借此讹诈陈恕，她不该几次在大庭广众下吆喝，要是陈恕真给她钱了，那不是自己承认心里有鬼吗？"

比起这个，他反而更在意陈恕晕倒前提到的猫儿眼，当时他刚赶到，听得不是很清楚，他怕自己搞错了，就没特意提。

常青叹道："这个陈恕可真诡异，每次发生案件都跟他有关，但他每次又都有完美的不在场证据。"

"大家别急躁，你们分头调查肇事车辆和林晓燕的情况，小陈你继续跟着陈恕，看他有什么表现。"

魏炎交代完毕，刚好赵青婷打来电话，说陈恕醒了，很担心猫，让她回去照顾，所以赵青婷想问陈一霖什么时候回医院。

陈一霖说他马上回去，让赵青婷拍张陈恕的照片给自己，很快照片传过来了，赵青婷说她是偷拍的，让他千万别发到网上。

照片里陈恕的手臂搭在额头上，一天没吃饭，看着有些憔悴。

常青凑过来看，说："明星就是明星，生病了也这么好看，不会是装的吧？"

陈一霖摇头，"不是，他的演技再高明，也骗不过医生。"

大家陆续离开了，魏炎说要给陈一霖资料，把他叫到了一边，说："我一直没给你，是怕你先入为主，抱了成见去做调查，可是林晓燕提到了那个案子，她又死于非命，你还是了解一下比较好。"

陈一霖收了资料，又问起魏炎正在处理的案子，魏炎说是在调查一具无名男尸，男尸是在一个水塘发现的，尸体腐烂严重，既没有犯罪前科，也没有家属报案，唯一的线索是在他的袜子上沾了点巧克力污渍，里面的成分与猫儿眼毒品的成分一致。

"又是猫儿眼？！"

陈一霖脱口而出，魏炎问："有发现？"

"嗯，不算是发现，就是觉得挺疑惑的。"

陈一霖说了陈恕提到猫儿眼的事，魏炎说："看来这条线还是有追下去的价值，你继续跟着，别打草惊蛇。"

陈一霖答应了，坐车去医院的路上，他看了魏炎给的资料，头又开始疼起来。

陈恕曾跟他说过林晓燕是诬陷他，因为被害人死亡时他出了车祸，昏迷了一个月，然而实际上他出车祸是那之后很久的事，而且他只昏迷了两天。

警方的资料是不可能错的，所以重点在于陈恕撒谎是主观的还是精神出问题导致的臆想。

再看被害人的死亡时间，证词是由对门邻居赵奶奶提供的，现在赵奶奶过世了。户籍已经注销，赵奶奶的儿子也早在她过世前就移民国外了，陈一霖心想要重新确认当初的事件将会是个艰难又繁琐的过程。

陈一霖回到医院，刚踏进病房走廊，就看到赵青婷在打电话。确切地说是听电话，因为她一直是嗯嗯嗯的动作，一脸的无可奈何，看到陈一霖，她眼睛立刻亮了，说："我朋友来了，那就先这样吧，好的好的，我会去投诉的。"

她一口气说完，挂断电话，朝陈一霖跑过来。

"你总算回来了，我都快被静静烦死了。"

"她又怎么了？"

"没大事，就是因为卢苇去给别的模特拍照，她心情不好，到处找人发泄，可怜报社也被迁怒了，她嫌人家小说断更要投诉，还发动所有朋友一起去投诉。"赵青婷说完，指指病房，压低声音说，"恕恕挺好的，别担心。"

"谢谢。"

"不谢，其实我也没做什么，哦对了，你不在的时候，江茗姐来过，看恕恕还没醒，就走了。"

"她没说什么？"

"她脸色不太好，我怕碰到尴尬，就避开了……那我回去照顾杠杠了，恕恕醒来后一直问他的猫。"

陈一霖把房门钥匙给了她，看到自己被如此信任，赵青婷很高兴，说除了照顾猫以外，决不去动他们的东西，请他放心。

赵青婷走后，陈一霖走进病房。

单人病房很静，陈恕平躺在床上，盯着天花板一动不动。

"好点了？"陈一霖问。

陈恕依旧盯着天花板，毫无反应，陈一霖转身去倒水，忽然听到他说："我可能是精神分裂。"

陈一霖倒水的动作停下来，转头看他，陈恕喃喃道："我醒了之后一直在想，哪些记忆是真的，哪些是假的，在我过去的经历中究竟有没有紫色这个人的存在？还是那只是我想象出来的人物？"

"别想了，先好好休息，等精神状况稳定下来再说。"

陈一霖走过去，把水杯递给他，陈恕坐起来接了，还是一副魂不守舍的样子。

陈一霖说："你可吓到我了，突然发了疯似的跑掉，我就怕你出车祸，所以现在看到你还活着，我就放心了。"

陈恕皱眉看他，陈一霖耸耸肩，"只要活着就有希望，不是吗？"

"你的要求可真低。"

"那你是不知道生命有多脆弱。"

陈恕没听懂，他状态不佳，陈一霖也不想马上提林晓燕的事，说："我跟刘叔说你不舒服，请他帮你推掉这星期的工作，其他的没多说，怕他担心。"

"幸好本来也没很多。"

陈恕自嘲，陈一霖点点头，深有同感。

彼此沉默了一会儿，陈恕又问："你也觉得我精神有问题吗？"

突然之间陈一霖不知道该怎么回答，他总不能说刚看了好几个医生给陈恕做出的诊断书，现在要让他相信陈恕没病也很难啊。

看着他的反应，陈恕点点头，"我明白了。"

其实他自己也知道自从前不久那次车祸后，他脑子就出问题了，他只是不想承认自己不正常这个事实而已。

陈一霖说他突然发狂，其实不是的，实际上最近他一直都在拼命掩饰紧张和恐惧感，现在只是恐惧感达到了临界点，一下子爆发了出来而已。

他并不像江茗说的那样在意一个久远的记忆，他执着的不是紫色，而是他自己，他怕自己记住的都是妄想，妄想越积越多，最终变成疯子，他一直没有询问祖父母，因为潜意识中他不敢知道真相。

他怕那个真相他无法承受。

"至少……"打断陈恕的思绪，陈一霖说，"你提到了猫儿眼，那个是真实存在的。"

"那个啊，那是药草，山上很多的。"

"药草？"

"是的，它有毒，但可以入药，这类药草很多也很神奇，我祖父是老中医，我从小跟着他上山采药，见惯了的，所以就和臆想混到一起了。"

陈一霖查了下，猫儿眼还真是一种草，看来是他误会陈恕了。

他不想就此放弃，又问："除了药草，你还在哪里听过这个词吗？"

"没有，"陈恕说完，有些沮丧，"我好像该记得的都不记得，不该记得的却记忆犹新。"

"什么是真实什么是虚妄，这种事很主观的，我觉得吧，那些能让你在想起来时感到开心的就是真实的，你只要坚信这一点，就没那么多苦恼了。"

陈恕看向他，一脸惊讶，陈一霖问："我说错了？"

"没有，就是没想到你偶尔也会说些有哲理的话，不过谢谢。"

陈一霖摆摆手，要出去，陈恕忽然问："你去哪里了？"

"啊？"

"你这人还是挺有责任心的，都能偷偷在我手机上装跟踪软件，那不应该在我昏迷时离开，还把赵青婷叫过来帮忙，所以是发生了什么事吧？"

陈一霖震惊了，转头看着陈恕，心想这家伙就算精神有问题，也是个智商相当高的精神病患。

"你先休息吧，"他含糊道，"我到现在连饭都还没吃呢，我先吃点饭垫垫。"

"那给我也来一份吧，我也饿了。"

陈恕揉揉肚子，陈一霖眯起了眼，陈恕冲他笑笑说："如果我真的是精神病，那我也希望自己做一个身体健康的精神病。"

"那就更可怕了。"

陈一霖嘟囔着走出了病房。

他给自己买了份卤肉饭，考虑到陈恕昏睡了一整天，胃口不好，给他买的是瘦肉粥，结果陈恕吃完了粥，嫌不够，硬是把他的那份也吃掉了，让他再去买。

陈一霖懒得再出去，洗了个赵青婷带来的苹果坐在旁边咔嚓咔嚓地啃。

医生重新来给陈恕做了检查，说他身体很健康，只是最近神经绷得太紧，突然受到刺激，大脑承受不住才会昏厥，好好休息一下就可以出院了。

医生走后，陈恕看看还在旁边啃苹果的助理，说："我高薪聘请你，就是为了看你吃东西的吗？"

"你还有胃口吃？"

陈恕点点头，陈一霖另外切了一个苹果给他，看着他拿着牙签细嚼慢咽，不再是最初颓废的状态，忍不住问："你真没事了？还是受打击太大开始自暴自弃了？"

"不能说没事，不过下次如果再出现相同的情况，我会记住你说的话。"

陈一霖不记得自己说什么了，正要问，陈恕先开了口。

"你出去做什么了？"

"你还是先吃东西吧，我怕我说了你会没胃口。"

"别卖关子，你这样，我更吃不下东西了。"

被催促，陈一霖只好说了林晓燕出车祸死亡的事，看着陈恕慢慢停下吃苹果，他说："你看我就说嘛，你会没胃口的。"

像是没听到他的话，陈恕看向窗外，低声自语。

"好像每次下雨都不会有好事。"

"警察应该会来找你问话，你先有个心理准备。"

"看来我又成嫌疑人了。"

"为什么你说'又'？"

陈恕一愣，脑海中回闪过他抡石头砸人的画面，他不知道那是不是凌冰，闭眼努力想看清楚，两边太阳穴却突然疼起来，记忆开始断层，变成一片空白。

陈一霖赶忙阻止他，让他吃了苹果好好休息，又安慰说他有完美不在现场的证据，不用太担心。

陈一霖出去了，陈恕躺在床上，大概睡太久了，他毫无睡意，睁大眼睛盯着天花板，淅淅沥沥的雨声不时传来，像是轻抚琴弦的手指，一点点拨动着沉睡的记忆。

那个完美的不在场证据不是指凌冰案，也不是昨晚的车祸，而更像是很久以前林晓燕提到的那个案子……

第二天一大清早常青就过来了，向陈恕做例行询问，不过陈恕能回答的不多，因为昨天一整天他处于昏睡状态，他反问常青："那不是普通事故，是谋杀对吧？"

"为什么你会这么问？"

"不知道，就是觉得像她那样的性格，一定会被很多人讨厌。"

"但也不至于因为讨厌就杀人，我们询问了相关人员，据说她几次当众说手上有你犯罪的证据，关于这一点，你怎么解释？"

陈恕想了想，摇头，常青也知道他不会轻易开口，说了句"如果想到什么，请随时联络"后离开了。

陈一霖找了个去办出院手续的借口和常青一起出来，问："那个无名尸有线索了吗？"

"还在调查呢，哪那么快啊，不过缉毒队的同事怀疑可能是路进，可惜他父母都不在了，也没有兄弟姊妹，不好查DNA。"

路进是猫儿眼毒品团伙的主要成员，前不久人间蒸发了，无名尸的袜子上沾了含有猫儿眼成分的巧克力，陈一霖想换了是他，他也会第一时间想到是路进。

"你就专心当你的保姆吧，查案的事我们来。"

来到一楼大厅，常青拍拍陈一霖的肩膀离开了。陈一霖办完出院手续，正要往回走，忽然看到走廊上人影一晃，却是江茗。

她应该是来探望陈恕的，陈一霖就没当电灯泡，远远跟在后面，看着她走进陈恕的病房。

陈恕正在把换下来的衣服放进包里，听到脚步声，还以为陈一霖回来了，问："手续办完了？"

没有回应，他转头见是江茗，整理衣服的手停下了。

江茗有些拘谨，问："身体好些了吗？"

"没事，医生说只是累了而已。"

"那就好，"顿了顿，江茗又说，"我是来向你道歉的，我应该考虑到你的感受，不该把话说得那么直接。"

"喔，小不点没来？"

江茗一呆，陈恕微笑说："带小不点来的话，我会比较开心。"

江茗这才明白过来，说："他本来吵着要来的，我怕妨碍你休息，就把他丢家里了。"

她说完，看看陈恕的脸色，问："你真的没事了？"

陈恕点点头，靠到床边，说："其实你说得对，我太执着于过去了，那完全没意义。"

"也不能说没意义，只是比起过去，当下更重要……不好意思，我又多嘴了，我已经跟组长说过了，她应该可以联络上紫色的家人，如果你想知道更多有关她的事，我可以把组长的微信给你。"

"算了，既然她已经过世了，就不要再去打扰她的家人了。"

事情聊完，两人似乎都找不到合适的话题继续了，最后还是江茗说："下次我请你吃饭吧，就当是道歉。"

陈恕点头答应了，江茗告辞离开，出门时犹豫了一下，又说："那晚我喝醉了，做了些失礼的事，你别放心上，我也会忘了它。"

陈恕想她说的大概是主动亲自己的那次。

他看过去，江茗气质温柔，但温柔中又带了坚毅，陈恕明白了她的心思，便说："如果你想要一个明确的答复，那我会说我们可以谈谈看。"

"不，我不想和你谈，至少在你完全放下过去之前我不想谈。"

江茗走出去了，陈恕靠在床边，听着脚步声越来越远，他轻声叹道："你不会明白的，当你的记忆和所有人的记忆都不一样时，那是种什么样的感受。"

陈一霖看到江茗离开了，他本来想进去的，听到这句话，脚步顿了顿。

看来陈恕并没有像他表现的那么豁达，他心里其实还是很在意的,他只是习惯了隐藏。

可是很多东西,假如隐藏得太久,或许连自己都忘了什么才是真实存在的。

第七章
紫色

　　陈恕收拾好物品，转头看到陈一霖走进来，他做了个可以离开的手势。

　　陈一霖接过袋子，出了病房，他说："既然工作都取消了，就回家好好休息吧。"

　　"不，我想去林晓燕的家，如果她真有我是凶手的证据，我想找来看看那到底是什么。"

　　陈一霖无语了，心想你是嫌自己的麻烦还不够多吗？就算真有物证，警察也不会任由你拿走。

　　他劝道："还是别去了，虽说你有不在场证据，不过还是嫌疑人身份，最好避嫌。"

　　"不，我想知道真相，不管是证明我有罪的还是无罪的。"

　　陈恕目光坚定，陈一霖没法再劝了，上了车，他问："那你知道她的家吗？"

　　"知道，假如她还没搬的话……"陈恕说完，又加了一句，"不，她一定没搬。"

　　陈一霖看了他一眼，没再多问，照他说的地址把车开了过去。

　　陈恕没说错，林晓燕的家还在原来的地方。到了后，陈一霖停下车，抬头看去，楼房位置还算不错，不过外观很陈旧，林晓燕打扮光鲜，让人完全想不到她住在这种地方。

　　"你怎么这么肯定她没搬家？"

　　"喜欢赌和骗的人，就算暂时赚到钱，也不可能撑多久的。"

　　两人来到林晓燕的家，陈一霖按了门铃，好半天才有人过来开门，是个打扮邋遢的男人。

　　他对这个人有印象，就是他跟着林晓燕去公司闹的，还偷偷录像。

男人也认出了他们，眼睛立刻瞪圆了，抬手就想抓陈恕的衣领，被陈一霖及时拦住了。

他打不到人，在屋里跳着脚骂，说是陈恕害死了他母亲，他一定要血债血偿。陈一霖说警察已经做过调查了，事故发生时陈恕还在医院。他压根听不进去，叫嚣说警察都被陈恕花钱收买了，所以帮他说话。

面对这种法盲，陈一霖也很无语，看他情绪太激动，不适合询问，想跟陈恕提议先离开，就在这时，有人从房间出来，对男人说："别闹了，你这么大声音，我书都看不进去。"

他长相斯文，说话也慢条斯理，却成功地把男人的火气引了过去，指着他骂道："妈都走了，你还想着留学，你有没有心？"

"大哥，我申请都批下来了，难道半途而废吗？"

男人挥拳揍他，被揍的那个马上回击了，两人撕扯到一起，反而把陈恕给忘了。

见他们越打越凶，陈一霖上前把他们拉开了，哥哥回自己屋了，房门被他用力关上，发出砰的响声。

陈恕在旁边看着，他对姑姑家的孩子没什么印象，从对话来看，相对于粗鲁暴躁的哥哥，弟弟更容易沟通。

男人的嘴角被打出血了，掏了纸巾擦嘴，又看看陈恕，说："你就是我妈口中的肥羊吧，她看到你这身穿着，一定想坑一大笔。"

陈一霖问："你说她想坑钱？"

"这是她的老毛病了，不走正道，净想着怎么空手套白狼，她有没有说是为了帮我凑留学的钱？"

陈恕和陈一霖对望一眼，男人喊了一声，说："都是套路，她炒股赔了，想弄钱翻本而已，不过她再怎么不好也是我妈，她死得不明不白，我相信警察会给她一个公道。"

这个做弟弟的比哥哥可沉稳多了。

男人说得直接，陈恕便也开门见山，说："她来跟我要钱，说手头上有我犯罪的物证，你知道是什么吗？"

"还是套路吧,她经常说些似是而非的话去诈唬人,反正我是没看到也没听到。"他说完,又半开玩笑地对陈恕说,"你好像还是半个嫌疑人呢,就算我知道,也会把物证交给警察。"

"刚才我和你哥说的话你应该都听到了,我一直在医院,没有时间杀人,警察也不是傻子,如果我有嫌疑,早被他们控制了。我现在只是想知道真相,想了解为什么你母亲会那样说,也许那个真相也是你母亲遇害的起因,所以归根结底,我们的目的是一样的。"

男人点点头,算是认可了陈恕的说法。

陈一霖问:"她最近有跟什么人接触过吗?"

"我基本都在自己的房间,不太清楚,你们可以问我哥,不过他那样子,就算知道也不会说,我只知道她接触的没几个是正经人。"

"那她有什么反常的表现吗?"

男人想了想,说:"好像半个多月前吧,她从外面回来,特别激动,不知道这算不算是反常,她说那东西很值钱,可以躺着慢慢数钱了,反正他们都有钱,要两头赚。"

"她有没有提那是什么东西,或者是指谁?"

"不知道,我哥问她也没说,只说前面那些都是毛毛雨,大头在后面,等拿到钱再好好庆祝……这类的话。"

"前面的都是毛毛雨?"

两人同时问,男人说他也不懂,因为母亲经常这样信口开河,他也就随便一听,没多想。

"你们留个联络方式吧,我要是从我哥那儿听到了什么,就联络你们。"

陈恕把自己的手机号给了他,说:"你好像没有怀疑我。"

"如果我有钱又有大好的人生,我绝不会为了点钱就杀人,而且就算要杀,也是在让对方尝到甜头放下戒心后,哪有刚被敲诈就动手的,你看着也没那么蠢。"

两人从林家出来,陈一霖说:"我想起一件事,那晚林晓燕让我转告你的时候用的是人称复数,现在她儿子也这么说,看来不像是诈唬,她确实是找到了什么,并且有恃无恐,认为一定可以从你这诈到钱。"

"她大概赔了很多,急需用钱,才会撕破了脸去闹。"陈恕说,心里却很在意刚才的对话,林晓燕儿子提到了"两头赚"、"前面是毛毛雨",似乎林晓燕把他当做了大头,如果真是这样,那他和林晓燕在公园相遇就不是偶然,而是她特意在那儿堵自己。也许半个月前她正是发现了自己的存在,才会表现得特别兴奋吧。可是他努力回想当年有关叔叔被杀的案子,却发现一点记忆都没有,似乎从某一天起,父亲家的亲戚就突然从他的生活中消失了。而且为什么林晓燕一直不说,直到十几年后的今天才突然提到?是因为她最近才发现了物证?还是因为她最近才找到了自己?

陈一霖拍了拍他的肩膀,安慰道:"该做的都做了,剩下的就交给警察吧。"

也只能这样了。

陈恕点点头,忽然感觉不对,顺着拍自己肩膀的手看向陈一霖,心想这个新助理什么时候变得这么没大没小了。

陈一霖立即缩回手,装作若无其事地说:"诺基亚手机估计有消息了,我回头问问看。"

陈恕在家休息了一天,第二天下午去了《杏花枝头》剧组。

今天是陈恕的最后一场戏,原本早该拍摄了,因为主演金焰的各种原因一直延后,陈恕算是跟着捡了个便宜,否则以他最近出事的频率来说,他的戏份早被删光了。

陈一霖开着车,心想陈恕真是个神奇的存在,他每次接的角色都不起眼,但又不可或缺,感觉就像是刘叔特意为他这样安排似的。

这样一想,陈一霖又觉得刘叔这个人也很奇怪,他看似各方面都很照顾陈恕,但是从他的行为来看他并不希望陈恕大红大紫。

身为金牌经纪人,他的做法太不寻常了。

片场到了,陈一霖提着宠物包下车。

今天陈一霖本来不想带小猫来,但赵青婷说这两天杠杠因为自己被丢在家里,一直闹脾气不肯好好吃饭,他只好妥协了,还好小猫外形可爱，又擅长哄人，不至于来了片场讨嫌。

他们刚进去，迎面就遇到两个女生，其中一个正是赵青婷，陈一霖一愣，问陈恕："你让人把她带进来的？"

"你是不是觉得我很闲？"

陈一霖一想也是，两人对望一眼，同时想到了能带她进来的人——楚陵。

果然，赵青婷走近了对他们说："是楚陵带我们来的，我学妹是金焰的粉丝，拜托他帮忙，我也想近距离看恕恕演戏，就陪她来了。"

既然楚陵有本事半路混进剧组跑龙套，更别说带几个人来探班了。

陈恕心里想着，嘴上却笑道："那我得打起精神好好演才行。"

赵青婷的学妹不了解陈恕，说完场面话，看到探班的人里居然还有最近很受欢迎的美妆博主，她就兴奋了，丢下一句"今天来得可真值"就跑掉了。

赵青婷对美妆博主没兴趣，看到宠物包里的小猫，她把小猫抱出来，说："顺便帮你们看着杠杠，不让它淘气乱跑。"

陈恕进去换服装了，剧务小鱼跟平常一样过来帮忙照顾小猫，小猫大概被关了几天，心情不太好，小鱼摸它的脑袋，它没像以往那样撒娇，看到赵青婷被学妹叫走，它也一溜烟地跟着赵青婷跑掉了。

"猫真是任性的生物啊。"

小鱼摇摇头走了，陈一霖最近看多了拍戏，不像最初那么感觉稀奇了，等拍摄正式开始后，他就找了个人少的地方看手机。

常青留言过来说肇事车辆找到了，可惜是辆被盗的车，开车的人在撞死林晓燕后把车开去路边弃车逃离，他很狡猾，特意避开了有监控的路段。他们调来离车辆被遗弃的路段最近的监控，逐一查找经过的车辆和行人。不过由于天黑并且下雨，行人都是打伞或穿雨衣，无法拍到清晰的录像。

看到"雨衣"两个字，陈一霖不由自主想到了陈恕几次提到的雨衣男，假如他是真实存在的话，那他一定会穿雨衣，从犯罪心理学上来说这是一种潜在的模式，可能连罪犯自己都没有意识到这一点。

他让常青把监控截到的所有穿雨衣的行人图像都传给自己，又询问诺基亚手机的情况，常青说手机修好了，只是有些数据还没修复，如果有新发现马上告诉他。

正聊着，脚下传来喵喵叫，小猫不知从哪儿跑回来了，用爪子扒拉陈一霖的裤管，看样子是想要吃的。

"给你吃你不吃，现在肚子饿了，知道来撒娇了。"

陈一霖觉得不能惯着它，把头转去一边，小猫没要到冻干，锲而不舍，又跳到桌子上冲陈一霖叫。

桌上放了不少东西，陈一霖怕弄脏，抱起它想放回地上，小猫一蹬腿，把剧本从桌上蹬下去了。

"你这个小兔崽子。"

陈一霖没脾气了，只好掏出两块冻干塞给它，趁着它不闹腾了弯腰捡剧本。

剧本朝上翻开，刚好是今天陈恕要拍摄的部分，里面做了很多增减，加了红字分外醒目。

陈一霖捡起来看了看，这是最新版的，他前几天和陈恕对过戏，那时候内容还没改动，他简单扫了一遍，发现改编部分加了不少楚陵跑龙套的戏份，几乎把陈恕的戏盖过去了。

"我切身感受到了资本的力量。"

陈一霖摇头发出感叹，正要把剧本放回桌上，手半路停住了。

目光重新扫过改动的红字部分，原剧本是主配角的冲突戏，饰演大少爷的金焰拿刀刺伤陈恕的肩头，现在改为刺中胸口要害，接着是饰演小厮的楚陵上场阻止大少爷，冲突戏由楚陵来发挥。

为了突出这个临时加进来的角色，这样改戏份也算正常，可是不知道是不是属于刑警直觉作祟，陈一霖感到了不安，目光在红字上来回扫了几遍，还是无法释怀，他把剧本一摔，跳起来冲进片场。

剧情刚好拍到了高潮部分，剧里的兄弟两人起先是口角争执，接着大打出手，主角金焰顺手抄起了桌上的水果刀朝陈恕饰演的配角刺去。

紧急关头陈一霖不加细想，冲过去抢先握住了金焰的手腕，紧跟着往后一拧，刀子就在金焰哎哟哎哟的叫声中落到了地上。

陈恕也因为被陈一霖撞到，向前一跟头栽出去，站稳后转过头惊讶地看陈一霖。

金焰比较倒霉，手腕被陈一霖攥住，疼得脸都扭曲了，大叫松手，陈一霖发现自己一着急把武警的擒拿招式都用上了，急忙放开他。

导演一连串"卡卡卡"的叫声中，大家一股脑围了上来，金焰举着手叫手腕断了，他的两个助理又是拿冰块又是找冷敷贴，还有人吵吵着叫救护车，方芳等演员则站在外围，一副看好戏的模样。

副导冲到了陈一霖面前，指着他鼻尖骂，要不是刚见识过他的身手，估计一巴掌就挥过来了。

"你是跟谁混的，伤到了我们焰焰，你赔得起吗？"金焰的一个助理冲陈一霖大吼，陈一霖无视了，目光掠过陈恕，走过去把道具刀捡了起来。

"你聋了吗？你……"

"这里什么时候轮到你说话？"陈一霖冷声反问，他举起刀转了转，灯光下刀尖反射出一抹冷光。

陈一霖一张娃娃脸，平时总是笑嘻嘻一副人畜无害的样子，然而他一旦绷紧脸，立马就像换了个人，那名助理被他的气势镇住了，本能地闭了嘴。

陈一霖握住刀柄，突然往桌上的水果盘戳去，噗的一声，道具刀穿透苹果，扎在了木质的盘子上。

片场顿时静了下来，所有人都僵在了那儿，原本还想揪着陈一霖骂的助理也吓白了脸，连退几步，躲到了金焰身后。

陈一霖的目光逐一掠过在场众人，起先幸灾乐祸看热闹的那些人表情都僵住了，其他不了解情况的人也都一脸震惊，赵青婷站得比较近，捂着嘴巴定在那儿。

陈一霖最后看向金焰，金焰起先是愤怒，现在是惊惧，就算是当红小生，出了凶杀案，他的人气也会大幅度下降，多少人都在盯着他的位置呢，事件发生后的利害关系他比谁都清楚。

反倒是当事人陈恕最冷静，走过来拔出刀子，正反看了看，说："是真刀啊。"

他看向金焰，金焰发现众人的目光也都随之落到自己身上，他立刻说："我什么都不知道，我是照剧本演的。"

"所以你挺幸运的，我也很幸运，还不谢谢我的助理？"

陈恕用下巴指指陈一霖，金焰气得脸都涨红了，他手腕差点被拧折了，恨不得让人把陈一霖揍一顿，不过他也知道刚才那一刀真要戳下去了，陈恕死活暂且不论，他绝对会出事。

所以他确实要感谢这家伙及时出手。

"这个关金哥什么事啊？"

在场的个个是人精，状况不明了，谁都不想先开口，只有楚陵沉不住气，指着陈恕说："明明就是你自己得罪了人被报复，金哥是被你连累的，多冤啊！"

外围有些工作人员是金焰的追星族，立刻跟着附和，楚陵有底气了，又说："说不定是你自导自演的呢。"

陈恕微微一笑，给陈一霖使了个眼色。

"报警。"

陈一霖拿出手机，还没等他按，被副导冲上来一把按住，堆起笑对陈恕说："这又没出大事，不用闹到警察那儿吧。"

"可有人说我自导自演啊，总不成我差点被捅死，还要背个黑锅吧。"

陈恕双手一摊，楚陵还想反驳，被人一左一右拉出去了，姜导的脸也黑得像锅底，吼了一句。

"会给你个说法的！"

他交代停拍，又让人叫道具师过来，道具师一看道具刀变成了真刀，吓得话都说不利落了，坚持说开拍前他还全部检查过，完全没问题。

姜导又问他都有谁碰过道具,他也说不清楚,因为片场人太多了,剧务加群众演员还有像赵青婷这类探班的有几十个人。

"也就是说任何人都有可能了。"方芳在旁边听完,揶揄道。

"不,是只有看过剧本的人才知道剧情改了,知道那一刀很可能致命,才会换成真刀。"

陈一霖说道,方芳说:"那也有一半的人有可能做到啊,怎么查?"

"排除法,一个一个问。"

姜导挑挑眉,陈一霖在他提出异议之前抢先说:"要不就报警,警察专业,更容易查出真相。"

姜导一听这话,不做声了,摆摆手让大家分头去问,有人还想反对,被他大嗓门一吼,再也不敢吱声了。

不过问了一圈什么都没问到,拍摄前大家各忙各的,谁也不会去留意那些小道具。陈一霖注意到道具匕首是特别制作的,非常轻,从外观很难辨别出真假。

也就是说整件事是早有预谋的,可能是针对陈恕,也可能是针对金焰。金焰本人也很清楚事件轻重,所以调查过程中他一直很配合。

陈恕低声说:"我一开始就知道什么都问不出来。"

陈恕卸了妆,脸色有些苍白,陈一霖看看他,问:"你还好吧?"

"还好,大概最近这类事件发生得太频繁,都开始适应了。"

"出事时我观察过在场的人,看他们的反应应该都不知情,不过如果这些人的演技都和你一样好,那我可能会看错。"

"哈哈,你这是在间接称赞我的演技吗?"

陈恕自嘲,陈一霖正要解释,忽然看到赵青婷站在对面冲他们招手。

两人走过去,赵青婷看看周围,小声问:"会不会是楚陵干的?"

陈恕问:"为什么这样说?"

"因为他最近一直针对你,还有……"赵青婷犹豫了一下说,

"那晚你们离开卢苇的工作室,我听到他对卢苇说要给你点颜色看看,我还以为他喝醉了乱说话,可是……"

陈一霖觉得楚陵属于冲动型人格,这种人也许会因为一件小事大打出手,却不擅长冷静设计犯罪,他看出赵青婷欲言又止,说:"把你看到的告诉我们,如果真是他,及时提醒他也是为了他好。"

"你怎么知道?"

赵青婷瞪大了眼睛,陈恕没给她犹豫的机会,马上问:"你看到了什么?"

"嗯……刚才金焰的助理来问,我没敢说,其实准备开拍前,我学妹想参观下他的房间,就偷偷溜进去了,让我帮她看着……"

赵青婷怕被看到,不敢站得离房间太近,就去了对面走廊上溜达,谁知在拐角和人撞到了一起,她想道歉,对方却低着头迅速离开了,好像特别慌张。她当时没太在意,直到看到出事了才觉得不对劲,可学妹怕被骂,求她不要说,她也没看到那个人是谁,就没敢多嘴。

陈一霖问:"是男是女?"

"不知道,他穿了工作人员的服装,还戴了帽子,我只感觉他挺瘦的……"

赵青婷又想了想,忽然一拍巴掌,"对了,他戴了手链,他伸手挡脸的时候我看到了,是好多颜色缠在一起的那种,好像还串了小饰物。"

赵青婷说完看着他们,陈恕说:"片场有不少人戴这种手链,要不挨个儿问问?"

"不,我知道是谁了。"

陈一霖说完转身就跑,迎面有个工作人员过来,他随手抓住,问:"有没有看到小鱼?"

小鱼做剧务时间很长,大家都认识她,那人左右看看,疑惑地说:"奇怪,好像刚才还在呢。"

"快找到她,换刀的事与她有关!"

陈一霖大吼,姜导听到了,立刻吩咐人去找。陈恕跟在后面,后知后觉地想到难怪刚才小鱼摸杠杠,杠杠不像平时那么亲近她,那只小猫警惕性很高,也许那时候就感觉到她不对劲了。

"分头找。"陈恕说。

赵青婷被彻底弄糊涂了,看着大家跑出去,她不知道该怎么办,最后还是跟在了陈恕身后。

陈恕没跑多远就看到了蹲在墙角打盹的小猫,他问:"杠杠,有没有看到小鱼?"

小猫抬头看看他,又把头缩回去,陈恕只好说:"找到她,奖励你冻干。"

小猫还是不动,赵青婷提醒说:"恕恕,我觉得它听不懂你在说什么。"

"不,它听得懂,这猫精着呢,"陈恕说完,又对小猫说,"要不以后都不把你关家里了,去哪儿都带着你。"

小猫似乎对这个条件比较满意,站起来伸了个大大的懒腰,又仰头打哈欠,就在赵青婷以为它会趴下继续睡的时候,它突然蹿起来,顺着旁边的小路跑了出去。

陈恕跟在它后面一路跑到街上,道边停了辆出租车,一个女生站在车旁正要上车,她穿了条长裙,肩上背了个大包,从背影看正是小鱼。

陈恕冲过去,在她打开车门的同时又一把将门推了回去。

小鱼吓了一跳,转头看到是陈恕,脸色顿时铁青,陈恕微笑着说:"让你失望了,我还活着。"

小鱼的嘴唇动了动,似乎想说什么,最终却什么都没说。

陈一霖追了过来,他让出租车离开,又转头看向小鱼,做了个请回去的手势。

几分钟后,在姜导提供的小房间里,陈一霖把工作人员的服装和帽子从小鱼的包里拿出来,依次放在桌上,问:"为什么要害陈恕?"

小鱼已经冷静下来了,反问:"这只是普通的工作装,我拿着有问题吗?"

"那为什么要跑?"

"我没跑,我只是突然接到家里的电话,说我妈身体不好,我想回去看看。"

她伸手要拿提包,手腕上那串连着银饰的多色手绳分外显眼,陈一霖抓住她的手,掌心朝上,问:"那你的手指又是怎么回事?"

小鱼的小拇指和无名指的指肚上有些斑驳痕迹,陈一霖说:"你换道具匕首时怕留下指纹,在指肚上涂了指甲油,事后想用洗甲水抹掉,却抹得不干净。"

"你不要血口喷人,这只是我涂指甲油时不小心碰上的。"

"那衣服呢?"

陈一霖拿起她的制服,小鱼没听懂,陈一霖指指赵青婷,说:"你大概还没注意到吧,你和这位小姐撞在一起时,她的口红蹭到了你的衣服上,就在这个位置……"

他佯装翻找,小鱼却慌了,急忙去拽衣服,叫道:"我不是故意的,求求你别报警!"

陈一霖把她的手甩开了,冷冷道:"差点出人命,你还说自己不是故意的?!"

"是真的,真的,我没想恕恕出事,我也是没办法啊,我……"

她呜呜哭起来,陈一霖不为所动,对陈恕说:"是不是在剧组待久了,人人都会这个立刻哭出来的技能?"

姜导也不想把事情闹大,看到人抓到了,他松了口气,对小鱼说:"你先说说看是怎么个情况。"

"是……是有人指使我的。"

"是谁?"

几个相关人员同时问,小鱼被他们的异口同声吓到了,结结巴巴地说:"我也不知道,他是电话联络我的,我……我有些照片在他手里,只能听他的……"

剧务这份工作特别繁琐,还整天被人呼来喝去的,压力特别大,所以小鱼习惯了休息时就去酒吧放松,前一阵子她喝断片了,被人拍了裸照和不雅视频,以此要挟她交往。

就在她不知该怎么办的时候,昨天接到了一通电话,打电话的人说拿到了视频,可以还给她,条件是换道具匕首。

小鱼看了剧本,怕出人命,一开始拒绝了。对方传来曾经要挟过她的那个人的照片,那人被打得满脸是血,地上还散乱着她的照片。对方又打电话来,说如果不做,这些照片和视频会传给所有她认识的人,她怕视频传到网上,更怕自己也会和讹诈男那样遭遇暴力,只好答应了。

她越说越激动,哭得上气不接下气,陈一霖问她那个人是男是女,她说不知道,对方用了变声器,还把调换用的真匕首放在她家门口,当发现对方知道自己的住址后,她就更不敢违抗,乖乖照对方的要求做了。

"你说你这孩子,该说你什么才好呢……"姜导拍腿叹气。

虽然不知道这件事是针对金焰的还是针对陈恕的,但至少动手脚的人查清楚了。剧马上就要杀青,姜导怕事情闹大了出问题,亲自出面给金焰和陈恕做工作,请他们不要继续追究,又另外让助手通知相关人员禁止将今天的事讲出去。

主演金焰正当红,自然也不想事情闹大,虽然这事到最后也是不清不楚的让人心里有个疙瘩,但目前这种情况他也只能自认倒霉,最多是暗中调查是谁在动手脚。

陈恕也配合着答应了,其他演员彼此也都心照不宣,在姜导的要求下重拍了冲突戏。

大家各怀心事,只有楚陵不在状况,拍戏时特别投入。

陈恕拍完自己的戏份,卸了妆出来,赵青婷已经离开了,他看到姜导在跟陈一霖说话,姜导似乎对陈一霖很感兴趣,捏捏他的手臂,说新剧有个警察的角色,陈一霖的气质很适合,问他以前演没演过戏,有没有兴趣来试试镜。

陈一霖一脸苦笑,看到陈恕出来,急忙告辞跑掉。

陈恕打量他,说:"你这人可真奇怪,多少人削尖了脑袋想混进来,现在大导演给你机会,你却逃得比兔子还快。"

陈一霖心想哥本来就是警察,哪需要演警察啊,他说:"你也挺奇怪的，明明有那么多好资源却不利用。"

"因为那本来就不是我的追求。"

"那你的追求是？"

陈恕没回答，转换了话题问赵青婷的情况。

陈一霖说赵青婷和学妹亲眼目睹了此次事件，受打击了，小鱼也离开剧组了，是剧务主任亲自送出去的，他们具体怎么沟通的陈一霖不清楚，不过可以确定的是——今后小鱼不会再从事这个职业了。

陈恕听完，说："我觉得这件事还是在针对我，可能与凌冰和李助理的事件有关，你能不能让朋友查查小鱼的通话记录，也许可以查到什么。"

"已经让他们查了，有消息再跟你说。"

陈一霖原本打算报警，后来想想为了避免打草惊蛇，还是暗中调查比较好。

两人从剧组出来，迎面正碰上方芳。

方芳还穿着戏服，看到他们，"哟"了一声，说："戏外的故事永远比戏里更精彩啊。"

陈恕问："方芳姐你是不是知道什么？"

"我可不知道，不过如果不改剧本的话，这种事就不会发生，所以是谁要求这样改的？"

陈恕心一动，上了车就要给刘叔打电话，反正在片场发生的事很快就会传到刘叔耳朵里，还不如主动汇报，也好让他帮忙调查。

陈一霖按住了他的手机，说："我已经打听到了，要求改剧本的是楚卫风，剧情也是照他的意思写的，你要是想问就直接问他吧。"

"你动作还挺快。"

陈恕赞了他一句，准备打给楚卫风，手机先响了，来电显示是楚卫风的秘书。

电话接通后，秘书开门见山说片场发生的事楚先生已经知道了，楚陵在片场还说了些不合时宜的话，希望他别放在心上，又问他晚上是否有时间，想做东为他压惊。

陈恕答应了,挂断后,他的手指敲动着座椅扶手,心想楚卫风这是什么意思,他不过是个小演员,楚家可是投资方,片场一点小事值得他亲自出面吗?还是他担心自己一生气,把之前车祸那事捅出来,影响悦风集团的形象?

手机又响了,这次是陈一霖的手机,是常青打来的,说诺基亚手机里的资料复原了,不过他们没找到有价值的东西,让陈一霖过去看看。

陈一霖答应了,陈恕提出一起去,陈一霖哪敢同意,去警局那不是把自己暴露了吗?他找借口说陈恕需要回家收拾一下,毕竟是要和集团大老板一起吃饭,衣着需要得体,自己拿到手机后直接去餐厅找他。

陈恕没怀疑,看看表,同意了。陈一霖送他回家后,开车直奔局里。

魏炎和严宁等同事不在,科里只有常青一个人,他把手机给了陈一霖。

"小柯帮我复制了一份在电脑上,你直接在电脑上看吧,都是陈恕和家人的通话和短信记录,还有一些照片,没什么特别的。"

小柯是技术科的王牌,陈一霖相信他的能力,点击鼠标浏览了一遍。

正如常青所说,陈恕和祖父母隔个几天就会打一次电话,通话时间保持在十分钟以内,应该就是日常唠嗑,短信偶尔会用到,也是普通问候,照片储存得也不多,几乎都是很久以前的,这种旧手机像素很低,陈一霖想如果陈恕给家人传照片,用的应该是智能手机。

所以包峰感兴趣的其实是智能手机,当时就算诺基亚没被甩出车外,可能他也不会拿走。

"不过小柯复原了一份被删掉的数据,是凌冰的照片。"常青指指旁边另一个文件档。

陈一霖点开,里面只有一张照片,是凌冰的自拍照,拍摄时间是两个多月前,画面有点模糊,只能从室内装潢和背景客人来推测这是酒会，凌冰举着酒杯面对镜头，一脸灿烂的笑。

"怎么这么糊？"

"应该是几次传送导致图片压缩了，再加上这机型太旧，小柯说他已经尽力了。"

"后面这几个人是谁？"

技术员把背景调到最亮了，奈何原本就是背光，只能看出是几个男女，大家手拿酒杯，凑在一起闲聊，陈一霖扫了一遍，总觉得后面有个侧脸男人像是包峰。

"你有没有觉得这个像包峰？"他指着那个人问。

"嗯……"常青摸着下巴，"你别说，还真有点像，不过包峰怎么会和凌冰参加同一个酒会。"

陈一霖不知道，不过如果这个人真是包峰，那么这张照片一定是凌冰被杀的决定性因素。

陈一霖说："让小柯再想办法试试把后面的人弄清晰点。"

常青答应了。陈一霖又仔细看了其他几个人，其中一个人举着酒杯，正好露出手表，虽然看不清，不过从式样推测一定价值不菲，他说："这表估计要十几二十万，有钱人。"

"也可能是仿的。"

"凌冰出席的酒会，里面的人怎么可能戴假表，你说这张照片被删掉了？"

"不是我说的，是小柯说的，大概是分手了，就删了吧，究竟什么原因，你可以直接问当事人。"

比起删掉的原因，陈一霖更在意陈恕为什么会在这个家人专用手机里放凌冰的照片，难道是另有用意？

他收好手机准备离开，经过常青的座位，看到他的电脑，脚步停住了。

屏幕上并列排放了几张男人的照片，有戴帽子墨镜的，也有戴着口罩刻意低头的，男人体形瘦削，年龄在二十五到三十岁之间。陈一霖太了解这类人了，从他的装束和举止就能判断出他有犯罪行为，企图逃避追踪。

让他惊讶的不是男人的行动举止，而是他的长相。因为前不久他还见过这个人，就在哈斯娱乐公司的地下停车场，男人去找过刘叔，刘叔给了他一个很厚的信封，像是装了钱。

陈一霖问："他是谁？"

"喔，路进，就是之前提到的那个与猫儿眼毒品流通有关的家伙，这小子鬼得很，藏匿很久了，一直没消息，我们不是找到了无名尸吗？本来以为是他，结果从他亲戚那里提取了DNA做调查，发现是另外的人。"

这种例子陈一霖见得太多了，路进的父母都已去世，也没有关系特别好的朋友，这类人最容易被蛊惑，以为软性毒品没有太多依赖性，等想退出时已经晚了，最后越陷越深，从受害者变成加害者。

常青问："你怎么对他感兴趣？"

"我见过他，他和刘叔，就是陈恕的经纪人刘善斌很熟，刘善斌好像还给了他一大笔钱。"

陈一霖说了自己在停车场看到路进的经过，常青一听就急了，叫道："这么重要的事你怎么不早说？这人知道很多内部情报，缉毒科的同事找他都找翻天了。"

"我怎么知道你们在找他？我又没看过路进的资料。"

陈一霖更懊恼，都怪他当时只顾着解决陈恕的麻烦了，忽略了这条重要的线索。

他打开电脑里的调查记录，里面详细记载了路进的交友关系网，里面没有刘叔，他上网搜了一下，刘叔好像是路进父亲生前的朋友，路父过世后，两边就没有联系了，难怪没有追到刘叔这条线上。

常青打电话给魏炎汇报了情况，魏炎让他暗中调查刘叔，又让陈一霖适当地试探一下陈恕，看他对刘叔有多了解，但不要打草惊蛇。

陈一霖接了任务，他从局里出来，上了车，又重新查了刘叔的资料。

刘叔在这行做了二十多年，是金牌经纪人，手里有不少大牌明星，如果想要将猫儿眼推广给更多的人，刘叔的这个身份毫无疑问非常适合。

如果刘叔真与猫儿眼一案有关，那陈恕在其中又扮演了怎样的角色？

陈一霖回想他认识陈恕后的种种经历，虽然陈恕这个人总是神经兮兮的，但他没有嗑过药，甚至连烟都不抽，每天同进同出，他相信陈恕的行动不可能瞒过他的眼睛。

可是如果没有利益关系，刘叔为什么又要那么包容一个过气的小演员呢？

陈一霖点开陈恕的头像想给他打电话，犹豫了一下又把手机放回去了，开车直奔酒店。

陈一霖不知道陈恕现在非常无聊，巴不得他打电话过来，好让自己找借口离开。

楚卫风说摆酒席为他压惊，陈恕还以为只有他和楚家父子两人，最多加上楚卫风的妻子梁悦，他没想到赵青婷也在，而且江茗也来了，还带了小不点。尤其是相互介绍时梁悦看他的眼神，让他觉得这不是压惊，而是在相亲。

"都是熟人，不要那些客套的，随便吃随便吃。"

梁悦主动为陈恕夹菜，一副女主人范儿。

赵青婷和楚陵被安排坐在一起，她很拘束，陈恕猜想可能是楚卫风提出的邀请，她不方便拒绝。

楚陵表现得很开心，席间不时地帮赵青婷夹菜，除了楚卫风在提到片场事件时楚陵冲他瞪眼外，几乎视楚卫风为透明。

楚卫风解释说是楚陵的演技太差，为了帮他提供一些参演的机会，才会提出改剧本，没想到会被坏人利用，楚陵还在片场乱说话，请陈恕不要见怪。

他都这样说了，陈恕也没法再说什么，只能配合说那是场意外，幸好发现及时，没闹出大事。

客套话说完，楚陵不屑地撇嘴，对父亲说："您就放心吧，陈先生的命硬得很，上次出车祸他都一点事没有。"

这家伙真是哪壶不开提哪壶。

看到楚卫风夫妇尴尬的表情，陈恕有点同情他们，觉得这个富二代还是继续混娱乐圈吧，至少不至于让公司倒闭。

赵青婷也气得瞪他，楚陵发现说错了话，急忙把大宝抱过去，装作逗孩子玩。

楚卫风趁机换了话题，询问陈恕网上有没有新爆料黑他，如果有需要，可以随时联络自己。陈恕道了谢，心想林晓燕已经死了，短时间内应该没人会特意黑他这个十八线了。

"你的助理很厉害啊，他是怎么发现道具被换掉了？"梁悦问。

陈恕说："我也不知道，他说看了剧本感觉不对，就阻止了，他以前在侦探社干过，可能直觉比较准吧。"

"侦探！我也要当侦探！"大宝拍着手说。

大家都笑了，楚卫风说："那可惜了，他今天没来，像我们做生意的都希望身边有他这样的人才啊。"

"一个小助理而已……"楚陵的话说到一半就卡住了，看他的表情应该是被踹了，梁悦又对陈恕说："听说你和小茗是同学呢，最近她常提起你，说你们有缘，大宝也很喜欢你，整天叫哥哥来家里玩。"

大宝用力点头，指着陈恕叫："不是哥哥，是爸爸！"

江茗的脸腾地红了，楚陵轻拍大宝的头，训道："别乱叫！我姐夫一定要是高富帅，可不是十八线小明星。"

"你姐夫？跟我爸爸有关系吗？"

孩子的童言童语把大家都逗笑了，江茗的脸红得像番茄，直拽梁悦的衣袖让她别说了，楚卫风却一脸认真，对陈恕说："还是要看陈先生的意思了，我们长辈不会多说什么，虽然小茗和我没有血缘关系，可我一直把她当亲生女儿看待，如果你们能有结果，我一定不会亏待你的。"

陈恕笑得尴尬，看着楚家夫妇一脸期待，他只能微笑点头，幸好小毛头调皮，扑过来跟他说话，顺利带开了话题。

这应该是陈恕记忆中吃得最没滋味的一顿饭了，等晚餐结束，他起身告辞时，总算畅快地吐出了一口气。

大家来到走廊上，梁悦似乎对他很满意，说："有时间来家里玩，大宝在学钢琴，听说你的钢琴弹得不错，到时指点他一下。"

陈恕笑得尴尬，嘴上应下，心想他那是为了表演临时学的琴，怎么敢指点人家师从名门的孩子。

梁悦目不转睛地看他，开心地说："说起来也是缘分，谁能想到一场车祸让我们成了一家人呢。"

听她的口气俨然已把陈恕当成了准女婿来看待，又说女儿是坐车过来的，让他顺路开车送一下，陈恕同意了，楚陵却很不高兴，对他说："听说你也要参加小岛拍摄，那就到时再合作吧。"

他说完，一只手揽住赵青婷的手臂，示威似的离开了。

等楚家夫妇也走后，江茗对陈恕说："我弟弟就这样，大少爷脾气，但人不坏，你别放心上。"

陈恕点点头，要送江茗回家，她拒绝了，说："我妈一直希望我有个新归宿，所以才会这样讲，其实我今晚是被骗过来的，车就停在那边，希望你别介意，也别把他们的话放心上。"

"不会，长辈都是好意，不过下次我还能去画廊看画吗？"

"当然可以。"

江茗道了晚安，大宝哼哼唧唧地不想走，被她硬拉走了，陈恕看着她上了车，开车离开了，才走去自己的车位。

车门在他面前自动打开，陈一霖看到了刚才那一幕，说："你们挺般配的。"

陈恕没好气地瞪了他一眼，坐上车，说："扣你这个月的奖金。"

"为什么？"

"因为我饭没吃好，心情不好。"

"你心情不好又不是我造成的。"

陈一霖说完，看到陈恕不悦的目光又扫过来，他叹道："你就不能保持一下咱们刚认识那会儿的温柔形象吗？"

"不能，反正我最糟糕的那一面你也看到了。"

车开了出去，陈恕简单说了酒席上的情况，陈一霖问："你相信楚卫风的话?"

"他似乎没有害我的理由,林晓燕那事也是他帮忙摆平的,大概是有人借着改剧本的机会对我下手吧?看这顿饭吃的……以为是鸿门宴,结果是相亲宴。"

"那你为什么心情不好?你觉得江小姐配不上你吗?"

陈恕摇摇头,心情为什么烦躁他也说不上来,他不讨厌江茗,甚至感觉是喜欢的,但他不想以这样的方式加深关系,听楚卫风话里的意思,似乎笃定他为了往上爬,一定会和江茗交往似的。他并不相信爱情,但也不希望爱情是一笔明码标价的生意。

深吸一口气,他转换心情,问:"手机复原了?"

"复原了,你可以继续用。"

陈一霖把手机给了他,陈恕打开翻了翻,看到和祖父母的短信都在,表情缓和下来。

陈一霖松了口气,"看来这个月的奖金保住了。"

他说复原了凌冰的照片,陈恕一点都不奇怪,说:"是我删掉的。她趁我不注意把自己的照片传到手机上,还设成桌面,我就删了。"

车在红灯前停下,陈一霖转头眯起眼瞥他,心想这种人居然也有女朋友。

感应到了他的鄙夷,陈恕接着说:"所以她一生气就提出分手,我们就分了,结果分了后她又来找我,说怀了我的孩子,想复合。"

"你发现她在撒谎,所以拒绝了吗?"

"不,我是发现我其实没有太爱她。"

车重新开动起来,晃动的树枝在陈恕脸上投出一层阴影,陈一霖忍不住问:"那为什么你要转钱给她?"

"你怎么知道我转过钱?"

陈恕疑惑地看过来,陈一霖心一跳,居然一不小心说漏了嘴,忙说:"我……好像听刘叔提了一句。"

"哦。"

陈恕似乎信了,稍微沉默后,说:"我母亲就是在去做产检的路上出的车祸,所以听凌冰说怀孕了,哪怕知道她在撒谎,我也没法坐视不理。"

"为什么你确定她在撒谎?"

"因为我们分开很久了,她怎么可能有我的孩子?"

陈恕把鄙夷的眼神原封不动还给陈一霖,像是在说"亏你还是侦探社出来的,怎么连这个还要问"?

陈一霖没法分辩,心里却确定了一件事——凌冰不至于蠢到对陈恕撒这种明显的谎言,所以她可能是嗑药后神志混乱,把别人当成了陈恕,才会认为怀了陈恕的孩子,这也就解释了为什么凌冰会跟闺蜜抱怨陈恕害自己了。

陈恕问:"这张照片有什么问题吗?"

"背景有个人像是包峰,照片又被删除了,所以我比较在意,谁能想到删掉的原因这么老套。"

听说有人像包峰,陈恕很在意,又反复看照片,说:"车祸后我被跟踪,还有家里被装了窃听器,会不会是照片里的某个人担心外流,想找回来?"

"不排除这个可能性,凌冰参加酒会,不可能只拍了这么一张,对方不知道你还有没有其他照片或是你了解多少内幕,就暗中调查,不过最近我没发现有人跟踪,可能对方觉得你并不知情,停止跟踪了。"

陈恕越想越有道理,又看看照片,"可这照片看不出有什么问题啊?"

陈一霖不能提猫儿眼毒品这事,说:"也许我们看不出来,但对他们来说却是致命的打击。"

陈恕心想如果不是致命的打击,那些人也不可能连窃听这种事都做,他和陈一霖一样,注意到了那块价值不菲的手表,不过他首先想到的是色情交易。

这种事虽然道德上有问题,不过你情我愿的事与他无关,但关系到他的生命安全,那就另当别论了。

看着照片,他说:"我跟凌冰的经纪人打听一下,问问她两个月前的日程。"

陈一霖点点头,这种调查陈恕来问要比警察出面更有效果,他说:"等你的消息。"

第二天陈恕和凌冰的经纪人联络上了,两人约在咖啡屋见面。

陈恕拿出凌冰的几张照片,说自己因为凌冰的突然过世无心工作,想去她曾经去过的地方散散心,问经纪人照片里都是哪些地方。

他在圈里的人缘颇好,经纪人也没多想,劝了几句后就把地点都告诉他了,到了凌冰酒会自拍那张时,经纪人看了照片上的日期,又查了日程表,说:"当时她去石浦镇附近的小岛上拍宣传片,这张应该是在石浦镇的酒店拍的。"

陈恕觉得这个石浦镇有点耳熟,说:"她平时最怕吃苦了,怎么会跑那么远拍宣传片?"

"我本来也是这么想,不过她说风景好,拍摄之余还可以顺便散散心。"

说到这里,经纪人看看陈恕,"你们那时候好像吵架了,她心情不好,估计没少拿李助理撒气,说到李助理……唉,可惜了。"

作为保姆助理,李助理应该是最了解凌冰行动的人,可惜她已经死了,无从问起。

陈恕只好询问是哪个公司推出的宣传片,经纪人查了下,说是星远文化传播,当时一起去的还有两个女生,说是名气和凌冰差不多,实际上只是小有名气的网络博主。

等经纪人离开,陈恕查了这家公司,公司经营有几年了,规模不大,不过风评还不错,主要业务内容是无人机航拍、影视广告片、各类宣传片的拍摄等。

那两个女生现在一个出国了,一个在外地参加拍摄工作,陈恕问到了手机号打过去,女生说宣传片只拍了两天,余下时间都是自行安排的,她和凌冰不熟,不了解她的行程。

听着她的讲述,陈恕想起来了,难怪他会觉得石浦镇这个名字耳熟了,前不久刘叔接了个叫《你是谁?》的节目通告,拍摄地渔岛就是从石浦镇出发的，当时询问他的意见，他说要考虑一下。

"怎么会这么巧？"陈恕皱眉自语。

"是啊，刘叔就好像知道你想去岛上似的。"陈一霖意味深长地说。

在了解到路进与刘叔接触过后，陈一霖就开始注意刘叔了，可惜刘叔手里的艺人太多，有几个当红小生还经常惹事，导致他成天转着圈地忙。

常青和严宁轮班跟踪刘叔，毫无进展，刘叔除了关系网比较复杂、有一些嗑药犯过事的朋友外，没有可疑的地方。

刘叔是经纪人，交友广泛也是正常的，常青还特意重点调查了那几个嗑药的人，结果证明双方来往频率并不高，无法作为证据对刘叔进行搜查，气得常青留言给陈一霖说刘叔要么是白的，要么就是老奸巨猾，一看风声不对，就把路进藏了起来，他自己也开始伪装普通人，让他们无从查起。

陈一霖还联想到了道具匕首调换的意外，如果是刘叔的话，那他可以轻松搞定，因为他既了解剧本修改的细节，也了解小鱼的情况，可以让小鱼乖乖听话。

陈恕没注意陈一霖的暗示，说："那个小岛风景不错，可能刘叔想让我散散心吧。"

"你们认识很久了吧，他好像对你特别关照。"

"是啊，从我做配音时就认识了，他最早也是做配音工作的，后来才开始做经纪人，所以严格来说我们也算是师徒关系。"

听陈恕的口气，他很尊敬刘叔，完全没去想刘叔接这个综艺通告是不是特意的安排。

不太好的预感涌上心头，陈一霖说："要不还是别接了，我一个人去镇上问问看。"

"不，这是我的事，我想亲自去一趟，现在就有这个机会，就好像是命中注定我要去一样。"

陈一霖不由扶额，想说什么命中注定啊，这明明就是人家设计好的陷阱。

陈恕给刘叔打电话,说了接《你是谁?》的通告,接着又讨论拍这种悬疑类的综艺需要注意的事项。陈一霖在旁边看着,无可奈何,在心里提醒自己到时要打起十二分精神,绝不能再出现道具调换事件。

第八章
孤岛综艺

深夜，老小区的街道上一个人影都没有，随着笃笃笃的脚步声传来，一个女生踉踉跄跄地走进小区。

和平时一样，她喝得烂醉，脚步都踩不稳，从出租车下来时司机师傅还提醒她小心点，她摆摆手说没事，别看她个头不高，力气却大得很，要不也不可能一个剧务做了好几年。

女生摸进了自己住的那栋楼，感应灯又坏掉了，她摸着黑一阶一阶往上走，她做剧务几年，就在这里住了几年，熟到闭着眼都可以回家的程度。

"回来吧，你看你都三十了，和你一个岁数的人家孩子都生俩了，岁数再大点，想生也生不了了。"

母亲来电话唠叨的时候，她正在酒吧喝得起劲，所以听了两句就把电话挂了——酒吧是她唯一放松的地方，她不想连这点自由也被剥夺。

当初满腔热情来到这座城市，通过关系顺利进入剧组，可以就近看到自己喜欢的艺人，那时的她无比满足。然而这种热情并没有持续太久，她很快发现自己曾经最爱的工作在大家眼中只是个打杂的，谁都可以对她呼来喝去，谁都可以把她当垃圾桶来发泄，她最初也曾愤怒过，但没多久就知道了再多的愤怒和生存相比都不值一提。所以她明知道不该每次都喝得烂醉，却无法戒掉，一开始是偶尔去酒吧，后来发展成一有时间就去，虽然有时也会遇到有企图的人，不过她总可以想办法化解，所以她抱了侥幸心理，觉得自己是酒吧常客，那些小手段她见多了，绝对没事。直到被拍裸照，被要挟，她才发现不知觉中她已经站在深渊边上了，再往前一步就会万劫不复。

所以……换道具被捉到也许并不是坏事，至少给了她决心，让她可以鼓足勇气踏上回家的路。

到家了，她掏出钥匙开门，手一哆嗦，钥匙落在了地上，发出啪嗒响声。

"唉……"

一不小心又喝多了，希望回了家，父母不会发现她这个酗酒的毛病。

她弯腰捡起钥匙，打开房门，把钥匙随手一丢，高跟鞋一甩，赤着脚摇摇晃晃走进客厅。

她没开灯，借着透进来的路灯灯光走去饮水机前倒了杯水，仰头一口气灌了下去，又拿起手机，点开里面的联络人。

在离开之前，她该给陈恕打个电话，向他说声抱歉，想对他说因为自己的自私害得他差点丧命，想叮嘱他小心身边的人，越是亲近的人越要小心。可是很快她就发现自己并不知道陈恕的手机号，她又点开陈一霖的微信想打给他，叮是还没按到通话键，她忽然看到对面的穿衣镜里多了个影子。

不是属于她的，而是站在她身后的影子。

她以为是自己喝高了，转头去看，喉咙突然一紧，身后的影子将一条丝巾勒到了她的脖子上，戴着黑手套的手扯住丝带狠命往两边拉。

呼吸在一瞬间停下了，她难受得来回扭动，手机落进袖口，她浑然不觉，抬手想把对方的手拉开，却使不上力气，影子似乎很擅长干这种事，拽着丝巾慢慢往后扯，让她连基本的挣扎都做不了。

她开始用力蹬脚，求生的欲望让她激烈地挣扎，她还年轻，还有很长的人生要走，她不甘心死亡，不甘心以这样的方式告别人世。

求……求你……放过我……

她拼命张合嘴巴，希望魔鬼可以放过自己，可惜丝巾勒得太深太狠了，她一个字都说不出来，泪水顺着眼角滑落，是恐惧，是眷恋，也是乞求。

然而乞求被无视了，她的身体随着死亡的力量继续向后倾斜，眼球暴突出来，她拼命仰起头，想看清对方的脸，可惜看到的只是一团模糊的影子，还有一段一段像是随时会断掉的怪异的喘息声。

终于，蹬脚的频率开始慢慢减弱，意识从她的大脑撤离，手无力地垂下，啪嗒一声，手机从袖口滑到了地板上。

终于，来自丝巾的力量消失了，她颓然倒地，头重重磕向地板。有人贴到了她身旁，随即耳边传来低语，宛如魔鬼的呢喃。

"这才是杀人，明白了？"

这是她听到的最后的声音。

"你这么一直看，不会晕吗？"

陈恕正靠在船舷上看海景，询问声在身后响起，他的助理兼保镖陈一霖走了过来。

"不会，我水性很好。"

陈恕瞥了陈一霖一眼，继续看海景，今天天气不错，前方蓝天碧波相连，一眼望不到头，在这里看海景总比听那些人说无聊的八卦更有趣。

刘叔终于还是知道了道具匕首调换事件，说陈恕最近麻烦不断，最好不要远行，他硬要来，刘叔拗不过他，气得骂了几句脏话后，对陈一霖千叮万嘱，让他务必照顾好陈恕。

就这样，在行程确定下来后，两人就着装出发了。陈一霖记着小鱼的事，出发前还问过常青，常青说她的通话记录里有个手机号近期打过三次，可惜是用假身份证办的，已经停机了，很难查到使用者。之后陈一霖又主动联络小鱼，说想跟她详细聊一下，小鱼没接电话，只留言过来说她已经在回家的路上了，指使者是谁她不知道，也不想再提，请陈一霖不要再打扰自己。

随后陈一霖就发现他被拉黑了。

陈一霖想以指使者的心机，小鱼了解内情的可能性不大，可是事件真相仍然没查清，他心里始终不踏实，总觉得那只是开始，这次的小岛之行只怕会掀起更大的风波。可是他没法阻止陈恕的行动，另一方面他自己也想调查凌冰出事前的经历。

昨天他们随剧组到达石浦镇，住的酒店刚好就是之前凌冰住的那家。陈一霖询问了工作人员，两个多月前酒店举办过几次商务酒会，不过举办方的情报他们不能透露，陈恕还想多沟通一下，就看剧组的刘导怒气冲冲地从旁边经过，手里还拿着手机，他急忙拉着陈一霖避开了。

两人躲到柱子后面，看着刘导接通电话开始讲，陈一霖说："你这个反应会让人觉得你做了亏心事。"

"你现在的眼神更让人起疑。"

"哦，我是看到你的扣子掉了。"

陈恕顺着陈一霖的眼神看向自己胸前，衬衣第二颗扣子没了，他整整衣领，说："我去换件衣服，继续找。"

他回房换了衣服，那件衬衣他随手丢进了垃圾桶。

随后两人又去酒店的几个大厅转了一圈，没找到相同装潢的场地。陈一霖心想也许凌冰是去其他酒店参加的酒会，可惜他现在是普通人的身份，就算去问，人家也不会说。

陈恕不信邪，拉着他一家家地找，忙活了一晚上却一无所获，最后得出的结论是——凌冰参加的酒会可能是在某个人家里举办的。

正因如此，当事人才会千方百计想收回所有的照片，因为就算认不出当事人，看照片的背景也可以确定那是谁的家，尽管警方不可能拿着一个照片背景挨家挨户地查，但当事人做贼心虚，怕出现万一。

所以陈恕想借着工作之便找线索的打算落空了，现在他身在开往小渔岛的船上，只能把心先放在录制节目上。

"这个给你。"

一个微型耳机递过来，打断了他的思绪。

"这是？"

"通信器，必要时可以用上。"

这个耳机比蓝牙耳机还要小两圈，陈恕头一次看到这么小的通信器材，来回摆弄着看，觉得挺好玩。陈一霖说贴在耳廓上就可以，他试了试，确实很轻巧，不留意的话完全会忘记它的存在。

他正试着，陈一霖紧跟着就又塞过来一个东西，这次陈恕没问，因为单看外观他就知道了那是女孩子常用的小型防色狼电击器。

他无语了，木着一张脸看向陈一霖，陈一霖认真地说："拿着，我不可能二十四小时跟着你，随身带着总没坏处。"

"这位先生，我参加的不是绝地求生。"

"呵，也差不多了。"

陈一霖摆摆手，让他收下。

想到危险确实存在，陈恕无语了几秒后，决定接受助理的美意，把电击器放进口袋。

"我知道了，难怪出发前你消失了大半天，原来是去收集这些东西了，是不是？"他问陈一霖。陈一霖表情略显尴尬，正犹豫着要怎么回应，脚边传来铃铛声，小猫大概在自己的小窝睡够了，跑出来找他们，陈一霖抱起它来回晃晃。

"还有我们的杠杠同学，你记住，到了岛上不要乱跑，虽然小岛不大，但我也不想满岛去找一只猫。"

出来录节目带只猫其实不是太方便，奈何上次他们把小猫独自留在家里，就被记恨上了，所以这次陈一霖学乖了，让陈恕拜托刘叔和剧组沟通，看能不能带上它。或许导演觉得节目里多个宠物，吸睛效果更大吧，在看了小猫的照片后二话不说答应了下来。

这个世界是看脸的，哪怕是只猫，也要看脸。

"尽量别把杠杠放出来，万一它像之前那样乱跑，你这个助理就不用干别的了。"

"没事，我在它的项圈上加了个追踪器。"

陈一霖说着话，又左右晃晃小猫，陈恕看看它脖子上银色的新项圈，再看看自己的耳机通信器，心情还挺微妙的。

"你这都是什么时候置办的？"

"跟陈冬借的。"

说起寻人搞调查，陈一霖觉得陈冬侦探社很多时候都游走在灰色地带，所以比起向局里申请跟踪器材，直接向陈冬要更快。

"杠杠本来就是野生的，岛上人又少，就算自由活动也难不倒它，"陈一霖安慰说，"你就专心录节目吧，其他的事交给我。"

身后传来脚步声，两人停下聊天，陈恕转过头，来的是楚陵，他穿了套白色休闲衫，稍微染过的头发在海风吹拂下不时地扬起，带了几分飘逸。

他还是挺帅的，假如忽略掉他此刻鄙夷的表情。

"真不知道我和你是八字不合还是有什么孽缘，最近好像走哪儿都能遇到你。"楚陵双手插在口袋里，不爽地说。

看在江茗的面子上，陈恕没跟他计较，微微一笑，"这个节目是我先接的。"

"呵！呵！"

"啊对，《杏花枝头》的剧也是我先接的。"

"是啊是啊，您是老前辈，混了十几年都还在十八线上混的老前辈……"

楚陵嘲讽完，见陈恕低头玩手机，直接无视了他，他更生气，叫道："喂，我在跟你说话呢，说话时要注视对方，你好像连基本的礼貌都不懂。"

"我知道啊，我只是顺便录下音，"陈恕抬起头，冲他笑眯眯地说，"我想江小姐……啊不，也许令尊令堂更想听到我们的交谈。"

楚陵有点怕父亲，一听陈恕这么说他就急了，想上前抢手机，陈一霖及时踏前一步，楚陵不敢跟陈一霖硬刚，定在那儿不动了，嘴上却说："有保镖了不起啊，有本事你自己来！"

"我如果有本事，还至于混到十八线吗？"

陈恕笑嘻嘻反问，楚陵被他的自嘲问得张口结舌，还好庄静及时出现，帮他解了围。

"你们在聊什么呢？"

"聊这猫真可爱，可惜跟错了主人。"

楚陵说完便去了船舷另一边，庄静对陈恕说："别管他，他邀请婷婷来，被婷婷用忙功课的借口回绝了，心里正不爽呢。"

陈恕意领神会，"所以就拿我撒气。"

"别这样嘛，你也知道婷婷是你的追星族，如果是你邀请，她一定会来，所以这么一比较，楚陵就更不开心了。"庄静走到陈恕身旁，很自然地挽住他的手臂，笑着说。

楚陵参加这个综艺节目陈恕事先是知道的，但他没想到庄静也参加了，回想那天赵青婷说陪庄静和经纪人去娱乐公司，应该就是关于接这个通告的事。

庄静今天打扮得很青春，短T恤配牛仔短裤，又在脑后扎了个马尾，说是高中生应该也有人信。

看到卢苇拿着他的单反照相机走过来，陈恕不动声色地抽出手臂，说："如果赵青婷也来，那事故五人组又聚齐了，楚陵说得对，我和你们四个人还真有缘。"

"那幸好她没来，否则说不定又会出事。"

陈恕和陈一霖对望一眼，同时想"你这真是乌鸦嘴，希望别一语成谶"。

"要来合拍一张吗？"卢苇没听到他们的对话，兴致勃勃地说。

这次综艺节目的录制原本与卢苇工作室无关，是庄静听说海岛风景秀丽，想借机多拍些照片，可以用在今后推荐宣传上，节目组自带的摄像师她信不过，就央求卢苇来参加。

卢苇为了配合她，一直在赶工作，直到昨晚才搭车赶过来和他们会合，还好楚卫风提前托人打了招呼，卢苇本身又是专业摄影师，导演没表示反对。

庄静一听拍照，立刻凑过来，卢苇要给他们三个人拍，陈一霖退开，摆摆手表示拒绝。

卢苇以为他是考虑到助理的身份，便说："稍等，我单独给你拍。"

陈一霖并不想拍照，那会增加暴露的风险。

还好卢苇刚拍完陈恕和庄静，一名工作人员就跑过来说导演叫他们过去。

庄静拉着卢苇跑走了，陈一霖跟在后面，小声问陈恕："你真录音了？"

"你觉得我有那么无聊吗？"

大家跟随工作人员来到船的另一侧,两个摄像师正举着摄像机在拍摄刘导和一个岁数不大却稍微发福的男人,两人各拿一杯饮料靠在船舷上聊天,太阳伞下还坐了三个漂亮的女性。

发福的男人姓张,笑星出身,因为喜欢吃又喜欢做菜,这两年常上一些美食节目,自称张大厨,这个名字成了他的招牌,以至于大多数观众不知道他真名叫什么,只要有他出现的地方,搞笑角色就非他莫属,这大概也是节目组邀请他的目的。

另一边那三位漂亮的女人一个是方芳,前不久陈恕还和她搭过戏,两人都属于混了很久却一直没混出头的那类人。另一个是近期蹿红的美妆博主小沅,她的仿妆技术堪称一绝,被粉丝尊称为易容大师。陈恕听说她进组后还特意搜了她的仿妆照,看完后不得不说这样的化妆堪称易容术。最后一位陈恕也认识,就是前不久他在凌冰的公寓偶遇的明星宋嫣。

对于宋嫣的参与,陈恕有点意外。

如果其他人算是混脸熟的话,那么宋嫣这种就是大明星级别了,宋嫣出道早,演技稳扎稳打,走红后和不少名导合作过,接通告自然也很挑,所以她会答应参加这个综艺,陈恕怎么可能不意外?

其他人和陈恕抱了同样的想法,所以今早在餐厅吃饭时陈恕还听到有人在说宋嫣多半是为了还人情才来参加的。不过起因是什么都好,有这样一位大明星进组,噱头足了,收视率上去,受益的是他们,说不定还可以趁着这个机会和宋嫣拉近关系,对他们日后的发展也有帮助,所以大家都很兴奋。

看看人都到齐了,刘导拍拍巴掌,示意摄像师暂停,他走到当中,说:"快到海岛了,大家都准备好了吗?"

大家陆续回答说"好了",刘导又开玩笑说:"没准备好也没关系,会有人引导你们进入剧情的。"

张大厨问:"就是幕后推手吗?"

"看剧本看剧本,里面有答案。"刘导虚晃一枪,又说,"大家彼此都认识了,我也不用多说了,请大家相互配合,共同录制出完美的悬疑综艺节目。"

啪啪啪的巴掌声响起，陈恕看过去，是楚陵在热烈鼓掌，其他人都没动，他自己觉得无趣，悄悄停了下来。

刘导安慰道："也不用太紧张，在剧本的基础上自行发挥即可，就算发生小问题，后期剪辑上也会剪掉，放心，不会影响到诸位帅哥美女的形象……对了，有一点请不要忘记，在登上岛的那一刻起，故事就拉开序幕了，工作人员会请每一位参与者随机选一个小袋子，里面有你们的身份证件、职业以及登岛的目的。"

他说完了，方芳说："听起来挺刺激的。"

"是的，刺激、悬疑、反转是我们综艺的主题——你究竟是谁，也许知道的人只有屏幕对面的观众。"

陈恕发现不知什么时候摄像机又开始拍了，张大厨也很应景地掏出个烟斗，学着福尔摩斯吧嗒吧嗒地抽烟，庄静和楚陵还有小沅这几个新人则都是一副跃跃欲试的表情。

这些估计都会剪到小花絮里去。

陈恕正想着，就见宋嫣举起手，说："我听说岛上好像有蛇，应该不会影响录节目吧？"

刘导还没回答，女生们先异口同声叫起来，他急忙解释说："这一点请不要担心，大家住的地方是我们租的别墅，安全绝对到位，岛上还有一些观光景点，虽然游客不多，但也有负责人员定期清理检查，只要别去特别偏远的地方，就不会有事。"

几位女生放了心，楚陵的目光扫过陈一霖抱的猫，对陈恕说："你的猫惨了，猫最喜欢溜达，说不定就会跑去偏远地界，呵呵。"

面对他的不怀好意，陈恕决定还是表现出善良的一面，认真地说："没人告诉你猫除了抓老鼠之外，还很擅长捕蛇吗？"

周围传来女生们的笑声，楚陵噎住了，瞪着他不说话，张大厨哈哈哈笑起来，指着小猫对楚陵说："这猫看着挺聪明的，说不定还会捉了蛇放进你被窝呢。"

楚陵吓得脸白了，庄静和小沅的脸色也不太好看，不过她们是新人，不方便开口，还是方芳吐槽他说："大家本来就怕，你还在这儿信口开河。"

"我这叫活跃气氛。"

听着他们聊,陈恕小声对陈一霖说:"现在我确信楚陵与调换道具刀那事一点关系都没有了。"

陈一霖点点头,深有同感。

渔岛到了。

渔岛面积很小,不用三个小时就可以环岛走一圈了,岛上有几栋别墅,原本是开发商建好后用来招揽游客的,可惜和附近一些岛屿群相比,这个小岛上值得特意来游玩的景点实在太少,所以一直没开发出来,别墅也就闲置了,节目组用很低的价格就租到了。

之所以会选择这里,一来是游客较少,不会影响拍摄,二来岛上自然风景优美,山势起伏也不大,方便做室外活动。

这是陈恕来之前查到的信息,据说多年前岛上还建有观通站,后来撤掉了,所以这里还留存了当年的营房遗址,出发前刘导就特意叮嘱过大家要在规定场所内活动,不要去小岛北端,那边游客止步,荒草植被繁茂。陈恕想说不定还真有毒蛇出没。

船停泊后,大家陆续下船,陈恕看到码头站了一位摄像师和一位穿白色长裙的女生,她应该就是刘导提到的工作人员了。

女生怀中抱了个小竹篮,竹篮里放了几个外观精巧的任务小袋子,嘉宾可以从竹篮里任意选取一个。

陈恕走在后面,到他时,篮子里只剩三个小袋子了。

他犹豫了一下,拉开宠物包的拉链,说:"杠杠,你来选。"

小猫打了个大大的哈欠,没动窝,陈恕改换语调,说:"大爷,麻烦您帮我选一个吧。"

周围传来笑声,摄像师专门给了小猫一个大特写。

陈恕把宠物包往篮子上凑了凑,小猫一爪子拍过去,一个小袋子被它的爪子钩起来,在空中来回晃动。

"这猫可真逗。"

主持人想摸它,小猫飞快地缩进了包里,主持人看向陈恕,微笑着说:"欢迎来到侦探岛,我是向导解小谜,这次的游戏任务由我来带领大家完成。"

她很漂亮,不过和习惯了面对大荧幕的宋嫣和方芳相比还是差距很大。来之前刘导曾提过主持人是当地人,有主持经验,是最佳人选,不过陈恕猜想这可能是什么关系户推荐过来的,哪怕出镜不多,也想找机会露露脸。

"那就拜托了。"

他说完场面话,拿着袋子往前走,后面是小沅,陈恕听到她在选袋子的时候称赞解小谜的妆化得很漂亮。

陈恕转头看去,解小谜开心得眼睛都眯起来了,说:"谢谢,祝你解谜成功。"

小沅拿起一个袋子,篮子里还剩一个,她往后看看,身后已经没人了,奇怪地问:"怎么还剩一个?"

"是啊,怎么会还有一个呢?"

解小谜俏皮地眨眨眼,小沅明白了。

"喔,原来解谜游戏已经开始了。"

"恕恕。"工作人员叫道。

发现摄像机镜头对着自己,陈恕立即进入剧情,一边往前走一边解开袋子,唠着嗑说:"杠杠,看看我们抽到了什么。"

袋子里只有一张门卡,卡片后面贴着二维码,陈恕扫了下,画面先是出现了一张去别墅的路线图,接着是别墅平面图,最后是一扇镶着4的客房门。

"看来这就是我们要住的房间了,不知进去后有什么惊喜。"

"喵!"

小猫配合着应了一声,看到那架一直拍猫的摄像机,陈恕有种预感,这个节目要是上了,也许杠杠的人气度要远超过他。

沿途风景秀丽,草色青葱,陈恕不需要特别看路线图,因为只有一条平整的路通向小岛正中。陈恕掏出事先准备的指南针看了看,北面远远站着几个人,好奇地看过来,应该是来岛上观光的游客。

"你居然还带了指南针。"庄静凑过来看。

进入录制环节，卢苇和陈一霖一样撤出去了，庄静无聊，便拉着陈恕说话。

"是很早以前买的，觉得既然参加冒险活动，有个指南针能增加真实感。"

"可惜这里一眼就能看到头，指南针用不上。"楚陵凉凉地说。

庄静指指最北边，那边有一些灰色楼群，几乎被青草覆盖了，她说："那边好像就是游客止步的地方，你怕蛇，千万别过去。"

"我并没有怕蛇。"楚陵反驳，庄静问："那你脸红什么？"

几个人都笑了，摄像机开着，楚陵又不能真发脾气，只好说："热的，希望下场大雨降降温。"

大家看看天空，碧空万里，哪有下雨的迹象。陈恕趁着大家闲聊，加快脚步走到了最前面。

一行人很快来到了别墅。

这其实是类似于民宿的两层楼建筑，只是装潢比较豪华而已，看平面图上的标记，别墅后面还配有一个很大的泳池，整体来说这里的条件比想象中的要好很多。

嘉宾都住在二楼，陈恕照路线图的提示来到二楼最边上的房间，房门当中镶着一个金色的4。

他用门卡开了门走进去。

里面是个小套间，摆设简单，不过需要的物品都有准备，他看了一圈，最后目光落在了镜子上。

像是怕他留意不到似的，镜子当中贴了个大大的二维码，他继续扫描，这次跳出来的是他的身份。

姓名：四号

职业：惯偷

任务：找出隐藏的富豪，盗取他藏在岛上的一袋钻石。

陈恕抬起头，面对镜头先是做了个犯愁的表情，接着又微笑说："有点难度，不过我会努力完成任务的。"

来的路上陈恕看过剧本，登陆侦探岛的人中有富豪、富豪的情人、保镖、想干掉富豪的杀手、富豪请来的侦探，还有意外来到别墅的游客,以及他抓阄抓到的小偷。

由于大家是先后上岛的,并且富豪为了躲避仇家整了容,所以彼此都不认识,只能在规定时间内通过互动与试探,推理对方的身份,找出谁是富豪,这就是"你是谁"这个主题的由来。

至于完成任务,陈恕觉得"惯偷"的任务难度不算大,至少比"杀人"要容易。

陈恕正思索怎么推动节目,就听刺啦一声,小猫一直闷在包里,早就不耐烦了,摄像机刚退出客房,它就用爪子很熟练地把拉链扯开,跳出宠物包,不顾陈恕的阻拦跑了出去。

等陈恕追出客房,走廊上早已没有猫的影子了,尽头窗户开着,他走过去探头往外看,下面铺着小石子,远处围墙上青藤环绕,再远处是一片片的绿色植被,这里连空气都似乎是清透的。

可惜猫不见了。

对一只猫来说二楼不算高,陈恕有点佩服陈一霖的先见之明,要不是提前给小猫戴了项圈,它这么一跑,都不知道该去哪里找。

"出了什么事?"耳机里传来陈一霖的询问。

"猫丢了,"陈恕说完,觉得不准确,又追加道,"它离家出走了。"

"看来你得一个人录节目了,那行,我去找。"

有陈一霖跟着,陈恕不担心,他顺着走廊往回走,经过一间客房,里面传来叫声,紧跟着是玻璃杯砸碎的响声。

房门关着,不过可以听到是个女人的声音,他上前敲敲门,叫声停下了,房门打开,是宋嫣。

她拿着手机,表情有些不耐烦,看到是陈恕,马上转成微笑,前后可能只有几秒钟,陈恕忍不住想不愧是得过大奖的明星,这表情管理实在太游刃有余了。

"不好意思,我是不是打扰到你了?"他问。

"没事,是我的助理又犯蠢了,没忍住。"

宋嫣看看走廊,没看到摄像头,她的笑容更灿烂了,头往屋里一摆,问:"要进来坐坐吗?"

换了平时，陈恕一定拒绝，不过现在在录节目，想到可以利用这个机会迷惑其他嘉宾，也可以探测宋嫣的"身份"，他同意了，走进房间，但没有关房门，保持敞开的状态。

看到这个小动作，宋嫣挑挑眉，似乎是称赞他的仔细。

宋嫣的房间摆设和他的一样，陈恕很快就看到了地上的玻璃杯，宋嫣说："幸好助理不在眼前，否则杯子很可能砸到他的脑袋上。"

"理解理解，我也常常想这样砸我的助理。"

"不，你不会这样想的，因为你打不过我。"

耳机里传来陈一霖的回应，陈恕无视了，问宋嫣："你的任务难吗？"

宋嫣再次挑眉，"你这是在探我的底吗？"

"宋姐你还怕被窥探吗？"

陈恕笑了，宋嫣也笑了。

"大概……"她想了想，"要比你的难。"

"你还不知道我的任务是什么，怎么敢断定你的更难？"

"因为我已经知道你的任务是什么了。"

陈恕一愣，等看到宋嫣似笑非笑的表情，他才知道自己被耍了。

门口传来响声，张大厨的大嗓门老远就听到了，应该正在拍摄他的部分，经过宋嫣的房间，当看到宋嫣和陈恕时，他立刻跑进来，站到宋嫣的面前，很夸张地对陈恕大声说："宋姐是我的，我不许你害她！"

这家伙是戏精学院毕业的笑星吧，入戏还挺快。

陈恕心里吐着槽，配合说："原来你们就是那对富豪情侣？"

张大厨还没回答，宋嫣先说："不，我的情人比他有钱。"

张大厨转转眼珠，"我擅长打架，所以我要保护她。"

"我以为你最擅长的是做菜。"

"那你呢？你最擅长什么？"

"吃菜。"

陈恕说完，大家都笑了，其他嘉宾也都领完任务出来了，大家相互审视，都一副把对方当嫌疑人的表情。

摄像机跟着众人往楼下移动,张大厨跳脱,方芳又习惯了和他怼,所以这一段的戏份都给了他们。

陈恕跟在摄像机后面要下楼,胳膊忽然被拉了一下,宋嫣低声说:"注意安全。"

陈恕看向她,宋嫣整整发型,迎着另一台摄像机走过去,陈一霖在耳机里说:"她好像话里有话。"

陈恕不敢肯定,说:"现在大家都进入角色了,她可能是想迷惑我,通过观察我的反应来判断我的身份和任务。"

这样说也有道理,不过陈一霖还是提醒说:"你就注意点吧,不管是戏里还是戏外。"

陈恕来到楼下大厅,照剧本设定,大厅桌上摆了下午茶点心,解小谜说坐了很久船,大家都辛苦了,先好好休息一下,话题可以随便聊,充分运用心理攻防战术推理出对方的身份。

为了胜出,大家都施展浑身解数开始攀谈,陈恕品着茶听了一会儿,基本上都是询问对方的职业和喜好,还有来岛上的目的,由于游戏规定不可以说谎,所以大家在试探中都尽量回避敏感问题,否则万一反应迟钝,就自我暴露了。

楚陵好像把陈恕视为假想敌了,陈恕坐下没多久,楚陵就跑来和他搭话,拐弯抹角地问他的身份。陈恕虚与委蛇,两人你来我往聊了一会儿,他确定了楚陵不是富豪和游客,因为他的字里行间一直绕着钻石打转。

楚陵不是个有城府的人,陈恕猜测他真正感兴趣的是富豪,又不想被发现自己的目的,所以才借由钻石这个话题来问。

在得出这个结论后,陈恕就不理他了,去和其他嘉宾聊,就听楚陵对庄静说怀疑自己是富豪或杀手,因为只有这两个角色对钻石没兴趣,而陈恕的态度正好对应了这两个角色。

陈恕哑然失笑,心里已经预测到了这次游戏中楚陵的成绩一定会垫底。

正说着,外面天空开始转阴,庄静在和方芳聊岛上的景点,探头往外看看,说:"变天了,晚上不会下雨吧?"

解小谜说："对的，今晚应该有一场暴风雨。"

宋嫣说："如果暴雨妨碍了通信设备，那不正好变成暴风雪山庄了？"

楚陵没懂，问："下暴雨，那该叫暴风雨山庄，为什么叫暴风雪？"

张大厨哈哈哈笑起来，方芳和小沅也不是很懂，不过她们聪明，没像楚陵那样随便发表见解。

庄静白了楚陵一眼，说："宋嫣姐说的是暴风雪山庄模式，它是推理小说中一个常见的流派，又称孤岛模式，通常是指几个人被隔离在封闭环境里，这些人会依次离奇死亡，侦探需要在有限的时间里找出凶手。"

楚陵没面子了，摸摸鼻子，张大厨则啪啪啪拍巴掌，对庄静说："你对推理小说很了解嘛，喜欢这类书籍？"

"我是被闺蜜影响的，她是校推理研究交流协会的成员，常给我推荐一些名推理小说，最近还推荐了一个晚报上的连载，故事挺好看的，就是作者太随性，连载到高潮部分居然断更了。"

"你不会是说 *I Know What You Did* 吧？我也在追啊！"张大厨激动地一拍大腿，很快反应过来，哈哈笑道，"幸好断更了，否则我们这算不算是在打广告？"

大家都笑了，方芳趁机试探他们说："你们不会是侦探吧？"

张大厨笑着不说话，庄静眨眨眼。

"很有可能呢。"

"哈！"

嗤笑声从楚陵嘴角滑出，庄静瞪他，楚陵慌忙摆摆手，说："我没其他意思，就是觉得身份是随机选的，了解推理小说的不一定就是侦探。"

宋嫣微笑着说："也不一定就不是。"

陈恕没有插话，静观大家的反应，所有人都隐藏得很好，除了楚陵，陈恕推测他就是侦探，因为在方芳说其他人是侦探时，楚陵露出了骗过人后自得的表情。

下午茶吃完了，解小谜说整栋别墅里都藏有提示，只要是公共场所都可以随便翻找，大家开始了自由活动，陈恕选择去后院，因为陈一霖通过耳机告诉他说小猫在后院，GPS的位置一直没动，大概天气好，它在晒太阳吧。

"人家找线索我找猫，真是个不省心的猫崽子。"陈恕心想。

他来到后院，这里很大，当中是泳池，泳池彻底清洗过了，里面的水清透见底，陈恕试了试水温，刚刚好。

方芳在对面问："你是想游泳吗？"

"不，我在想钻石会不会藏在水里。"

"我知道了，你是小偷，你想偷富豪藏起来的钻石。"

"我以为这世上没人会对钻石不感兴趣，除了另有目的来岛上的杀手。"

方芳一愣，陈恕心里有数了，庄静也跑过来，探头看泳池，说："是啊，包括藏钻石的富豪本人。"

"那要不要下去看看？"小沅提议，除了解小谜要担任主持人，不能配合外，其他女嘉宾都响应了，其实大家都知道解谜固然重要，但娱乐效果也不能少，谁会错过这个穿泳衣展示窈窕身材的机会呢。

果然，等她们换上泳衣下游泳池后，摄像机都挤到她们那边了，陈恕正好趁机歇口气，转去花坛附近找猫。

他照着陈一霖的提示，很快就找到了小猫待的地方，它可真会找地方，在一大片树叶下面蜷起来打盹，听到脚步声抬起眼皮，看见是陈恕，软绵绵地叫了一声。

"快下雨了，跟我回家。"

陈恕伸手抱它，忽然看到猫爪子下面有个东西，他抽出来一看，是个半透明的小袋子，里面放了几颗亮晶晶的东西，还有张纸片，上面写着"钻石"。

富豪居然把钻石藏在这么显眼的地方？

陈恕很惊讶，心想这大概就是所谓的最危险的地方也最安全吧，可惜再安全的地方遇到了猫猫也得玩儿完。

陈恕的任务就是拿到钻石，现在算是完成任务了，赢得这么没有成就感，只能说剧组设定得也太不走心了。

陈恕有点无语，看看对面，女嘉宾们还在泳池里寻找，楚陵和张大厨也在，谁也没注意到他的举动，他便悄悄将袋子放进了口袋。

游戏还在进行中，为了娱乐效果，他打算继续配合，只要最终大揭秘时他不是垫底的就好。

身后传来快门声，陈恕站起来，是卢苇在附近拍风景照，镜头还时不时地掠过他，他走过去，微笑着说："如果拍我了，记得拍得好看点。"

"如果拍的话，我会提前打招呼的，你的外形特别上镜，我会挂在工作室最显眼的地方。"

卢苇回答得很巧妙，还间接恭维了他。

这家伙还挺滑头的，陈恕心想着，说："谢谢。"

"不谢，美好的事物总是会吸引着人去追求。"

卢苇的镜头又移去了游泳池那边，在几位女嘉宾之间转了转，又移到远处的山峦，说："这里风景真美，现在我觉得加班赶工作也值了。"

一位工作人员跑过来，对卢苇说庄静希望他过去给大家拍照，卢苇答应了，叫上陈恕一起去，陈恕摆摆手，又指指花坛里的猫，卢苇像是看外星人似的看他。

"你可真奇怪，人家上综艺，恨不得镜头每一秒都在自己身上，你倒好，把机会都给别人了，这样怎么可能红啊？"

他摇着头离开了，陈一霖站在二楼平台上，看着楼下的风景，也通过耳机听到了卢苇的话，心想大概陈恕一开始也没想过要红，他也不可以红，他的家庭背景太复杂，人红是非多，很可能牵连到家里的老人。

手机响了，是常青的电话，陈一霖继续欣赏着楼下的综艺游戏，摁下接听键。

他还以为有新发现，结果常青只是说水塘尸体的身份还在调查，失踪人口名单中也没有找到匹配的资料，由于浸泡时间太久，尸体腐烂严重，能查出来的部分有限，不过法医提到被害人的颈椎和腰椎间盘都有比较严重的退行性病变，以被害人的岁数来判断，应该是长时间使用电脑造成的，所以他们现在把调查重点放在与电脑相关的职业群体上。

常青打电话来主要是询问陈恕的情况，说头儿很担心在偏僻小岛上万一出事，陈一霖一个人应付不过来，让他盯紧点，他说了半天不见陈一霖回应，便问："你有没有在听我说话？你要是觉得吃力，我过去支援你。"

"哦，我在听着呢，你不用过来，我还不知道你？你根本是想找机会接近偶像。"

陈一霖开了句玩笑，常青却没笑，陈一霖感觉到不对劲，问："她有问题？"

"刘叔有重大嫌疑，我们现在正在搜集证据，申请搜查令，宋嫣和刘叔的关系很不错，你小心一点。"

陈一霖低头看去，宋嫣从泳池出来了，身上披了条浴巾，看着清清爽爽的，和吸毒这类事件似乎完全扯不上关系。

不过他知道这种事不能只看表面，尤其是宋嫣曾和凌冰住同一栋楼，陈恕差点被花盆砸到的那天她也在公寓出现过，这些或许是巧合，或许是人为设计。

"其实我个人也不希望宋嫣有问题，不过陈恕这次上的节目，正常来说宋嫣是不会参加的，名气完全不一样。"

"就不兴人家友情客串？"

"比起友情，我更相信是还人情，或者她的目的是陈恕。"

"好，我知道了，我会留意的。"

事情说完，常青要挂电话，陈一霖叫住他。

"刚才你提到电脑职业，我想起一件事。"

可能是他想多了，就是听了无名尸案，再听到那个报刊连载断更的事，他就本能地联系到了一起。

他把自己的怀疑说了，常青说："不会这么巧吧，你看看那些网文作者，每天断更的没有一千也有八百，不过既然你提到了，我就去问问好了。"

陈一霖挂了电话,头顶传来轰隆声,他抬起头,天空乌云密布,几道闪电划过后,大雨倾盆泼下。

因为突来的暴雨,原本设定的夜间篝火聚会取消了,晚餐是在一楼餐厅吃的。

跟下午茶时的气氛一样,嘉宾们继续相互试探的话题,大家比较熟了,聊天不像最初那么生硬。

拍摄途中卢苇还向导演自荐,主动帮他们拍照,尤其是陈恕,卢苇给他拍得最多,让他感觉卢苇也把他当做假想敌了,只不过卢苇城府深,不像楚陵把不快表现得那么明显。

张大厨特意做了几道海鲜菜,吃的时候他感叹没在泳池找到钻石,晚上又因为暴雨,不能出去找,只能在别墅里面尝试着找线索了。

楚陵吐槽说:"泳池的水那么清,一看就不可能藏钻石。"

"那可不一定,所谓最危险的地方就是最安全的地方。"

大家纷纷反驳,楚陵怕惹众怒不说话了,陈恕按按西装内侧口袋,考虑回头把钻石藏到哪里比较安全。

饭后,大家陆续回房间,摄像组跟紧每位嘉宾制造话题,连他们出浴的部分都没放过,整个过程陈恕都面带微笑,直到摄像机退出去,他感觉脸上的肌肉都僵了,吹完头发,打开小冰箱想拿矿泉水,却发现水喝完了。

陈恕去楼下拿水,刚进茶水间就听到快门声,卢苇给小沅拍完照,又就近亲了她一下。

陈恕急忙退了出来,还好两人没注意到他,他放弃拿水,准备回楼上,手机突然开始振动。

陈恕跑上楼,打开手机,是陈一霖的留言,让他打听一下宋嫣为什么会参加《你是谁?》这个节目。

他没说原因,陈恕也没问,用打听八卦的口吻问了几个平时关系还不错的人,没多久回复就过来了,说好像是宋嫣主动联络节目组参加的,否则她的片酬节目组肯定出不起。

陈恕有点明白为什么陈一霖会让他查这个了,他把留言转给陈一霖,回到房间,手机又响了,陈恕还以为是陈一霖来的电话,一看视频邀请居然是江茗,他的心猛跳,看着江茗的头像,犹豫了一下接听了。

视频那头不是江茗,而是小不点那张大大的脸,陈恕马上明白是他在偷用手机。

"哥哥!哥哥!"

大概是被训了,小不点今天没爸爸、爸爸的乱叫,看着他灿烂的笑脸,陈恕没脾气了,盘腿坐到床上,问:"为什么打电话来?"

"因为你没打电话给我妈妈啊。"

小不点振振有词,陈恕说:"因为我在工作。"

"我舅舅也在工作,他就给我妈妈电话了,我听他说他和你在一起,在小岛上是吗?"

陈恕点点头,小不点兴奋了,问:"有美人鱼吗?有美人鱼吗?"

"没有,大人看不到美人鱼的。"

陈恕掂了掂手里的钻石袋子,拿过枕头,把袋子塞进了枕头里面。

"你在干什么?"

"在做游戏,"陈恕做了个嘘的手势,"不能告诉你舅舅。"

"我不会告诉他的,他说哥哥你是坏人,你开车撞了人还逃跑。"

孩子说的应该是林晓燕的事,陈恕皱起眉,问:"他跟你妈妈说的?"

"嗯,说让我妈妈不要和你好,我讨厌他!"

"你妈妈怎么说?"

"妈妈骂了他,还骂我,说我不学好,偷听他们讲话,哥哥你跟妈妈道个歉吧,妈妈从没那么生气过,我没弹钢琴她都不管……"

声音突然变小了,对面镜头开始晃,接着映出了江茗的脸,看到她来,陈恕的身体绷紧了,坐姿也不像刚才那么随意。

"不好意思。"

江茗似乎很生气,尽管她表现得还算冷静,她把儿子拉到一边,对陈恕说:"我就离开了一会儿,手机就被大宝拿走了,他没妨碍你们录节目吧?"

"没事没事,今天的拍摄已经结束了,我们聊得挺开心的。"

"你别帮他说话了,我都听到了,这么小就知道打小报告,说他舅舅的坏话。"

江茗说完儿子,又抱歉地对陈恕说:"你别放在心上,我弟弟那个人就是心直口快,最近和女朋友又处得不顺利,就……我已经说他了,不要背后道人是非。"

"也不算道人是非,那都是事实。"

江茗一愣,陈恕急忙摆手,"我是说林晓燕出车祸是事实,不是说是我开车撞人的。"

"我知道的,你是好人。"

莫名其妙就被夸了,陈恕有点郁闷,看看视频那边的江茗,她刚洗完澡,头发还是半湿状态,穿的是领口比较低的衣服,锁骨清晰可见,室内灯光朦胧,照在她脸上,比平时增添了几分韵味。

明明平时和女艺人搭戏,各种亲密肢体动作做得也不少,可是此刻即使隔着视频陈恕也觉得不自在,似乎觉得这张笑靥留存在记忆中,但似乎又并不熟,那种感觉很难解释。他移开眼神,江茗也注意到了,说了声抱歉,把镜头移到颈部上方。

"拍得顺利吗?"她问。

"还挺好的。"

"那个,如果我弟弟嘴贱说错话,你别跟他一般见识,告诉我,我回头修理他。"

"那倒不用,真要是得罪了他,今后要见你就更难了。"

"啊?"

江茗没听懂,陈恕尽量让自己保持平静,半开玩笑说:"你可以考虑下我,我觉得我在业界的风评还是不错的。"

江茗笑了,"与这个无关,而是——你忘记紫色了吗?"

陈恕一愣,可能这几天事情太多,曾经纠缠他的阴影竟然在不知不觉中消散了,突然被问起,他有些恍惚,说:"没忘,只是没记起来，我想可能随着时间流逝，我会真正忘了她吧。"

江茗不置可否，说："最近我看了一本书，是有关记忆的，书上说当你回忆过去的某件事时，你只是在回忆记忆，而不是那件事本身，因为人是有感情的，无法不带任何情绪和感受去记录某件事，所以记忆里肯定有夸张的部分，而且每回忆一次，就会加深一次滤镜，简而言之，你回忆的不是那个人，而是当时你的感觉。"

陈恕默然不语，他想也许江茗说对了，他心里其实很清楚，他在找寻的不是紫色，而是他自己曾经的记忆。

"早点睡吧，有时间再聊。"

江茗向他绽开一个笑脸，挂断了视频。陈恕拿着手机平躺到床上，盯着天花板想他是真的想不起来，还是不想想起来。

因为记忆中有太多伤心的过去，他怕被伤到，所以就像江茗所说的一次次地修改记忆，让它变成自己希望的模样。

他默默注视着手机，半晌回过神，上网敲了以前用过的网名，什么都没搜到，他记得自己好像还用过其他的名字，却想不起来了。

困意涌来，陈恕拿着手机躺到床上，不知不觉中沉入了梦乡。

第九章
又见雨衣人

睡得正沉，一阵雷声落下，把陈恕从梦中惊醒。

外面似乎还是暴雨倾盆，隔着窗帘可以看到偶尔划过的闪电。陈恕坐起来，目光掠过窗户，某种意识驱使下，他走过去掀开了窗帘。

外面黑乎乎一片，只有角落里一盏灯发出微弱的光，反而让院子更显得阴暗，雨水击打着葱郁花草，发出有节奏的噼啪声，枝叶摇摆中，陈恕忽然看到有道人影站在当中，依稀是雨衣男。

心在一瞬间被攫住，仿佛停止了跳动，陈恕手心发凉，想仔细去看，却风大雨急，在玻璃窗上挂上了一层雨帘，无法看清。

他不知道那是自己的幻觉还是真实存在的，唯一的办法就是亲自去求证。

陈恕冲出房间，顺楼梯一路跑下楼，来到别墅的后门。

门是自动锁，陈恕从里面拧开，跑到院子里。

雨比想象中的要大，陈恕刚出去，迎面就被飞来的雨水拍个正着，他抹掉脸上的雨水，冲到雨衣男站的地方，那里并没有人，只有一件雨衣挂在枝杈上随风摆动，黑暗中看不清，他一看到雨衣，就先入为主以为是雨衣男出现了。

陈恕气极反笑，又抹了把脸，转身想回别墅，身后传来脚步声，没等他回头，腰间便传来触电般的痛，随即意识便腾空了，带着失重的感觉，神志恍恍惚惚着像是飘离了地面，接着又重重落下。

砰！

耳边传来沉重的响声，随即温暖的感觉包裹了他的全身，身体似乎在缓慢下沉，黑暗中有只无形的手拉住他，妄图将他拉入深渊尽头。

呼！

他本能地吐出一口气，睁开了眼睛。

四周一片漆黑，他活动四肢，触电后的麻痛还没有完全消失，他的动作有些僵硬，恍惚了几秒后才意识到自己现在在水里。

嘎啦嘎啦嘎啦……

头顶隐约传来金属摩擦声，陈恕划动四肢想浮出水面，头却撞到了一个硬实的物体，他伸手摸摸，像是卷门，再往前看，漂浮在水面上的微光在逐渐消失，他猛然醒悟过来——那是泳池盖，为了防止被弄脏，很多泳池都配有这种自动卷帘式盖子。

如果盖子完全关紧，那他就……

陈恕不顾细想，努力往泳池另一边游，他一定要赶在泳池被完全覆盖前游出去！

他咬牙加快速度，可惜四肢还没完全复原，任凭他怎么划动都像是在原地打转。

耳边不时传来雨声和水流声，声音越来越大，耳膜和心脏剧烈鼓动着，四周一片漆黑，不远处的那道微弱光亮似乎马上就要消失了。

陈恕感到了绝望，却不甘心放弃，黑漆漆的画面像极了多年前的那个夜晚，像极了在水流中拼命自救的他，不……当时不是他一个人，还有个他努力救助的孩子……

一瞬间，零碎的画面在眼前飞速闪过，倒在地上的躯体、四周摊开的血液、沾了血渍的石头，还有汹涌翻腾的水流……

一切一切，像是有人用刀子剖开了他的脑袋，将曾经消失的东西硬塞还给他，心脏剧烈跳动着，刺激得两边耳膜都开始作痛，他几乎喘不上气，四肢抽搐，往泳池底部下沉。

底部很硬，先是膝盖落地，刺痛感传递给陈恕，他忽然清醒过来，趴在泳池底往前看，微光似有若无，那是唯一生存的希望。

他哆嗦着爬起来拼命往前游，不知过了多久，或许并没有他感觉的那么久，他终于触到了泳池边沿。

然而在他快要游到的时候，盖子已经完全盖上了，唯一的那束光芒消失了，他从来没像此刻这么绝望过，心脏跳动的速度超过了应有的频率，脑子几乎要炸开了，他抬手想捶盖子，力气却像是用完了，稍微碰触盖子后就无力地坠入水中。

视线陷入黑暗，他感觉到自己的身体在慢慢往下沉，可是这一次他再也没有力气去逆转，意识开始消散，他的手指攀住边缘，再顺着边缘向下滑，眼看着即将完全坠入池底，手腕猛地被攥住了。

冰冷的感觉直穿心扉，陈恕猛然清醒过来，盖子好像被拉开了一条缝，有人抓住了他的手臂把他拉出水面。

脸颊传来疼痛，雨点打在脸上，刺激着他的意识复苏，也在告诉他他还有感知，他还活着。四肢还在不停地抽搐，可他不知从哪儿冒出来的力气，借着对方的帮助攀到了泳池边上，这么强的求生欲连他自己都觉得震惊。

"怎么样？呛到没？"

后背被拍打，他听到了属于陈一霖的叫声，他想回答，张张嘴，却发出干呕。

他的游泳技术不错，比起呛水，恐惧感占了大部分，只觉得脑子涨得满满的，太多东西突然间从记忆深处涌出，由于太多，反而什么都记不起来。

"没、没事……"

好半天，他才吐出几个字，四肢抽搐好一点了，不过全身还是控制不住地发抖。陈一霖想扶他起来，可看看他这样子，放弃了。

陈恕的状态太糟糕了，陈一霖在想要不要叫急救，可急救大概要出动直升机，就怕这种暴雨夜直升机飞不过来。

"还真让那帮乌鸦嘴说中了，"他恨恨地说，"还真变成暴风雪山庄模式了。"

还好过了一会儿，陈恕的抽搐慢慢停止了，陈一霖把外衣披到他身上，看着他脸色不像最初那么苍白，问："能站起来吗？"

陈恕点点头，借着陈一霖的力气站起来，头有些眩晕，他揉揉额头，陈一霖想扶他回屋里，陈恕制止了，指指对面，说："看看那件雨衣。"

两人挪去挂雨衣的地方，陈一霖将雨衣扯下来，只是件普通的黑色雨衣，随处可以买到。

　　听了陈恕的讲述，陈一霖心想雨衣就摆在眼前，这次总不可能是陈恕的幻觉，尤其是陈恕的行李是他打包的，就算陈恕想自导自演，也没机会买雨衣。

　　跟前几次一样，每到下雨，雨衣男就出现了，对方的行事手法越来越直接了，难道是认为陈恕掌握了他的秘密？比如诺基亚手机里的那张照片？

　　陈恕说："也许我们可以利用节目里找线索的借口查下还有谁拿了电击器。"

　　陈一霖有种预感，电晕陈恕的电击器就是他给陈恕的那个，因为凶手把时间掌握得刚刚好，就像当时他就在陈恕的房间似的。

　　可如果是这样，那他有的是机会伤害陈恕，但他什么都没做，而是引陈恕去楼下，将他推进游泳池。

　　难道是想伪装意外？可是陈恕身上有被电击过的痕迹，警察不可能注意不到。

　　总之，不管怎么想，凶手的行为充满了矛盾。

　　听了陈一霖的怀疑，陈恕冷不丁打了个寒战，觉得当时自己没开灯真是太明智了，房间不大，如果凶手当时就在屋子里，他们打照面的话……

　　"你还不如不给我电击器，"他怨道，"你看，还没派上用场呢，我自己先用上了。"

　　"反过来想，如果没有电击器，凶手很可能就在你的脑袋上来一下，结果更糟糕。"陈一霖凉凉地说。

　　陈恕觉得头又开始痛了，不知道是被电击造成的还是溺水造成的，脑子里乱哄哄的，像是堆积了很多东西的仓库，满满的不知该从何理起，眼前不时地忽闪一下，每次在他以为可以抓住线索时，记忆却转瞬即逝，只留下一道道残影。

　　淡紫色的，像是水彩画卷，又像是满山间随风摇曳的花草，花草尽头弥漫着白雾，层层叠叠……

"你还好吧?"陈一霖问。

像是没听到他的询问,陈恕喃喃道:"紫色。"

"什么?"

"紫色的枫叶。"

陈一霖的脑门上弹出好几个问号,估计是陈恕突然遭遇意外,刺激了他一些潜在的记忆。陈一霖没再多说,收好雨衣,扶他回了别墅。

大雨倾盆,随着大门的关闭,雨声被关在了身后。

别墅里外简直就是两个天地,出奇地静,泳池盖关闭的声音虽说不是太大,但也不至于一个人都没听到,所以……

陈一霖看看陈恕的脸色,没把自己的怀疑讲出来。

他扶着陈恕回了房间,仔细检查了一遍,房间里没有安针孔摄像头等东西,陈恕的随身物品也都在,只有电击器没了,再看看小猫,它趴在宠物包里睡得正香。

陈恕觉得不对头,伸手摸摸它,呼噜声传来,证明它没事,这才放了心。

他又翻了下枕头,钻石还在,他自嘲道:"幸好是道具,否则也被拿走了,那家伙是不是给我们喝了什么东西?否则我不会连有人进来都不知道。"

休息前节目组一直在跟踪拍摄,楼上楼下都是人,凶手没机会进房间,所以只能等大家都入睡后才行动。

想到这里,陈恕忍不住看陈一霖,老实说他都有点怀疑这个助理了,因为他每次出现的时间都太巧合了。

"你怎么知道我掉进泳池了?"

陈一霖没想到陈恕对自己起了疑心,说:"我睡觉很浅,一点动静就会醒。"

"晚饭你跟我们吃的一样吧?"

"一样,不过我没喝饮料。"

饭后张大厨特意磨了咖啡给大家,嘉宾们都喝了,工作人员应该也喝了,这种工作经常熬夜,喝咖啡提神已成了习惯,只有陈一霖没喝，他甚至连其他饮料也没动，喝的是随身带的矿泉水。

陈恕听完，看看小猫，觉得有人进来却没被猫抓，多半是小猫的饮食里也被混了东西。

这么一想，他更觉得气愤，正要提出看别墅监控，又想到为了保护艺人隐私，监控都关掉了，看来凶手也知道这一点，行事才会这么肆无忌惮。

"你可真警觉啊。"他称赞陈一霖。

"也不是，我不喜欢喝饮料，不过也不一定是饮料有问题，可能白天拍摄太累，大家睡得沉吧。"

看到陈恕拿起手机似乎想上网，陈一霖夺了过来，让他休息，自己睡沙发，免得再出意外。

陈恕没坚持，让他明天别提这件事，只当什么都没发生过，他不想耽误节目拍摄，也想就近观察众人的反应，因为这次与以往不同，不管嫌疑人是谁，他现在就在摄制组里，更容易锁定目标。

陈一霖想了想，点头答应下来。

大家起来得都比预定时间要早很多，工作人员需要提前做拍摄准备，嘉宾们想保持美美的样子面对镜头，所以等陈一霖起来时，大家已经进入拍摄状态了。

他婉转地问了几个工作人员，果然都说昨晚特别困，很早就睡下了，这就证明昨晚的饮食确实是被下了药，陈一霖趁着众人没留意，从垃圾袋里找到一个盛过咖啡的纸杯，装进自封袋。

接着陈一霖又去跟刘导说陈恕昨晚没睡好，希望把他的部分放在最后，刘导同意了，解小谜、庄静和张大厨在准备早餐，楚陵为了多入镜，在旁边打下手，这么多嘉宾呢，也轮不到陈恕打头阵。

"他平时也这么喜欢睡懒觉吗？"听到陈一霖和刘导的对话，楚陵问，只是普通的询问，不过从他口中说出来，就让人感觉有点不怀好意。庄静碰了他一下，让他去拿鸡蛋，话题就这么岔开了。

卢苇也在，他在摄制组外围，找好角度给大家拍照，陈一霖和刘导的话他听到了，小声说："是不是身体不舒服啊？我带了常用药，要是有需要跟我说。"

除了那次庄静受伤，卢苇冲陈恕大发脾气外，他一直都表现得彬彬有礼，但是给陈一霖的感觉，这人只是比楚陵圆滑，会说客套话而已，他们的本质其实是一样的，否则也不会成为好朋友了。

既然都是套路，陈一霖也就配合着说客套话。

"好的，谢谢卢先生。"

饭做好了，方芳和小沅也从外面进来，她们采了几束花，插进花瓶，放在餐桌上，大家把早餐端上桌，楚陵问："你们是不是还顺便找钻石了？"

"谁不想要钻石啊，可不知道富豪是谁，钻石上哪儿找？"

方芳说完，楚陵马上说："要不去那边废墟找？"

昨天他就提议过，被大家驳回了，看来他还是不死心，一脸的兴致勃勃。陈一霖在外围观望，觉得如果自己再年轻个几岁，也会对那种荒凉地方感兴趣的，就像是另一种冒险。

庄静对楚陵说："你本末倒置了，我们的任务虽然各有不同，但殊途同归，就是猜出彼此的身份，锁定富豪是谁，而不是去找钻石。"

"可钻石是富豪藏的，所以反过来想，找到了钻石，就能顺藤摸瓜推理出富豪是谁了，这比起不断的言语试探有效率多了，谁赞成？"

楚陵不擅长心理战术，他更倾向于行动派，不过几个女嘉宾都对那种杂草丛生的地方没兴趣。张大厨看看大家兴致缺缺，觉得楚陵一个人太孤单，便举起了手。

楚陵又向庄静投以恳求的目光，庄静叹了口气，只好也举了手。

楚陵感动了，上前握住他们的手，连连说："好同志啊！都是好同志啊！"

庄静把他的手甩开了，"行了，就在外面走走过场，权当郊游了，你也不想想，富豪怎么可能把钻石藏到那种地方？"

"不，我是在仔细思索后得出的这个结论，你们看。"

楚陵点开手机图片，昨天他瞅空去废墟附近转悠了一圈，顺便拍了照,照片里是那个游客止步的警告牌。

他放大照片,指着右下角让大家看,众人凑过去,就见四个红色大字下方还有一行很小的黑体字——冒险大欢迎。

大家面面相觑,楚陵扬扬自得地说:"解小谜,你说这算不算给我们的提示。"

"可能是,也可能不是。"

解小谜说得很含糊,大家彼此对望,张大厨一拍手。

"既然大家都没猜出彼此的身份,那就去看看吧,不过我要和宋姐一组。"

"宋姐是我们大家的女神,你别想一人独占。"

在几位嘉宾的起哄声中,早餐准备好了,除了陈恕和宋嫣外,大家都聚齐了,解小谜看看手表,说去楼上叫宋嫣,小沅说:"我去吧。"

她跑上二楼,摄像机跟在她后面,刘导给摄像师打手势,让他们不要跟太紧,宋嫣是大明星,他怕万一还没起来,状态不佳时被拍到,会惹怒她。

陈一霖跟在后面,看着一大帮人去了宋嫣的客房,他转去陈恕的房间,想趁着这个机会叫他起床——十八线明星也是明星,免得摄像机都怼过来了,他还毫无形象地在床上梦周公。

陈一霖用事先拿的房卡开了门,刚进去迎面就有一个东西劈过来,还好他反应快,闪身躲开了,转头一看,陈恕穿着睡衣,手里还攥了个花瓶,一脸虎视眈眈,看到是他才松了口气,把花瓶放下了。

"我说你这随便就砸东西的毛病能不能改一改?"

陈一霖瞅瞅那个看着还挺重的花瓶,心想不能怪大家都怀疑陈恕,他在许多时候表现出的暴力倾向都让人觉得他有问题。

"哦,我洗脸时听到有人悄悄开门,以为是凶手。"

陈恕脸上还挂着水珠,陈一霖过去拿了毛巾给他,说:"我是怕吵着你……外面都开始拍摄了,你也赶紧收拾收拾过去。"

他又去拿衬衣,就在这时外面传来女人的惨叫声,接着是一阵嘈杂声。

陈一霖变了脸,把衬衣往陈恕手里一塞,冲了出去,陈恕也顾不得换衣服了,跟在后面。

走廊某个房间门前围了一堆人,摄像师还扛着摄像机在拍,看到陈恕跑过来,镜头对准他,陈恕无视了,跟着陈一霖挤进宋嫣的房间。

小沅跌倒在地,因为害怕而全身发抖,其他几个嘉宾也都呆在那儿。

顺着众人的目光朝前看去,陈恕看到宋嫣侧卧在床上,脸上身上都是红色液体,他脑子嗡的一声,全身发冷,几乎喘不过气来。

陈一霖冲过去,伸手探触宋嫣的鼻息,还有体温,见众人还呆在那儿,他转头喝道:"愣着干吗?赶紧叫急救!"

"你先让开!"刘导大声吼道。

陈一霖没理,又去试宋嫣的脉搏,忽然一愣,宋嫣的脉搏跳动正常,再看到好几个工作人员冲自己直摆手,他有点摸不清状况。

"我们在录节目……"

细微声音从宋嫣口中吐出,周围都是摄像机,她没法睁眼,只能小声提醒。

陈一霖这才反应过来,看到枕头旁露出卡片一角,他抽出来,上面写着——死亡时间:晚上十点。

他拿着卡片跳下床,再看大家,嘉宾们一个个憋笑憋得脸都红了,除了陈恕。

"对不起,对不起,职业病……"

弄出了大笑话,陈一霖很不好意思,猫着腰想避开摄像头,刘导一摆手。

"不错不错,挺真实的,继续。"

"啊?"

"咱们的节目就是要讲究真实性,你都出场了,就继续往下演吧。"

陈一霖傻眼了。

让他捉贼抓歹徒没问题，对着镜头演戏他可一点想法都没有。陈恕摸摸头，已经反应过来了，走上前，清清嗓子，注视躺在"血泊"中的宋嫣，一脸严肃地说："她好像遇害了。"

其他几位嘉宾也都凑过来，有人说报警有人说找凶手，还是张大厨冷静，说："岛上没有派出所，就算报警，警察一时半会儿也来不了。"

"对啊，外面还暴雨倾盆，船肯定开不过来，现在我们真进入暴风雪山庄模式了。"

摄像头旁边有人抬起提示牌，楚陵很会见缝插针，抢先照着念。大家看看外面，要不是天气碧空万里，他们差点就被他骗过去了。

方芳配合着问："那岂不是要我们自己找凶手？"

庄静说："看来杀手早我们一步，知道了她是富豪。"

"你怎么知道她是富豪？"

"因为她被杀了啊，杀手上岛的目的就是要干掉富豪，所以凶手一定在我们中间！"

就在他们煞有介事的讨论中，陈一霖小声问陈恕："我该怎么做？"

"你平时怎么做就怎么做，即兴发挥就好，反正最后会剪辑。"

陈一霖挑挑眉，心想真正的现场勘查可是很谨慎的，哪会让一大帮的人凑过来破坏现场？可是在摄像机前，他只能进入角色，仔细做检查。

葡萄酒的气味传来，原来洒在宋嫣脸上和身上的液体不是血，而是酒，只有她唇角有一抹嫣红，那才是血，她的一只手搭在床边，床下有个滚落的葡萄酒杯，酒杯里还有残存的酒。

陈一霖把手绢垫在手上，拿起酒杯转动着看，陈恕凑过去嗅了嗅，说："有苦杏仁味，好像是氰化物中毒？"

小沅叫道："所以是有人在酒里下毒，害死了宋……富豪？"

陈恕问："你这么肯定她是富豪？"

"因为大家都这么说啊。"

"一个人只有在对自己的答案不自信的时候，才会说'大家也怎样怎样'。"

小沅语塞了,楚陵反问陈恕:"那你是认为她不是了?"

配合他的询问,陈一霖抬起被害人搭在床边的胳膊,一张卡片落了下来。

方芳捡起来,大家凑过去看,上面写着——

7号

职业:侦探

任务:保护富豪,找出杀手

楚陵发出"啊"的叫声,其他人也面面相觑,陈恕转头看别的地方,陈一霖及时把放在角落里的葡萄酒瓶递给他。

葡萄酒瓶开了封,瓶子上贴着 Dom. Romane Conti 1997 的标签,陈恕看看里面的酒,说:"只少了一杯的量,看来是侦探自己倒酒喝,结果中毒了。"

庄静一脸迷惑,问:"为什么杀手不杀富豪,而是杀侦探呢?"

"那就需要我们找出凶手,让他自己来解释了,"陈恕拿着酒杯,环视在场众人,"因为凶手就在我们几个人当中。"

"不,还有一个,"方芳指着他身后的陈一霖,说,"还有他。"

提示板又举起来了,楚陵念道:"他是谁?"

"助理,"陈一霖说完,看看众人的表情,追加道,"富豪的助理,富豪联络我说知道杀手是谁了。"

"是谁?"

"不知道,富豪整容了,我联络不上他,他只留了一件雨衣给我,说是凶手的。"

陈一霖跑出去没多久,把雨衣拿过来给大家看,嘉宾们的表情更古怪了,你看看我我看看你,没人搭话,这次连提示板也没有了。

因为不管是哪个嘉宾的剧本都没这段,这是陈一霖的即兴发挥。陈恕仔细观察他们的表情,都是一脸蒙,再去看后面的工作人员,可惜人太多,有些站在房间外面,他只看到了刘导和几个编剧,他们应该也不知道雨衣这件事。

解小谜及时跳出来,冲着镜头说:"意外终于发生了,第一位被害人身份现已确定是侦探，那么富豪在哪里？凶手是谁？你又是谁？请大家千万不要错过接下来精彩的推理对决。"

总结说完，这一段算录制完成了，方芳和张大厨这两个了解综艺流程的先出去了，其他几个新人有点不在状况，庄静看到陈一霖把雨衣给了解小谜，小声问楚陵："雨衣是什么情况啊？"

"我哪知道？可能人家有新剧本吧，喏，猫和助理都用上了，还真是物尽其用。"

宋嫣坐了起来，不过节目里她已经下线了，镜头也没有再跟着她走。

陈恕没跟其他嘉宾一起离开，他还在房间里来回转悠，又拉开柜子看，掏出手机拍了几张，宋嫣好奇地问："你在找什么吗？"

"在找证明被害人身份的东西。"

"刚才你不是看到了吗？那张卡片。"

"可我的身份是扫的二维码才知道的，为什么被害人的是卡片？"

"这个你要问编剧。"

宋嫣笑了，陈恕看着她，也笑了，告辞离开，在门口时忽然说："刚才你把我们都吓到了，这个妆是宋姐你自己化的吗？"

"我以为你会夸我的演技。"

"你的演技当然好，都不用特意夸了……所以妆是你自己化的吗？"

"你说呢？"

陈恕问了两次，宋嫣两次都没有直接回答，他心里有数了，从房间出来。

陈一霖站在走廊上，两人的对话他都听到了，说："摄像机应该一直跟着你的，你这搞调查的模样特像侦探。"

陈恕呵呵两声，自嘲地想是差点被淹死的侦探吗。

可就算昨晚差点出事，他也不能露出疲态，现在在参加综艺，他得打起精神把当下的工作做好。

两人去楼下，陈恕小声说："我看你刚才真被吓到了。"

"你不也一样？"

"连着出了好几次意外,再好的心脏也受不了。"

"剧本就是这么写的?"

"不知道,每个人的剧本都不一样,我的那上面什么都没写,估计是为了突出真实效果。"

陈一霖喷了一声,心想还真够真实的,把他这个警察都给骗过去了。

新一轮的推理又开始了。

别墅客厅的茶几上依次放着雨衣、酒瓶、酒杯,还有那张写了"侦探"的卡片。

参加者围着茶几坐了一圈,一齐盯着这几样东西看,最后是楚陵沉不住气,先开了口。

"我说,我们不去废墟找线索了?"

"我觉得这种暴风雨天气没人想去。"

庄静指指外面的天空,她把"暴风雨"三个字咬得特别重,提醒楚陵别忘了之前的设定——剧情临时走进暴风雪山庄模式了,他们只能待在别墅里面玩推理。

楚陵还真把这茬给忘了,揉揉鼻子不说话了。

陈恕问:"这件雨衣昨晚挂在后院树枝上,大家有没有看到是谁拿雨衣出去的?"

大家纷纷摇头,小沅说:"昨晚不知为什么特别困,一回去就睡着了,什么都没听到。"

方芳说:"因为这里空气好吧,我也是一觉睡到天亮。"

张大厨问:"挂雨衣是不是杀手在向同伙打暗号?"

雨衣这事与这个综艺内容无关,只是陈恕为了观察大家的反应故意提的,没想到大家都赞同张大厨的说法,围绕着雨衣开始推理。陈恕看了半天,觉得他们的反应都很正常,至少现场这几位嘉宾没问题,他们真以为雨衣也是道具之一。

眼看着话题越聊越远了,他只好及时修正轨道。

"至少七个人中我们知道了两个人的身份,一个是被毒杀的侦探，一个是我们自己，也就是说嫌疑人只剩下五个了。"

楚陵说："那也不好找啊，我看着你们每个都奇怪。"

陈恕说："放心，现在我们所有人都抱着和你一样的想法。"

楚陵正要反驳，陈恕又说："首先要考虑一个问题，杀手的目标是富豪，为什么要干掉侦探？"

小沅立刻举起手，"可能侦探知道了杀手是谁。"

"对，这个可能性很大，所以杀手要赶在侦探联络富豪之前干掉他，那么问题来了，杀手和我们一起上的岛，他是什么时候潜入侦探的房间下毒的？"

"我知道了，"庄静说，"我们可以根据这条线索找出杀手，杀手要避开大家偷偷进房间，还要下毒，这些都是需要时间的。"

方芳补充说："另外我们还可以检查每个人的房间，从屋里的摆设和携带的物品中找线索。"

"这个……好像涉及个人隐私吧。"张大厨犹豫着说。

小沅说："我无所谓，比起隐私，我更不想被怀疑。"

"我说你们这些人……"楚陵挨个儿审视大家，最后泄了气，"看着都不像坏人啊，你们这里面真有一个是凶手吗？"

"你为什么要把自己去掉？也许凶手就是你呢。"

"肯定不是我，我是……"

楚陵一着急，差点把身份说出来，他及时捂住嘴巴，冷笑道："我知道你们想我自爆，呵呵，不可能的。"

他拿起杯子想喝水，陈恕突然说："你好像不怕水里有毒啊。"

楚陵一愣，陈恕说："我们当中刚有人中毒死亡，正常人都不会随便进食的，除了凶手本人。"

"我不是凶手！我只是……只是没想到！"

楚陵把杯子放下，却发现同一时间众人以他为中心往两旁挪，他气道："我真的不是杀手，你们要相信我！"

没人理他，方芳严肃地说："看来食物也不能吃了。"

庄静说："没关系，我看到厨房有不少罐头和矿泉水，这配置简直就像是为暴风雪山庄模式量身打造的。"

"我真的不是凶手啊，我要讲我上岛后的行动，我要第一个讲！"楚陵继续强调。陈恕觉得他虽然演戏不行，不过综艺感还挺强的，他的各种不在状态里的行为和反应估计很对观众的胃口。

陈恕配合着对楚陵做了个请的手势，楚陵立刻讲起来，半路习惯性想喝水，拿起水杯时听到陈恕的咳嗽声，他回过神，又放下了。

楚陵说完后，余下的人也依次讲述了各自上岛后的行动线，昨天下午大家几乎都在一起，唯一单独行动的只有陈恕，他在晚饭前去自己房间给猫喂食，大概有十分钟。

大家最初把陈恕列为嫌疑人，不过做了几次现场模拟，不管是谁都无法在十分钟内完成投毒行为，最后把他从嫌疑人中排除了。

接下来是检查所有人的客房，客房内部摆设一样，检查起来很快。

陈恕跟在大家身后留意了一下，发现屋子里还是有一些微妙的不同，比如小沅的房间挂了一些看似昂贵的油画，庄静的房间则是飞镖靶子，张大厨的房间里放了一摞性感杂志，只有方芳和他的房间里什么都没有，他没有也就算了，毕竟人设是小偷，可方芳为什么也没有？

陈恕觉得这应该是一条指引他们推理的明线，直到大家进了楚陵的房间。

楚陵的房间和大家的一样，唯一不同的是正对着床头的墙上挂了幅海景图，陈恕伸手摸了摸，图后面没有藏东西，方芳随手拉开旁边的抽屉，里面也是空的，大家正要出去，小沅忽然把床头柜抽屉拉开了，紧接着大声叫起来。

抽屉里放了一支手枪，小沅拿出来，那其实是支泡沫做的道具枪，大家同时往后退，庄静指着楚陵说："你是杀手！"

"不是，我当然不是，是有人诬陷我，我是……"

楚陵急得乱叫，差点又把自己的身份说出来，要是真自爆了，他就要下线了，他可不是宋嫣，只是客串一下，他还想靠着这个综艺拉观众缘呢。

小沅也说："你说你不是，那为什么有枪？"

"肯定是有人想摆脱嫌疑，所以诬陷我！"

"那为什么没有诬陷别人呢？"

楚陵张口结舌了，这一次众人一致判定他的身份是杀手，于是解小谜拿出准备好的标签，别在了楚陵胸前。

楚陵低头一看，标签上写着大大的两个字——杀手。

他很不甘心，说："大家刚才可是捋过时间线的，我没有时间下毒。"

"说明你还有同党，至少到目前为止你的嫌疑最大，需要限制你的活动。"

"怎么限制？"

大家商议了一下，最后决定只要不出别墅就行，就待在房间里，楚陵一脸郁闷地答应了。

剩下的五个人重新回到客厅，你看看我我看看你，方芳说："继续排除法吧，假设楚陵有同党，那和他接触最多的人嫌疑也最大。"

大家同时看向庄静，庄静立刻说："我不是。"

方芳不置可否，说："我要去找钻石，我想钻石可以告诉我富豪是谁。"

小沅和张大厨听了，提出一起去找，方芳答应了，看向陈恕，她把庄静忽略了，也间接说明她认为庄静是同党。

陈恕微笑着说："我喜欢独来独往。"

"随你，不过我要提醒一句，暴风雪山庄模式中，最先下线的都是喜欢单独行动的人。"

"我会注意的。"

他们三人离开了客厅，认为钻石藏在别墅某个隐秘的地方。他们那条线比较有趣，所以几台摄像机跟过去继续拍摄，留在客厅的只有一台固定的摄像机，外加站在外围找机会帮他们拍照的卢苇。

陈恕看看庄静，庄静去拿了两瓶水，一瓶给了他，问："你打算就这么干坐着？"

"嗯，前面我出境太多了，还是把机会留给年轻人吧。"

"说得你好像有多老似的。"

两人都笑了，庄静摆弄着手里的矿泉水瓶，说："我还是不信楚陵是凶手，直接点说，他演技没那么高超，而且轻易就在他房间里找到了手枪，这嫁祸手法太低劣了。"

"那你不怀疑我？"

"你是有点问题，可现在这种状况，我必须找个同盟啊。"

"得，我还是个备胎。"

庄静被他逗得咯咯直笑，朝对面的卢苇摆摆手，示意他多换几个角度拍。卢苇照做了，透过镜头看到庄静和陈恕说笑，眼中掠过嘲讽，随即便掩饰住了，堆起笑，继续给他们拍照。

庄静没注意到卢苇的反应，目不转睛盯着陈恕，毫不掩饰对他的兴趣。

"人与人之间的缘分真的很难说，要不是那场车祸，我们肯定没机会认识，那晚其实我本来不想去的，后来不知为什么改了主意。"

"那你们本来要去哪里？"

陈恕随口问，庄静摇头。

"也没有特定的计划，因为大家都喝高了，做什么都随心所欲的。"

陈恕保持礼貌性微笑，心里却在飙脏话——因为你们的随心所欲，害得我差点死掉。

庄静没看出陈恕的不快，关掉了摄像头，兴致勃勃地对他说："其实我们喝得不多，却不知为什么，都醉得特别厉害，都怪酒的后劲大，还好我让婷婷开车，她就喝了一点吧，还是隔了几个小时后才开车的，你说我是不是很聪明？"

她一副求表扬的模样，陈恕配合道："比我聪明。"

"那你可要谢谢我了，要是换了那两个家伙开车，你可能就危险了，尤其是楚陵，他喝高了说胡话，硬说我戴色瞳了，说看着像猫儿眼……"

"猫儿眼？"

陈恕对这三个字有点敏感，声音不自觉地提高了，庄静吓了一跳，说："我是不是形容错了？我的意思是像猫的眼睛那样。"

"不不,你没形容错,我就是觉得好奇。"

陈一霖也通过耳机听到了,立刻说:"仔细问问她当时的情况。"

陈恕照做了,不过庄静没提供更多的情报,因为她当时也喝高了,说了什么做了什么都没有太多印象,只记得心情特别畅快,心跳好像也比平时快好多,觉得什么都想做,什么都敢做,事后想想也挺后怕的,那晚没出事实在是太幸运了,所以那之后她就不怎么喝酒了。

陈一霖想他们会那么兴奋未必是因为喝酒,而是嗑药了,听庄静的意思,她是在不知情的状况下食用的。

他又让陈恕问庄静那晚都吃过什么,庄静说不出个所以然来,只记得跟平时一样,没什么特别的。陈恕又问是不是四个人的眼瞳都有变化,她也不敢肯定,只隐约记得卢苇的眼瞳也像猫,另外两个人坐在前排座,她没有留意。

陈恕还想细问,庄静不解地问:"为什么你对那晚的事那么感兴趣,是与这个综艺有关系吗?"

"哦,没有,就是你提到缘分这个词,我就好奇想多问问。"

庄静一脸的怀疑,"你不会是想从我这儿问出什么秘密,好拿去当筹码,和楚伯伯谈判吧?"

"怎么可能,你想多了。"

庄静扑哧笑了。

"我就是开个玩笑,你还当真了……那我们还是来继续推理游戏吧,至少要找到钻石,我干什么都是第一名,我可不想输掉。"

陈恕怕她再起疑,便答应了,重新开了摄像机,问:"你有新想法了?"

"嗯,"庄静拧开矿泉水,喝了两口,"我一直在想一个问题,怎么都没人怀疑解小谜?"

陈恕一怔,从头至尾解小谜都跟随着,但他们在推理时自动把她摒除在外了。

"因为她是主持人啊。"

"可看着又不太像,这种节目需要主持人吗?而且你看她的名字就知道了。我总觉得她也是解谜的一环，你想啊，如果没有同党的话，我们都没有单独下毒或是藏手枪的时间，只有解小谜可以，她经常不跟镜头，神神秘秘的。"

陈恕发现这女孩还是挺有头脑的，大概与她常看悬疑故事有关。

"来的时候楚陵说他和MC认识，可解小谜却装作不认识，我在想这会不会也是特别设定的？"

"我听说主持人是本地人，楚陵怎么认识？"

"我也不清楚，不过那家伙最喜欢交朋友了，再加上楚伯伯的门路，认识也不奇怪，要不去直接问问他看，说不定还能找出解小谜偷偷藏手枪的线索呢。"

庄静咕嘟咕嘟喝了两口水，站起来，眼睛亮晶晶的，一副大侦探的模样。

看她俨然已把解小谜当成是凶手了，陈恕苦笑，说："现在我们没摄像机跟。"

他拍不拍无所谓，不过庄静是新人，肯定希望有更多的机会入镜。

庄静摆摆手。

"没关系，让卢苇先帮我们拍，如果猜错了，咱们就当没这回事，也不丢脸，如果猜对了，就让他们再拍一次，跟我来。"

她把矿泉水瓶往口袋里一塞，冲卢苇打手势，又拉着陈恕出了客厅，往楼上跑。

有一位摄像师看到了，要跟上，刚好宋嫣走过来，她的部分已经结束了，现在是作为观众自由活动，刘导交代要多拍她的镜头当花絮，比起两个不出名的艺人，宋嫣更有噱头，所以摄像师马上转过镜头对准了她。

庄静跑得飞快，陈恕被她拽得一跟头一跟头的，看看她那将近十厘米的高跟鞋，真好奇她是怎么做到不崴脚的。

两人一口气跑到楚陵的房间，楚陵的房间开了条缝，庄静伸手去推，半路手又缩了回来，看看陈恕。

"侦探小说里，这种情况下通常是又出现受害者了。"

陈恕无语，主动推门进去。

还好庄静担心的情况没出现，房间里没人，只有一架开着的摄像机，庄静马上跑去浴室，陈恕猜想她又在照着小说的常见模式去浴室找尸体了。

浴室里也是空的，陈恕关了摄像机倒回去看。

大家走后，楚陵掐着下巴在屋子里来回转了几圈，然后拿出手机，在镜头前晃了一下，依稀是个二维码。

"我知道有人在陷害我，所以一开始这个设定就是错误的……可以避开所有人的视线把手枪藏进这个房间的只有一个人——解小谜，现在我去找她，听听她怎么解释。"

他说完，拿出自拍杆卡好手机，走出了房间。

陈恕和庄静对望一眼，庄静说："他说的'设定是错误的'，是什么意思？"

陈恕也不懂，他比较在意那个二维码，打量着房间，目光落在正对着床头的那张海景图上，随口说："他好像还挺聪明的。"

"他本来就不笨，就是有时候说话少根弦，"庄静很兴奋，"你看他和我们想到一块儿去了，证明解小谜确实有问题。"

"可是反过来想，他可能都是做给我们看的，让我们相信他没问题。"

庄静沉默了一下，摊摊手，"虽然我很想反驳你，可你说的确实有道理。"

"所以不能只看视频就下判断，再找找房间，看有没有提示。"

陈恕会这样提议是因为陈一霖通过耳机这样提醒他的，又埋怨他没看好猫，小猫从屋子里跑出去了，看GPS是朝海边去的，陈一霖怕出事要先去找猫。

陈恕想说自己太冤枉了，他离开房间时还特意看过门窗，绝对都是关上的，可杠杠太聪明，估计是用爪子把窗户拉开溜出去了吧，毕竟是流浪猫，在外面溜达惯了。

"我没……"

他想反驳，一开口想到庄静还在，临时把话咽了回去，幸好庄静正在翻床头柜,没听到,转头问:"你说什么?"

"我说……"陈恕的目光扫过楚陵的旅行箱,灵机一动,"我们还没找他的箱子,可以看一下。"

旅行箱是敞开的,都是衣服和一些小零食,陈恕随手拨弄了一下,庄静走过来说:"这是私人物品,还是别动了。"

陈恕也不是真想翻,又去看海景图——之前来楚陵的房间,他就对这张图有点在意,可能是挂的位置太突兀了吧,看电视的时候很容易被后面的图吸引住视线。

庄静对图没兴趣,她看到了旅行箱里的零食,随手拿起一盒巧克力,取出一块塞进嘴里大嚼起来。

"都说是私人物品了,你还吃。"

陈恕说完,庄静笑了,又拿了一块给他,颇有深意地说:"放心吧,以我和他的关系,我做什么他都不会生气的。"

陈恕不想吃楚陵的东西,但庄静撕开了外面的包装,硬是递到了他嘴边,他怕卢苇跟过来看到,到时又要无事生非,急忙张嘴咬住,又转头看外面。

奇怪的是卢苇并没有跟上来。

庄静也发现了,埋怨道:"又不知去哪儿了,真是的,这么点小事都做不好。"

"反正摄像师很快就会来了。"

陈恕看看那台固定的摄像机,本来想再打开,转念一想,现在就他们两个,要是庄静再做出什么暧昧的动作,被拍下来就不好了。

"这个口味还不错。"

庄静吃完一块巧克力,又要去拿,陈恕拦住她。

"我们还是继续找线索吧,别让他们抢了先。"

"去找钻石吗?可这么大的地方上哪儿找呢……你一直看那张图,是想要去海上找吗?"

"对,就是要在海上找。"

陈恕贴近海景图,庄静先是迷惑,直到凑近了,看到陈恕的手指放在一块岩石上。

岩石漆黑，乍看没什么特别的，可是仔细看就会发现当中有个很小的二维码，她立刻明白了，跳起来抱住陈恕，在他脸上狠狠亲了一口。

陈恕被弄了个措手不及，急忙推开她看门外，庄静不高兴了，怨道："你为什么总看外面？就这么怕被看到？"

陈恕确实不想自找麻烦，"要是被卢先生看到，又要解释不清了。"

"该出现时从来不出现，那种男朋友不要也罢。"

没人给拍照，庄静把气都撒在了卢苇身上，还好她看到陈恕扫描二维码，注意力很快就转移了，问："里面是什么？"

陈恕点开，画面很暗，当中只有一个镂花木门，呈暗绿色。

"我好像在哪儿见过。"

庄静拿过手机看着说，陈恕也觉得对这门有印象，回想来到别墅后去过的几个地方，他眼睛一亮，想起来了。

这是储藏室的门，就在厨房后面。

他说了自己的推想，庄静一拍手，"钻石一定就藏在那里！"

陈恕心想钻石早在他手里了，这个二维码应该是有其他的用意，可庄静正在兴头上，说了句"巧克力的味道很熟悉"，又往嘴里塞了一颗，还要塞给陈恕，这次陈恕有防备了，及时往后退开。

庄静的心思都在找钻石上，没在意，把余下的巧克力丢回旅行箱，拉着陈恕跑出客房，来到楼下。

走廊上架着摄像机，正对着楚陵在拍，不知他发现了什么，站在那儿侃侃而谈，方芳等人都不在，可能还在哪儿找钻石吧。

"欸，这家伙可真能见缝插针啊。"庄静感叹道，又转头看看周围，其他摄像师都去拍方芳等人了，她是新人，陈恕又是十八线，估计一开始就没把他们当重点来拍，除非像楚陵那种主动抢镜的。

"我们俩好像完全被遗忘了，算了，我们自己拍。"

庄静拿出手机调出摄像功能，陈恕想说还是找专业摄像师比较好，或是请卢苇帮忙，可是庄静性子急，抢先绕过走廊，往厨房跑去，他只好跟上，走得急了，在拐角跟一名工作人员撞了个正着。

对方手里拿的道具落到了地上，陈恕自己也原地转了半个圈，后背撞到墙壁，疼得一咧嘴。

"对不起，对不起。"

工作人员向他道歉，陈恕也道了歉，帮忙把道具捡起来，庄静在前面叫他，让他快点。

陈恕追过去，庄静已经穿过厨房去了后面的长廊。

厨房前后都有门，那道暗绿色的门就在厨房后面的走廊上，这个时间段厨房一个人都没有，后走廊就更不用说了，可能平时几乎没人用，廊下只有一个小天窗，却因为后院树木太多，阳光照不进来，即使是白天，走廊也显得很阴暗。

庄静想开灯，在墙上摸了半天没摸到开关，索性放弃了，走到储藏室门前按了按门把手。

门没锁，随着她的按动吱呀一声打开了，借着厨房那边的灯光，可以看到一排直下的楼梯。

"我觉得这个节目不该叫《你是谁？》，而是该叫《大冒险》。"

庄静的眼睛亮晶晶的，一副马上要进入冒险活动的兴奋模样，朝陈恕摆摆手，示意他跟上，又对着镜头说："现在帅哥美女要进入地下室了，请期待我们在地下室找到那袋钻石。"

她走下楼梯，陈恕跟上，冷风吹来，木门在他身后重重关上了，他反身想去打开，忽听庄静在前面说："我想起来了，难怪会觉得巧克力的味道熟悉了，上次我们在楚陵的别墅玩时也吃过。"

陈恕心中一动，追了上去。

木门的另一边，一个人站在暗沉沉的走廊上，听到远去的脚步声，便拿出挂锁，挂到锁扣上一按，啪嗒锁住了。

他松开手，返回厨房，并顺手将厨房后门也带上了，刚好摄像师举着机子走进来，他微笑着迎上去。

"这里没什么好拍的，我们去泳池那边拍吧。"